一念成雪

陈晓林 著

中国文史出版社

目录

第一辑　况味人生

"太积极"与"太消极"　　3

精神的历史不会过时　　6

闲话"腔调"　　10

尽有与尽无　　13

跟着孙犁先生读书　　15

读史散记　　19

闲情二记　　24

清明断想　　32

我与手术室的故事　　34

给退休生活装上轮子　　41

云想衣裳花想容　　45

谢冕谈"吃"　　48

闲话东北菜　　52

大连的美食（二题）　　58

1

中国男人　　61

七十岁后　　63

落叶　　68

第二辑　　朋友圈的朋友们

用心写作的人　　73

追思老军长袁俊将军　　87

李海波将军印象　　93

忆"大胡子师长"　　98

一个军人的报告　　103

我的搭档张柏林　　122

书家何昌贵　　127

我和大哥　　130

食无定味，适口者珍　　135

琉璃厂老苏　　140

读书是精神上的吃饭　　144

微言微语（四则）　　146

朋友圈里的朋友们　　150

文坛师友录（三则）　　154

我与"黑美人"　　159

第三辑　　每个人心中都有一片高原

老人家一生读了多少书　　165

老人家一生写下多少文字　171

从毛主席推崇贾谊说开去　174

再悟圣彼得堡笔记　178

奥地利掠影　190

东京散记　195

印象韩国　201

乞力马扎罗高原瞻望　205

每个人心中都有一片高原　207

北大红楼的魅力　210

中国现代文学馆记　215

大学校园行记　219

京城逛书店琐记　224

故事新读（三则）　232

探访旅顺苏联红军陵园　237

老铁山岬记　242

邂逅戴笠公馆　245

丰都问鬼　247

西岛行琐记　251

三沙行，三沙情　254

故乡行追忆　259

第四辑　那年风雪

一望成雪　265

23 军军史钩沉　　270

军部大院　　275

无声的方阵　　282

军营逸事　　287

那年风雪　293

坚守南引渠首　　299

与癌相伴十年记　　305

扬子江畔求学记　　312

在中央党校读书　　317

丰收曲与葬花词　　320

《心远斋诗撷（二）》后记　　324

后记　　325

第一辑 况味人生

见惯了起起落落，叶子倒是坦然如常。它知道，在高枝，只是勾留，沉入泥土，方得始终。

"太积极" 与 "太消极"

　　学者李泽厚先生在一次访谈中直言，不喜欢周作人和郭沫若，一个太消极，一个太积极。

　　一个时期以来，文坛出现了捧周作人、抑郭沫若的情绪，以致郭老与高层的关系也饱受诟病。我觉得值得商榷。不过，李先生对周郭二人太消极与太积极的评价，倒是颇有些意味。老舍先生也曾受到过类似郭沫若先生那般诟病，他对郭有一段评语我认为是公允的：

　　　　他是狮子，扑什么都尽全力，他什么都做得
　　很好，写作，作诗，学医，翻译西洋文学名著，
　　考古……

　　的确，纵论郭老跌宕的一生，在多个领域建树良多，且大节不亏。

　　李泽厚先生在一次访谈中谈及新中国成立后，一批旧知识分子，包括像汤用彤、宗白华这样高雅清脱的名学者，也都臣服在马克思主义理论之下，更毋论那些原来就革命的学者了。郭沫若先生当然属于原来就革命的学者，又身

居要职高位，所作所为，纵有瑕疵，也不必过分苛求。从另一个角度论，我觉得李先生提出这样的问题很有意义，值得学界乃至思想界重视。李先生认为这是一个至今未得好好研究的中国现代思想史的重要课题，关键在"衷心"，即真心实意地接受和信服了马克思主义，"研究这个问题对了解中国士大夫知识分子的文化心理和精神结构极有好处"。令人扼腕的是，写这篇小文时，传来了李泽厚先生仙逝的消息，不可能看到先生的答案了。

至于说到周作人，又岂止用"太消极"三字可以概括。对于晚节不终，他辩解为"那是不得已的事""我和一些朋友也需要生活"。每一个正直的中国人都难以接受。近些年，周作人散文热了起来，周先生的文笔的确别具一格，但有人评价高过鲁迅先生则大谬。他的文章与鲁迅先生相比，与时代很有隔阂，缺少灵魂。

从另一个层面说，做人做事不能太消极，也不能太积极，是已近耄耋之年的李泽厚先生的人生感悟，也反映了先生的人生态度。先生晚年有"四个静悄悄"之说，其中有"静悄悄地写""静悄悄地读"。先生一直记得，小时候父亲和他说以品德高下分四等人："说了不做，说了就做，做了再说，做了不说。"还有就是"静悄悄地活"。近十年，先生秉持不讲演、不开会、不上电视的"三不政策"。最后就是"静悄悄地死"。像李泽厚先生这般鲁殿灵光式的人物，想做到"四个静悄悄"又谈何容易。李泽厚先生说："我一生谈不上中庸之道，也不算是进取的'狂者'，最多不过是有所不为的狷者罢了。"

文到此时，本该搁笔，忽又想起前些年读曾思玉将军

《百年见证》，毛主席对临危受命执掌武汉军区帅印的曾思玉同志面授机宜："你有股革命干劲，有事向总理请示报告，遇事多和同志们商量。不怕你工作不积极，而是怕你太积极了。"

无独有偶，当年陶铸自地方晋京，去请教老上司，老上司也说不怕你不积极，就怕你太积极。那时对其中深意并不太理解，今天连起来再读、再思，别有一番滋味。

精神的历史不会过时

接续读了张曼菱的三本书，《北大回忆》《中国布衣》《西南联大行思录》。

百度是这样介绍张曼菱的：独立制片人和导演，职业作家。当过知青和工人的张曼菱1978年考入北大中文系时已经三十岁了。依稀记得20世纪80年代曾看过根据她的小说《有一个美丽的地方》改编的电影《青春祭》。

三本书写了三段历史中的人和事：抗日烽火中的西南联大，改革开放初期的北大，"布衣"父亲及其家族。作者以"情怀"为引领，将历史带回现实，对应社会，直达人心。三本书一脉相承，文化品位高，信息量大，史料丰富而不烦琐，读后开阔眼界，益人神智。书中，张曼菱品人论事，比喻精当，妙语迭出。比如她把中国布衣的"格"概括为"无名有品，无位有尊"。再如她称时下的北大学子是"高分宠儿"，是"一个模子出来的，少了分数外的许多宝贵东西"。

北大精神在张曼菱笔下是神圣的，又是具体的。她为北大的历史和自己曾为北大学子而喜，也深深为北大的某些现状而忧。张曼菱一针见血地指出："新楼迭起，故园无声，彼时学子珍为精神圣地的北大，在今天社会或不过登龙阶梯耳。"她一次次强调："北大精神没什么神秘的，独立人格，自由思想，以及尊严高于一切，连两岁半的孩子都懂。"写到这儿，让人想起同为北大人的钱理群的话："我们的一些大学，包括北京大学，正在培养一些精致的利己主义者，他们高智商，世俗，老到，善于表演，懂得配合，更善于利用体制达到自己的目的。"

北大这块人文风水宝地，世世代代总要出一些忧天的杞人，已过古稀之年的张曼菱无疑就是这样的角色。尽管她也坦承："一次次伤害，已使校园的众多优秀心灵远离尘世，渴求宁静平和。"

在张曼菱笔下，西南联大和在抗战中坚守气节与使命的那一代学人令人感佩。《西南联大行思录》为我们树起了一座丰碑。在我看来，这部书是写西南联大的集大成者，2013年出版，到2019年已十二印。这在人文书类大大萎缩的当下很说明问题。当然，也不得不说，熟悉和关心这段历史的人越来越少。而越是这样，张曼菱做的这件事越有价值。如她所言，"这已经不是一个由人文精神引领的社会。物欲笼罩着这个民族，方向被人们忘却。知识者的成果不能体现在现实中。但是人们还是要写，因为播下去的是种子。如果连这些野草蔷薇般的文字都没有了，那么社会的精神就彻底消亡了"。

关于西南联大，张曼菱还写了一部《弦诵幸未绝——诗歌折射的西南联大岁月》，可惜没买到，想来一定很有兴味。

张曼菱这三部书我最喜欢的还是《中国布衣》。看多了写帝王将相和那些写所谓成功者的作品，再读《中国布衣》，如一股清泉流入心田。女儿笔下的忍辱负重的布衣父亲，旧学与新学交融，有爱国情怀，有坚不可摧的人格，有在艰苦环境中对国家和家庭的责任与担当。温不增华，寒不改叶，"布衣"是我们这个民族的根基。

有评论称《中国布衣》是中国布衣文化的旗帜之作。看到这儿，我忽然想起同为知青考入四川美术学院的罗中立的那幅油画《父亲》。张曼菱的《中国布衣》原名是《布衣父亲》，罗中立的油画原名是《我的父亲》。现名更增添了震撼人心的力量，个中的凄美、深刻，异曲同工。

张曼菱书中有这样一段记述："我有幸有一位拒绝格式化的父亲。有一次，全家人一面看电视一面评论着。父亲说了一些不合时宜的话，我说父亲不懂政治，父亲惊讶地说，难道父母对自己的子女都不能讲真话吗？时隔很久，我永远记得自己的鄙俗。太懂政治的人只会对惯性让步，真正的历史是属于像父亲这样的人。"

这段文字我看了数遍，思考良多。"格式化"不正是时下许多人的面目吗？而对那些拒绝"格式化"的人，我们是不是应该给予更多的理解和宽容？

有评论称张曼菱"写别人，自己形象太突出"，我倒觉得这没什么大不了的，反是彰显了北大人和张曼菱的真性情。

据《北大回忆》，张曼菱在大学时就曾致信广受推崇的学者李泽厚，指其代表作《美的历程》有"拘泥形式平衡而创新不够"之瑕。她还在听曹禺讲座时递条子，对曹禺新作《王昭君》水准较《雷雨》下降提出质疑，引曹老不快。《管锥编》出版后，张曼菱把读书心得寄给钱锺书："从前我们的思维都是先建立一个中心。钱先生给了我启迪，原来学术观点的建立不在于问题的中心，而在问题的边缘，在此与彼的关系上。"钱先生复信称其言"大彻大悟"。对于海外有华人学者出于政治因素，在季羡林、任继愈身后无端指责，张曼菱则以作为弟子的亲身经历，仗义执言。

张曼菱长我几岁，我们同属一代人。她在北大求学时，我在北疆戍边。20世纪80年代是我们成长和成熟的年代。我们与祖国共命运，与时代共呼吸。从《北大回忆》，到《中国布衣》，再到《西南联大行思录》，张曼菱用清新率真的情感和无雕琢藻饰的文字，把曾经的精神成长以及支撑她心灵的精神力量分享给了读者。

闲话"腔调"

《南腔北调集》是鲁迅先生的一部杂文集，我喜爱的先生名句"皇帝不肯笑，奴隶是不准笑的"就出自此集。当时上海有一署名"美子"的文人在《作家素描》一文中攻击先生称："鲁迅很喜欢演说，只是有些口吃，而且是'南腔北调'。"对此，先生反唇相讥："我不会说绵软的苏白，不会打响亮的京调，不入调不入流，实在是南腔北调。"故信手拈来这个集名，反其道而用之，个中的深意耐人寻味。

说起"腔调"，首先想到的是"官腔"。对于官腔自不必多言，从政者易染此症，凡国人多有领教。大官有大官腔，中层官僚有中官腔，基层小吏有小官腔。不过中小官僚摆大谱，以高腔长调示人的情形也不鲜见。老百姓不胜其烦。

机关一众"笔杆子"们对"官腔"的批量生产，自是弓马娴熟，鄙人也有幸忝列其中。记得当年在机关舞文弄墨时，我们处的打字员打字速度奇快。我问他有何诀窍，他的回话让我愕然："咱们机关的材料用字量一般不超过五百字，而且都是一串串的词组，所以打起来很快。"看来，那"腔"那"调"都在那五百字的词组里。《新华字典》

收字近两万字左右，机关的笔杆子们却只在五百字中绕圈子，想来也怪不易的。

这些年来，从笔杆子队伍中华丽转身为领导者的多了起来，玩起"腔调"来自然得心应手。鲁迅先生早就有言在先："中国人的官瘾实在太深，汉重孝廉而有埋儿刻木，宋重理学而有高帽破靴，清重帖括而有'且夫''然则'。总而言之，那灵魂就在做官——行官势，摆官腔，打官话。"可谓鞭辟入里。

再说说"文艺腔"。当代作家阿城说，"我读小说，最怵'腔'"。他还列举了官腔、学生腔、阶级斗争腔、文艺腔、寻根腔、闲书腔、闲读腔、翻译腔等等，不一而足，的确点醒当今文坛的顽症痼疾。陕西作家方英文又加了一个"大学中文系腔"。在方兄眼里，写作好比刷墙，刷子是自己的，所刷石灰也是自己的，刷起来方得心应手。

其实，"腔调"是根绝不了的，怕的是固化为程式。做学问，搞学术，忌鸦雀无声，然而比鸦雀无声更可怕的是千人一面、众口一腔。学者木心说过一句意味深长的话："先有文艺，后来有了文艺腔，后来文艺没有了，只剩下腔。"在阿城眼中，"汪（曾祺）先生的文字几乎是当代中国文字中仅有的没有文艺腔的文字"。"仅有"二字似乎有些夸张，但也道出了阿城的隐忧。的确，当领导讲话太像领导，报告太像报告，散文太像散文，"腔调"就成为必然。如果腔调固化为程式，讲话、写文章和文学作品，甚至做人都被"格式化"了，那将是很可怕的事情。

那么，怎样才能力避"拿腔作调"呢？阿城主张，做什么但不能有什么。小说不能有"小说腔"，寻根小说不能有"寻根腔"，翻译小说不能有"翻译腔"。那应该有什么呢？阿城提倡要有"世俗精神"。"世"是世间大众，"俗"是约定俗成。说透了，就是人间烟火。

被阿城推崇的汪曾祺的作品中就有一种世俗美。这种美是对皇权意识和儒家说教的嘲弄，也是对行文张扬，大词大话过多，似乎总要布道或显示什么的矫正。

大英雄无须佩剑，真美人不用胭脂。多读汪曾祺、阿城可救治腔调顽疾。当然，解决这个问题尚需综合施策，至于如何施策，施何策，英雄各有所见，不是一篇小文能说透的。

尽有与尽无

　　某日，在国家博物馆参观一位文化老人的书法个展，先生独树一帜的字和书写的内容深深吸引了我，尤其一幅"应有尽有不如应无尽无"的横批很耐人寻味。我赞同书法评论家张瑞田所言，"书法是让人观赏的，也是让人阅读的"。被誉为"天下三大行书"之一的《兰亭集序》就是既以文名字，又是以字名文的。《兰亭集序》中"群贤毕至""惠风和畅"等名句早已脍炙人口。而时下许多书法作品，书写内容不是重复别人，就是重复自己，千篇一律，了无新意。

　　"应有尽有，应无尽无"语出《宋书·江智渊传》。江智渊（418—463）本名江泉，济阳郡考城县人，为人低调，为官正派，人称"人所应有尽有，人所应无尽无者，其江智渊乎"。据史书记载，世祖非常信任赏识江智渊，对他的恩遇超出他人之上。世祖经常举行私人宴会，总是让三五个大臣随后，江智渊总是其中最突出的。同来的人还没有近前，世祖就单独召见他。而江智渊却常常因为超越众人感到惭愧，从来没有得意的神色。江智渊也不一味迎合圣上。世祖每当宴会喝酒兴奋时总喜欢辱骂大臣，并让群臣

13

相互嘲骂，从中取乐。江智渊多次当面表示反对，由此世祖对他的恩宠大减。

依我粗浅的理解，"应有尽有不如应无尽无"已大大延伸了《宋书》原意。何为"应有"并没有标准答案，"尽有"更是无底洞，因为人的欲望是无止境的。老祖宗留下的"甚爱必大费，多藏必厚亡"的古训，也许有点危言耸听，但教训却比比皆是。

在一些时候，有比无好，可更多的时候，无比有更难得。"尽无"比"尽有"更实在、更紧要。如果你病入膏肓，如果你身陷囹圄，你就会觉得"无"比"有"宝贵一百倍、一万倍。许多人不一定读过《红楼梦》，但却熟悉《好了歌》，因为《好了歌》道破了人生的真谛。人这一生，始终与两样东西相伴：一是保管箱，二是垃圾箱。抛弃的，总是比留下的多。雕塑家罗丹说得好，"凿去多余的，便是自己"。对于我们这个爱偏激、爱过头、爱大、爱全、爱多而不餍足的民族来说，有与无是重量，提醒我们记得斤两；有与无有温度，教我们知冷知热；有与无是音符，有高亢，有委婉，也有荒腔走板。

细细想来，人有悲欢离合，月有阴晴圆缺，你做不到"应有尽有"，也做不到"应无尽无"，但如果在两者之间选择的话，的确是"应有尽有不如应无尽无"。

跟着孙犁先生读书

　　孙犁先生的早期作品，如《风云初记》《铁木前传》《白洋淀纪事》等，有些读过，有些没读过；但对先生晚年（1976年后）的散文随笔集，却是见一本买一本，买一本读一本。计有《书衣文录》《芸斋漫忆》《芸斋琐谈》，尤对《耕堂读书记》和收入中国社会出版社"名家读书系列"的《孙犁读书》爱不释手。孙犁先生曾言，过去写作是为了工作，年轻的时候很好名。现在写作，却是为了消遣。依我之浅见，越到老，孙犁先生的文字越老到，思想越纯正，而这种纯正是洗尽铅华的彻与悟。

　　孙犁先生一生嗜书如命，他读书一曰博、二曰杂、三曰评（论）。古今中外，文史哲，甚至连浩繁的《清代文字狱档》他也反复披阅，并在读记中总结出当时为官的三条经验教训："一、遇到有关文字的案件，当地大员要亲自抓，且要一抓到底。二、处理案件的尺度，要宁严勿宽，用今天的话说，就是要宁左勿右。法网要撒得远，就是要广泛株连，不使一人脱漏。三、要立刻派人去犯人家抄查，财产入册上报。"

　　孙犁先生一生写下了大量的有关读书、买书、藏书、评书之"书话"散文随笔。1994年春节，《人民日报》编辑刘梦岚去给孙犁先生拜年，问他最近在读什么书，孙犁先生说了一大串名字，竟有二十一种之多。

他的许多读书笔记都是大病之后写的。关于散文写作，先生用平实简约的语言，谈了他的三点看法："要质胜于文，质就是内容和思想；要有真情，要写真相；文字要自然，若反之，则为虚伪矫饰。"关于随笔，孙犁先生言道："随笔最不容易写好，它需要经验、见解、文字都要达到高水平，而且极需严肃。流俗之辈，以为下笔即可换钱，只是对随笔的亵渎。"这真乃"是真佛只说家常"，可谓字字珠玑。有趣的是，孙先生认为："散文、杂文是一种老年人的文体，不需要过多的情感，靠理智就可以写成。青年人爱好文学，老年人爱好哲学。"

我读书有一个习惯，喜欢摘录有哲理的句子，可读孙犁先生的文章，类似的句子不胜其录。更可贵的是，先生不但把自己的读书思考所得告诉你，还告诉你读书方法。

先生主张："读书首先得其大旨，即作者之经历及用心。然后，就其文字内容，考察其实学，以及由此而产生之作家风格。至于个别字句之考释，乃读书之末节。"先生自言的读书阅文的习惯是"黄卷青灯，心参默诵"，并且有"三不读"之说："言不实者不读；常有理者不读；文学托姐们的文章不可读。"所谓"文学托姐"指的是专事吹捧文章之人。

许是因为编辑出身，孙犁先生对书的装帧印制多有挑剔，他的手稿也是干干净净的。如在《西厢记》书衣记下："书皮污染，经擦净重裹一纸。"

我一直想珍藏孙犁先生一页手稿，为此曾多次去琉璃厂、潘家园苦寻。那日在一小店偶见先生手书横披"读书"，顿时眼前一亮。经询，店家是先生同乡，此件来自孙犁先生友人，乃镇店之宝。店主遂向我推荐了另一幅装在镜框中的孙犁先生手书自作诗：

无　题

不自修饰不自哀，

不信人间有蓬莱。

阴晴冷暖随日过，

此生只待化尘埃。

鉴雪同志留念　孙犁诗并书

一九九四年春月

这首诗尽管调子有些沉郁，但曾收入《孙犁全集》，应是先生最后一首诗，先生生前曾多次书写过，我亦见过不同版本。可见孙犁先生还是很看重这首诗的。

彼时，先生已是八十高龄，加之大病缠身，心绪时有起伏，笔力略显松散，但经行家过眼，确是真迹。次年，先生出版了最后一本集子《曲终集》，为他的文学生涯画上了句号。孙犁先生曾在《战争与和平》的书衣上，写下这样一段文字："余幼年从文学见人生，青年从人生见文学。今老矣，文学人生，两相茫然。"

所谓书衣，即包书纸。孙先生爱读书亦爱书，他有给书包皮之好。这不禁使我想起少年时在妈妈的帮助下，给课本包书皮的情景。"书衣文"是孙犁先生写在包书纸上的文字。这是孙犁先生的一个独创,古今中外文学史上没有先例。现出版有《书衣文录》(174条)存世。

联系先生平实低调,不自修饰不自哀,更不曲学阿世的风骨,再读先生深沉隽永的文章,我似乎对这首诗,进而对先生的为文之法和为人之道,有了更多的理解。

读史散记

先翻阅了沈志华的《冷战的起源》《冷战的转型》《冷战在亚洲》《冷战中的盟友》《冷战的再转型》，又读了杨奎松的"革命四书"和易中天皇皇二十四册的中华史，有些不同以往的感受。尽管对作者的观点，我并非都赞同，但对他们不拘泥于成见、另辟蹊径的治学态度，尤其是通过浩瀚的历史档案、文献来重新检视通行中国历史说法的做法我是钦佩的。读书，我渴望读到不同观点，甚至不同立场、不同结论的书。当然了，这几部大书，洋洋洒洒千万言，纵横上下数千年，只是简略地翻读，根本没有资格臧否。这里，只想谈点引申的话题：

这就是历史是什么，或曰什么是历史。

这个题目有点大，也有点飘。既然大，咱就往小里写；既然飘，咱就信马由缰。"历史"这个词，中文析解是"经历"之"记录"，而在英文析解是"他的故事"。其实，古往今来的名人就这个问题多有高论，比较有代表性的顺手拈来几条，供赏析：

史，记事者也。（许慎）

19

历史是人生全部经验的总记录和总检讨。研究历史，应该从现时代中找问题，应该在过去的时代中找答案。(钱穆)

历史是描绘人心的。(拿破仑)

历史是任人打扮的小姑娘。(胡适)

历史是胜利者让奴才写的。(文怀沙)

上穷碧落下黄泉，动手动脚找东西。(傅斯年)

历史是已消逝的现实，现实是正在活着的历史。(赵恒烈)

还历史的本来面目，追寻当下诸多问题的历史根源，是历史研究者的重要使命之一。(秦晖)

任何国家都有历史的污痕，这个国家要做的不是遮掩，甚至不是拭净之，而是永远记住它。(周有光)

我们是从野蛮和蒙昧爬出来不久的民族。反思那些荒诞滑稽的事情，不是丢脸也不是揭伤疤，而是去正视它们，发现问题，自我疗救。(伊沙)

历史是邪恶的老师，历史是一面镜子，鉴古知今，继往开来……

同样的历史，看法云泥有别，正所谓哈姆雷特只有一个，人们眼中的哈姆雷特却有一千个。在我等俗人看来，历史藏在一座座坟茔与废墟里，藏在一部部简册和典籍里，口口相传于市井阡陌。历史是英雄的功碑，也是失败者耻辱的囚衣。那里有耸立的座座高峰让人仰望，也有万丈深

20

渊让人低头。唯有站在历史的地平线上，才能不仰望，不低头。

读历史，最忌伪史。中国自古就有治史求真的古训，史官的榜样司马迁，更是为后人所推崇。然而史才有良莠之分，史识史德有高下之别，真正做到谈何容易，故而展现在大众面前的历史犹如京城的潘家园，当然不乏"真金白银"，但毕竟"假货遍地"。

看历史首先是求知、求真。还历史本来面目谈何容易，因为历史很容易被遗忘。再者，历史研究说到底是对人的研究。《史记》就写了一百三十个人物。其中有帝王如秦始皇、项羽、刘邦、汉武帝；朝臣如管仲、晏婴、萧何、张良；名将如白起、韩信、卫青、霍去病；改革家有吴起、商鞅、赵武灵王；节烈型的有屈原；口辩型的有张仪、苏秦、郦食其；侠义型的有鲁仲连、荆轲、朱家、郭解等等，可以说是一部生动的人物传记。可现实告诉我们，历史中的人往往有不同的侧面。比如秦始皇，誉之者赞其为"千古一帝"，毁之者斥之为"一代暴君"，至今争论不休。而且对历史人物的评价标准既是多元的，又是变化的，还不包括人本身固有的多变性。由此，读历史应尽量读不同的版本，有比较才有鉴别。如了解抗美援朝史，除了读国内作者的版本，还可读韩国人写的五卷本《韩国战争史》，韩国将军白善烨写的《韩国战争回忆录》，美国人大卫·哈伯斯塔姆写的《最寒冷的冬天——美国人眼中的朝鲜战争》等。如果能读到朝鲜人写的书就更全面了，可至今未见国内有翻译出版的类似著作。

研究历史、读历史不是钻故纸堆。李泽厚说："历史揭示出一个事物存在的前因后果，从而帮助你分析它的现在和将来。"在现代，鲁迅和毛泽东对中国历史传统的认识和分析之深刻、对历史的经验和教训运用之娴熟，迄今无出其右者。

我注意到有学者把吴思的"潜规则"、余英时的"士文化"、王学泰的"游民知识分子"之说概括为中国当代"三大人文发现"。实际上三位学者的概括也都是建立在对历史的深入研究基础上的。

近来一位名叫秦晖的史学家进入了我的视野。其实他早在 20 世纪 90 年代中期就是知识界与思想界的活跃者，只是我孤陋寡闻。秦晖认为中国历史的真相是"儒表"之下的"法道互补"。他认为在帝制中国的两千多年中，士大夫少有"纯儒"，多为"法儒"和"道儒"。中国人说的是儒家政治，行的是法家政治；讲的是性善论，行的是性恶论；说的是"四维八德"，玩的是"法、术、势"；纸上的伦理主义，行为上的权力中心主义。秦晖的史论，使我回想起 1974 至 1975 年的"批林批孔"和"评法批儒"。说老实话，不怕别人笑话，我对历史的兴趣和历史知识的积累，恰恰始于那个时期。

历史是有温度的。我读史，常常觉得压抑，唯读春秋战国和新文化运动两个时段，热血偾张，有时都恨不能退回到那个时代去。至今让我不理解的是，国内外学界都有人对重文息武、丧权辱国的宋朝评价甚高。陈寅恪甚至说"华夏民族之文化，历数千载之演进，造极于赵宋之地"。当然，我这么说并不是否定宋代文学艺术以及科学技术达到的高度。据说一个博物馆只要有一件宋画或一件宋瓷，就可评一级博物馆。一家图书馆如藏有宋版书，定是镇馆之宝。坊间早有"一页宋版一两金"之说，现通胀如此，又何止一两金？

黑格尔和马克思都论述过观察历史的方法，大致可分为三种：一是原始的历史；二是反省的历史；三是哲学的历史。学者何新认为，《史记》就是史学家反思历史的主观史学著作。对历史道德的反思不仅体现在《史记》"太史公曰"的说教议论中，也体现在史料的选择和舍弃中。当然，这种反思也让作者付出了惨痛的代价。

也许是军人出身的缘故吧，我一直对军史、战史情有独钟。在我三十四年的军旅生涯中，曾搜集了许多军、师、旅、团内部编写的部队史和战例。这些"内部稿""未定稿"往往更接近于真实。每每研读军史，我都不禁为可歌可泣的前辈骄傲，但也常常对军史、战史只记荣耀不记失败而感到困惑。

读史使人明智。这里说的智，不是小聪明、小手段和小心机，而是知大道、长见识、开眼界、增格局，这是读书人的共识，也是余之努力的方向。

闲情二记

读书与写作

退休，顾名思义，就是从工作岗位上退下来休息。可休息也不是闲极无事，混吃等死。正如诺贝尔文学奖得主萧伯纳所言："真正的闲暇并非什么也不做，而是能自由地做自己感兴趣的事。"读与写于我来说没有功利性，全凭个人兴趣，是生活方式。我的读与写不追热点，也不著时文。当然，受过的教育告诉我，你不能不关心国家的富强，不能不关心人民的痛痒，不能放弃用自己的脑袋想问题。

行万里路，读万卷书。一个人的经历和阅历，决定着一个人的起点和终点。在这个意义上说，阅读是写作的母亲，没有阅读，便没有写作。写作就像倒嚼的老牛，是把肚子里的存货倒出来。这些年，书读了一些，货也存了一些，可真正动起笔来，就应了那句"书到用时方恨少"的老话，肚子里的存货就捉襟见肘了，而"补"的主要方式就是读。

对于书，特别是心仪的书，我有占有欲。见到好书就不愿撒手，喜欢请回家。在我看来，花钱买书是划得来的投入。因为你买回来的不是轻薄的纸，而是满腹经纶的先生，是循循善诱的导师，是知识，是精神食粮。我读书常犯浅尝辄止、喜新厌旧的毛病，像伟人那般，一部书读十遍八遍，甚至几十遍，我是万万做不到的，这大概也是我学问无成的原因吧。于是，书店就成了寻"新欢"的打卡地。

在第二故乡哈尔滨，最常去的书店有两家，一是学府书城，一是中央书店。学府书城算得上是"老字号"了，当然，论资格赶不上南岗和道里的两家新华老店，只是眼瞅着一家独大的新华书店日渐冷落。学府书城外表不起眼，陈设也显得破旧了些，但这里的格局像极了图书馆的书库，一架紧挨一架，密不透风。尤其是合我口味的人文社科类图书种类齐全，品位不俗，对得起"书城"二字。

钱理群是有影响的学者，我读了几本钱书，颇对脾气。更让我兴奋的是钱书为媒，我又结识了钱的同代学人王富仁与陈平原、夏晓虹夫妇。王富仁的《中国现代作家印象记》，陈平原的评论集《书里书外》（增订版），夏晓红的学术随笔集《旧年人物》，我一一拜读，愉悦之情，不可名状。正如诗人聂绀弩所云："文章信口雌黄易，思想锥心坦白难。"

好友张瑞田的书法评论集《文人墨色》收入上海书画出版社的系列丛书，成书后签名钤印送我。这本小书内容精彩、装帧端庄，我甚是喜爱，后被同好借去迟迟不还，按捺不住只好去学府书城另寻，不但遂愿，还顺手买了收入丛书的林岫、李刚田等书坛名家文集。马群林编撰的新书《人生小记——与李泽厚的虚拟对话》和谢冕先生的随笔集《觅食记》吊起了我的胃口，可跑了几家书店未果，后来也是在这里如愿。

学府书城容量大，到这儿选书有一好处：同类书，比如诗歌，老中青诗家的作品排列成一个方阵。更令我欣喜的是学府书城接受新人的敏锐。我在这儿就先后购买了农民工诗人许立志、陈年喜，战士诗人陈灿的诗集。他们的作品毫无矫揉造作，更不"装神弄鬼"，比许多获鲁迅文学奖的诗集有思想、有味道。

哈尔滨中央大街上的中央书店是书店业的后起之秀。在寸土寸金的中央大街，保有偌大一个书店，着实令人赞叹。在我看来，一个城市实体书店的水准，是这个城市文化水准的重要尺度。与中央大街的风格相似，中央书店装点得有品位。说到品位，一是有书卷气。匾额是黑龙江省书法家协会主席张戈所题。请书家题匾，整条中央大街这是唯一。记得还见过泰国公主、汉学家诗琳通手书"慎行"条幅，后来不见了。这里经营小众学术专著，特别是书画类书是这里的特色。我曾在这里选购了一套六卷本的《马一浮全集》，还买过一套印制精美的《田家英小莽仓仓斋藏清人信札集》。这两套书价格不菲，当时好是犹豫了一阵。时下，书的装帧越来越精，价格也越来越高。不过学府书城一次购书超过五十元，可享八折优惠，中央书店则凭会员卡享八折优惠。二是"洋气"。书店要坚持下去，必须赢得青少年，这一点中央书店比学府书城做得要好。在二楼设有咖啡吧，年轻读者边品咖啡边读书，让人想起巴黎塞纳河左岸的景致，还有电脑检索也省却许多麻烦。

近些年，哈尔滨出现了一些时尚书店，如西西弗书店、半亩堂书店，但给我的感觉往往是形式重于内容，时尚掩盖了本真。在我看来，位于果戈理大街曾红极一时的果戈理书店之所以难以为继，犯的也是这类毛病。北京海淀五道口北大清华附近有家叫万圣书园的书店，无任何噱头，就是以有思想的人文社科经典好书为特色，坚持人无我有、人有我全，同样吸引了大批读者。其实，如三联书店、商务印书馆这种历史悠久的老店走的也是这条路。道里群力关东古巷曾新建一家颇大气的山水书城，那里设置了不少方便读者阅读的座位，像宽敞的阅览室，可惜如今日渐萎缩。

哈尔滨缺少一家像北京的中华书局，东京的文华堂、大云堂那样的古旧书店和二手书店。道外哈药古玩城和道台府古玩城倒是有两家经营古旧书的小门面，只是拥挤不堪。

有些书在实体书店买不到，我就让女儿帮忙在孔夫子旧书网和当当网上买。军旅作家周涛的诗集就是在网上买的，价钱却高出原本许多。

退休后，一些友人、熟人渐行渐远，唯有读书伴我。平均每年能读百十本书，记了十几册的读书札记。书读多了，手就痒痒了，于是写作自然就提上了议程。反过来，写作又牵引我读更多的书，更有针对性地读书。其实一个人的阅读史和书写史，渗透着一个人的成长史和思考史。我曾写过一首小诗，表达退休后读写的心境：

......

那支笔，化作一杆老枪

射出的每个字都似一粒子弹

让埋藏在心底的结

未了的情

在旷野——呼啸

逛菜市场

古人云，家有贤妻，丈夫不做恶事。中国家庭还有一个现象，就是家妻太勤快，丈夫一般都是"甩手掌柜"，按老话儿就是"油瓶子倒了都不扶"。工作忙时，妻子尽管抱怨，但仅限于此。赋闲后想身体力行，以补过于既往。可尝试了几次发现，做饭是件技术含量很高的活儿，尤其在少油、低盐、低糖的约束下，水准始终停滞在煮挂面和炒鸡蛋层面，于是就力所能及地承担起采买和倒垃圾等杂项。久而久之，我发现逛菜市场、副食店采购主副食，是一件兴致盎然的事情。与书店相比，菜市场人间烟火浓郁，富含人情世故，还可与散步兼得。

退休后，我们每年入冬都要回老家大连住些时日，老宅附近的桃园农贸大棚市场是我常去的地方。其实，游子的乡愁一部分是寄生于味蕾之上的。海边长大的人，自然对海鲜情有独钟。桃园大市场最吸引人的正是海鲜，尤其是产于大连本海和黄渤海的冷水海鲜。冷水海鲜因为海域水温偏冷，所以脂肪含量比热带海鱼高，但胆固醇却极低。

在桃园市场，张牙舞爪的飞蟹、长得像刺猬一样的海胆、银梭样的鲅鱼、蒙古弯刀般的带鱼、挂着海草的海螺都分外诱人。所谓海鲜，顾名思义就是一个"鲜"字。这些年随着物流业的发达，内地也能品尝到海鲜，但那海鲜往往变成了"冰鲜"，或者变成了"海货"，味道也大大打了折扣。

大连人喜欢将海鲜分成大海鲜和小海鲜。大海鲜有蟹、鲍鱼、虾及各种鱼等，小海鲜有贝类、蚬子、杂鱼小虾等。也有把海水里长大的生物称为大海鲜，而把海边沙土里长大的带壳的小生物称为小海鲜，比如花蛤、海蛎、蛏子、螺蛳等。记得小时候，大海鲜摆上台面卖，小海鲜则堆在地上用撮子撮。不过这些年物美价廉的小海鲜越发受宠，也登上了大雅之堂。

"臭鱼烂虾，下饭的冤家"是海边人常说的俚语。我打小就喜欢小海鲜，尤其喜欢吃蚬子。大黄蚬子个儿大，肉肥、鲜，外壳呈黄色，小条纹，是我的最爱。母亲是做海鲜的高手。记得她做蚬子，先洗净表面泥沙，再在水里泡，让蚬子自主吐沙，然后在锅里清煮，一个开即可。食用时不放油盐，蘸芥末。还有一种做法，洗净后放入锅中干炒至开口即可，原汁原味。蚬子肉还可做肉皮冻。用热水将蚬子烫开，汤用蚬子汤汁，用猪皮熬胶，再把猪皮挑出，将蚬子肉冷藏两小时即可。蚬子肉皮冻鲜美至极。蚬子肉放小白菜炒鸡蛋、下面条也都是提鲜佳品。各类蚬子一年四季不断货，秋季最为肥美。

老大连人的家常海鲜还有干炸小黄花、酱焖大头宝和炖海杂鱼。烤鱿鱼则是小朋友们的最爱。近些年，飞蟹、

29

海参、鲍鱼这些海上贵族也开始走入了百姓餐桌，只是价格高得令人咋舌，寻常人家只能偶尔解解馋。

辽南盛产苹果，有"果中之冠"美誉的苹果当然就成为市场的畅销货、长销货。苹果中我最喜欢王林。王林取"苹果之王"的意思。因表皮上有斑点，人送绰号"雀斑美人"。王林表皮光洁，青果黄绿微红，每只一般半斤重，大的一斤左右。果皮薄，果肉乳白色，口感脆甜多汁，渣少，位列世界十大苹果之五。王林苹果只在大连，在别地鲜见。近些年，辽南的改良富士苹果口感似不如前，老树国光又吊起了一些老人的胃口。此外，新上市的乔纳金也不错。桃子、草莓、大樱桃、葡萄也是当地特产，不过得等季节，反季的水果尽管外形很漂亮，但味道与正宗原味差着火候。

桃园大市场就像一个小社会，三教九流，贩夫走卒，在这里都能找到位置。业主大都是底层劳动者，还有一些是替人打工的，起早贪黑，苦心经营。最近再去桃园大市场，以前常去的一家卖泡菜、咸菜的业主撤摊儿了，一打听，原来女主人患肝癌病故，家传的手艺也带走了。都说民以食为天，那么这些经营者就是把农民辛劳的产品送上百姓餐桌的桥。从这个意义上说，在菜市场里那些被人瞧不起的小商小贩，干的却是天大的事。

我总感觉，城市越现代化，对他们限制越多。限制多，价位必然水涨船高，最终都要转嫁到老百姓的菜篮子里。挤压他们的空间其实是在封堵底层市民和打工者的生存之路。真理往往很浅显，你再"高端"，也离不开生活日常。

在菜市场观察各色人等斤斤计较、讨价还价，很有意思。一般来说，固定摊主很注意积攒人脉，拉回头客。一靠货真价实，二靠嘴甜。"吃好再来"是不少摊主的广告语。但缺斤短两、以次充好者也不鲜见。我不善讨价还价，也没有挑挑拣拣的耐心，但我上一次当，决不再买你的东西。交了几次学费后，也长了不少选购海鲜果蔬的知识。新鲜、地产、应季是我采购的准则，老伴讥我是信奉"一分钱一分货"，只买贵的，不买对的。

逛书店的年轻人多，逛菜市场的则多是拖着小车的老年人，这也应了老年人多在家吃饭、年轻人多在外面吃或点外卖的现状。不过，老年人采买应尽量避开周末和节假日。还有就是一般临近闭店和周一下午尤其便宜。

书店与菜市场看起来是风马牛不相及的两档子事，逛书店与逛菜市场也会有不同的心境。一个精神，一个物质；一个让你仰望星空，一个让你脚踏实地。不过，逛菜市场与逛书店有一点是相通的，选择都是在反复比较中进行的。商品以质为上，购者以需为要，人既离不开精神食粮，又离不开物质食粮，这也算是常识或通识吧。

清明断想

先人把春天的第一个节日命名为清明。这一天，大地的主基调是素色；这一天，泪眼婆娑，白花朵朵。这一天，衰草萋萋的山岗站满了断肠人。人间山高坑深，阴曹风雨交加，我感叹生，也尊重死。

我们是一个有古有今的民族，是一个有家有族的民族。没有祭祀便没有一个民族。岁岁年年的这些祭奠，正是我们中华民族延续自我的方式之一。中华民族世世代代地活在那些杰出的生里，亦活在那些杰出的死里。

清明这一天，让我们重新审视人生。所有的人生，不可能都伟大；所有的死亡，也不可能都光荣。唯要问心无愧，唯要坦坦荡荡。生死是一个过于沉重的话题，但又不免时常出没于心底。古人有云，生亦何欢，死亦何哀。

对逝者最高的敬意是永垂不朽。祝福寄托在一块块石头上，竖起来，被称作碑。有的碑是舌头，翻飞的唾液是它的注解。有的碑供奉在祠堂，血缘维系着岌岌可危。有的碑是典籍，先人的哲思涌动在字里行间。有人活着，就把名字刻在了碑上，架起神坛让众人膜拜。我向把那最后一抹灰烬投向大海的人致敬，你的旷达，让每一朵浪花都化作丰碑。人的一生，每一天都在书写碑文，每一年都在铸造碑的基石。不朽的碑由历史书写，屹立在亿万人民的心里。

李清照的千古名句，"生当作人杰，死亦为鬼雄"，让多少自诩的大丈夫汗颜。读李清照，我曾写下这样的句子："鬼比人可爱，人比鬼难缠；世上少人杰，阴间多鬼雄。"蒲松龄先生，您赞同吗？

中国人避讳说死。其实，按中医医理，正气存内，邪不可干。思考死亡，是为了活得更好！

我与手术室的故事

病不都是真的；

药也总有假的。

——引自诗人马合省题赠诗集《老墙》

下笔前，我查了百度，手术室是为病人提供手术及抢救的场所，是医院的重要技术部门。手术室与相关科室相连接，还要与血库、监护室、麻醉复苏室等临近……到此打住吧，再写下去就太专业，也太吓人了。

让我没想到的是，到了天命之年，我的小命竟一次次交给了这阴森冰冷的手术室。我这样说并无夸张之意。那里温度很低，我脱得不能再脱了。无影灯下的房间给人一种怪怪的感觉。一把把闪着寒光的刀剪摆在你的周围，躺在狭窄的手术床上就像在砧板上。戴着口罩的医护人员边闲聊边做手术准备。好在一上麻醉，你就不是你了。

我一直为自己的身体骄傲。当年在连队当兵时，我曾在吃包子大赛中一气吃了十三个，进入前十名。而立之年，当团政委时，在运动会上，穿着解放鞋和年轻干部一起跑百米，以十四秒的成绩进入决赛。年逾不惑，当师级干部时，还能打一整场篮球。可以说五十岁前体壮如牛，五十岁后如一部磨损过度的老车，原装部件一个个拉响警报，最终弃我而去。

最早弃我而去的是一叶肺。人最无知的部分，恰恰是对自身的认知，包括人体。比如折磨人类上百年的癌细胞是怎么来的，至今也说不清楚。我的左上肺叶被残忍地割掉，那上面长了一个 2.6cm×2.8cm 的肿瘤，其实就是癌细胞。

手术后，被推回病房，妻子给我看了那叶肺的照片。那叶肺有拳头大小，呈黑褐色，所谓的癌细胞在哪儿，肉眼根本看不到。后来医生给我画了一个草图，才知道大约在左上角。

中医讲肺主气，司呼吸，主行水。对于那叶陪伴我走南闯北大半辈子的肺，我是心存感激的，但对它未能从一而终却又耿耿于怀。我说不清导致分手的责任在它还是在我。

这以后，每当我上楼爬山气喘吁吁的时候，每当我一遇气压低、空气差，喘不上来气的时候，我就想念那叶肺。

治疗肺癌的过程中我还明白了一个道理：人体有巨大的修复功能或曰替代功能。人有五叶肺，切掉了一叶，或切掉了两叶三叶，剩余部分能够顶上来。当然，替代部分经常捉襟见肘，生命质量会大大降低。有趣的是，手术若干年后一次常规体检，照肺片竟然没发现我少一叶肺。后与医生探讨，他说剩余的肺把我的胸腔充满了。是不是呢？我没做深究。

给心脏左前支动脉装支架

我是因心脏不舒服做增强 CT 方发现肺有问题的。肺手术两年后，心脏愈发难受，经入院检查，确诊心脏左前支堵塞达百分之九十以上，当时就装了一个支架。事后医生说还有一个血管也堵了，装不装支架在两可之间，但她们考虑这是个侧支，过血量够了，就没装。心血管介入手术很好玩。局部麻醉，整个手术过程，自己的心血管血流情况，在屏幕上都能看到。术后，心脏供血改善，一下觉得心胸有豁然开朗之感。不过装支架后终身服药，控制血脂、血凝和降压等是很麻烦的一件事情。手术八年后，我与当年主治医生通话，诉说近期下水游泳后又出现了胸闷的状况。她说八年了，又有症状，再来医院复查一次吧。于是我住进心血管内科，又做了介入检查。医生说结果比她预想的要好得多。是的，心肺手术后我一直坚持按医嘱用药，合理膳食，控制体重。但在心脏 CT 和彩超检查中又发现了反流，医生又让我加了一种药。一年来，效果还不错。

摘掉胆囊

记不得从何时起，体检时总是说我有胆结石，开始是泥沙状，后来是充满型，从第三年开始又成萎缩型的了，而且胆囊有了炎症。请名医会诊，认为我是肿瘤高危人群，而且那只充满泥沙且又萎缩的胆囊已无作用，建议尽快切除。

我是比较听医生话的，何况自身又有"短处"（所谓高危人群），于是当即答应入院。手术那天，一大早就把我推进了手术室外走廊待命。一个护士问我："你做过手术吗？"我说："做过肺切除。"她说："那你是老运动员了，这个手术跟肺切除比，是小儿科，不用紧张。"

手术进行得很顺利，不到一个小时。妻子给我看了那只切下来的胆囊，的确化脓了，还有些沙粒，整个稀糊糊的像一摊鸡蛋。据医生介绍，手术采取了微创新技术，术后不用引流，也不用拆线，次日就可以出院了。术后当天下午有些痛，上半夜高热，大汗淋漓，贴上退热贴，下半夜就好了。

有不少同志询问，胆囊切除后对消化有什么影响，总的来说没有什么明显的影响，但第三年时感觉原位有些不舒服，我当时怀疑胆管出了问题，分别在两个医院做了 B 超检查，都认为没什么问题，半年后逐渐缓解了。我咨询老中医，认为胆切除后胆管负担加重，要注意饮食，防止过油、过饥、过饱。我曾与多位胆切除者交流，利弊众说纷纭。我不是坚持"身体发肤，受之父母"的老古董，但惨痛的经历知会我，原装部件能保留且保留。

眼底出血三进手术室

一天在老家，左眼前突然觉得黑色飞蚊乱飞，视觉模糊。开始没当回事，可拖了一周仍不见好，只好去医院诊治。在一家中等医院眼科查了眼底，初步诊断为眼底静脉血管出血，给开了一些药。又过了一周，越发严重，心里陡然紧张起来，因为眼睛对我的阅读写作来说太重要了。我父亲晚年因糖尿病并发症引起眼底出血，最后导致几近失明，给他带来严重不便和痛苦的情景犹在眼前。

小病不必小题大做，而大病一定要去大医院，找一流高手，是我这几年瞧病的经验。这次到了北京海军总医院，很快确诊为高血脂引发眼底静脉出血，导致黄斑水肿。医生拿出了向眼球注射药物，阻断出血静脉的方案。向脆弱的眼球打针，想想就紧张。躺在手术床上，负责手术的是一位眉清目秀的女博士，她安慰我不要紧张。在眼眶处注射局部麻药后，她告诉我，注射时有些胀痛，很难受，过一会儿就好了。给药中，眼珠一阵胀痛，有点恶心，好在很快就过去了。同样的手术一个月一次，连续做了三次，中间还加上激光烧灼，最终控制住了黄斑水肿向被称为"眼中癌症"的黄斑病变转化。左眼视力也从 0.2 恢复到 0.6。从此戴上了眼镜。两年后，我做了复查，医生告诉我，没再好转，也没再恶化，这我就很满意了。

肠腺瘤在肠镜下无处遁形

在一次肺癌复查验血中，发现司职消化器官的肿瘤标志物过高。医生问我近期是否做过胃肠镜检查，我说从来没做过，他建议我尽快做一次检查。于是就在 301 医院门诊挂号做了胃肠镜检查。做的时候全麻，并无不适，但头天晚上、当日早上排泄清肠，却让我有了前所未有的体验，用一句粗话来概括，拉得"提不上裤子"。遗憾的是，由于没有经验，肠上发现了一个 2.9cm 的腺瘤，因为过大，须入院切除。无奈又办理入院手续，再遭了二茬罪。我每次肺肿瘤复查，都验血看肿瘤标志物，有人说没用，有人说很有必要。从我这次经历看，似乎还是有些作用的。从那之后，我坚持每年做一次胃肠镜检查，两年后，在十二指肠球部又发现一个早癌。那次也是做了两遍，第一次切点样本做了病理，医生立刻让我回来做了第二次。我记得她采取的办法是把可能恶化的部分扎死。我的兄长就死于直肠癌中晚期转胃癌。他之前没做过肠镜检查，直至便血，始终认为是痔疮。现在的医疗水平比过去大大提高了，严肃认真的体检必须坚持。怀疑脏器病变，更应及早诊断，及早治疗。

想想，不到七秩，大大小小竟做了十二次手术，在胸部和腹部留下一块块伤疤。有人说墓地是人生的课堂，其实医院也是。大病一场，重活一回；大病几场，顿悟人生。它告诉我们，人生应有尽有，不如应无尽无。其实，有与无都是人生的一部分，我们能做的就是听天命、尽人事。

我曾作一首小诗感悟人生：

剪去一叶肺
我问大夫
还能理直气壮吗
大夫说
不建议理直时气壮

摘掉胆囊
我问大夫

39

还能无所畏惧吗
大夫说
应知敬畏，应有所止

心脏主动脉阻塞，支架后
我问大夫
还能心潮澎湃吗
大夫说
有大海在，你能掀起多大的浪

割去一段肠
不待大夫提醒
我就装得比之前更大度了

左眼底出血，黄斑水肿
我暗自庆幸
终于获得睁一只眼、闭一只眼的资格
大夫说，但愿那资格可将炎凉世态
了然于一目

　　话虽这么说，可一走出医院，人间烟火又熏得我意乱情迷，看来世俗的力量才是不可战胜的啊。

给退休生活装上轮子

有一句鸡汤语虽有些油腻，却暗合我意：要么旅行，要么读书，身体与灵魂，必须有一个在路上。

退休后，我有四位须臾不分的好朋友：一是老伴，二是书，三是手机，四是小汽车。前三位是故交，唯有汽车是新朋。

我是退休那年开始学车的，师傅是我年轻的同事。当我第一次坐到驾驶位置上时，他告诉我，驾车的最佳状态是人车合一，但我的驾驶生涯却从手忙脚乱开始。上了年纪的人学车反应迟钝是缺点，但沉稳却是驾驶人的可贵素质。

学车让我想起了小时候学自行车，先"掏裆"，再跨大杠，最后才上鞍座。尽管个子小，一只脚连车镫子都够不着，但奔驰的感觉让我很受用。

学车也让我想起当兵时骑马的经历。骑马是双手握紧缰绳，双腿夹紧马的肚子，马"嗖"的一下就蹿出去了。开车是点火，挂挡，松离合，踩油门，车"呼"的一下就前进了。同样的驾驭感，同样的征服感，都是妙不可言的。

过去我们羡慕美国是建在汽车轮子上的国家，截至

2022 年底，我们国家的机动车保有量也已达到 4.17 亿辆。城市空间不断拓展，高速公路网络遍布全国，汽车已进入寻常百姓家，驾车已成为一个基本的生活技能。老年人学车、驾车已渐成时尚。在这种大气候、小气候的作用下，不少老人的心动了，手痒了。

在我看来，老年学车更有意义。上面说了，那种驾驭感和征服感让你重现青春的活力，对生活和未来增强了信心，也有了更多的瞻望。原沈阳军区政治部创作室副主任胡世宗老师就以七十五岁高龄，与老伴自驾三千多公里，从东北沈阳直奔海南琼海。

后来，这次诗意的旅行、豪情的奔走，结集成十几万字的《一路向南》。他们的儿子——音乐人海泉在序中写道："说走就走的人生是真正自由和痛快的。爸妈能在晚年过得这般惬意快活，我由衷地羡慕。"前不久，我还在"头条"上看到原北京市长孟学农退休后，自驾去青藏高原旅行的照片。

退出工作岗位，你的活动范围缩小了，而开车在另一层面扩大了你的视野和活动范围，使你有了更多的选择。解放战争时期，东北野战军曾四战四平街，有攻坚战，有保卫战，打得极其惨烈。我父亲曾参加前两次战斗，那是他随"黄（克诚）三师"到东北打的第一次大仗，每每谈起都显激动。我曾无数次路过吉林四平，一直想去看看四平战役纪念馆，看看这座被称为"英雄城"的东北重镇，可阴差阳错一直没能成行。学会开车后，终于遂愿，而且去了两次，第二次去品尝了地道的李连贵熏肉大饼。

开车还可以享受到助人的快乐。自从我学会开车后，经常有朋友求助，对此我并没有麻烦的感觉，尤其对比我老的老头儿们更是有求必应。有一次我和老伴送一对老友回家，我调侃道，这个车坐了四个人，加起来三百岁。

这些年我自驾跑了东北好多地方，去看望当年在一个连队睡过大通铺的老战友，去拜访文化名人，去寻踪古迹遗址。遗憾的是，至今未能自驾车驶出山海关。

从一般意义上讲，开车就是一个熟练技术，不到一个月，我就可以独立驾车了，几个月后就上高速跑长途了。但是，能把车开走固然不难，可要把车开好并非易事。

驾车有风险，开车须敬畏。

我出的第一次车祸就是疏忽大意造成的。一天下午，下着小雨，有些雾气，我驾车从哈尔滨市二环驶上安发桥，变道时没有认真观察，车头一侧与右道上来的一台车碰撞。当时"咣当"一声，两车都不同程度地受损。开始我认为是后车责任，交警现场勘查后认定我违规变道负全责。更令人尴尬的是被撞车辆是豪车保时捷卡宴，开车的竟是一个小姑娘。记得学车时，师傅叮咛我"倒车镜是司机的两只眼睛"，直到撞了车我才有了切实的体会。

还有一次，我在停车场倒车入位，停稳后又往前提了一步，此时一辆车从我车前飞驰而过，我听到"咔嚓"一声闷响，下来一看前车被剐成 U 字形，车前脸也剐花了。这件事我们协商解决了，我不知责任在谁，但我还是疏于观察了，即使是在停车场。

北京警察汽车特种驾驶培训中心教授柳实说过："开车撞别人，这种开车有问题；开车被别人撞，这种开车有毛病。"

老人开车特别是跑长程，易走神，易疲劳，而自驾游却又乐趣盎然，这就需要根据不同情况，采取不同对策，既不因噎废食，又不铤而走险。

　　驾驶人常常听到这样的嘱咐："慢点开。"当然，开车决不能超速，老人开车更不要抢道、抢时间，但不是越慢越安全。无论城市驾驶还是上高速，既不能超高速，又不能超低速。

　　自驾的路，犹如人生的路，什么样的意外都可能发生。老人开车心态尤要平和，千万不要染上"路怒症"，更不要动辄火冒三丈。说实在话，提高我们国家驾驶人和行人的文明素质，任务还重着呢，道路还长呢。

　　我自驾游，一般坐在副驾驶位置上的是老伴。她扮演的角色是部队的"带车干部"、赛车手的"领航员"，还兼任渴了送水、饿了送食物的"服务员"。有一次由哈尔滨自驾回老家大连，午饭后有些困乏，我开着车竟闭上了眼睛，幸亏她及时把我推醒，否则就钻到一大货车底下了。她学车比我还早两年，我学会后把着方向盘就不撒手了，弄得她武功都废了。对驾驶人来讲，老婆无疑是最有责任心的副驾驶。平时可以不听老婆的话，但开车时要听。不过这里也给"副驾驶"们提点意见，提醒要有预见性，切忌放马后炮，更忌一上车就唠唠叨叨。

　　时间过得好快呀，我的驾龄都有十年了。轮子上的生活固然很惬意，但也不能冷落了陪伴我们一生的"11 号汽车"，能走路的时候我还是选择步行，当"11 号汽车"故障了，其他车辆就只能抛锚了。"晚食以当肉，安步以当车，无罪以当贵，清静贞正以自虞"，永远是老人的上佳选择。

云想衣裳花想容

我一直固执地认为，从书橱中可以窥见一个民族的思想史，从衣柜中可以观察一个民族的成长史。在书橱和衣柜中藏着如烟往事，藏着时空隧道的条码，哪怕多数时光，它们只是一种摆设、一件道具。经验告诉我们，大幕的开启，往往始于道具的更迭。

君不见，先祖的启蒙，始于私处披上了遮羞的物件。据人类学研究，人类最早的衣服大约出现于十七万年前。原始社会，男子为了方便打猎，也为了保护遮蔽重要部位，会编织一条草裙，抑或用一些坚硬度适当的果壳固定好，系在腰上。

商代开始流行穿衣裳，上衣下裳。"衣"为缝有袖筒、前开式的服装。衣襟右掩的称为右衽，衣襟左掩的称为左衽。"裳"就是早期的裙子。裳在最初，只是将布裁成两片围在身上，到了汉代，才开始把前后两片连接起来，成为筒状，这就是所说的"裙"。除了上衣下裳制外，衣裳连属制也是古代流行的另一种服制。自周朝将"上衣下裳"写进礼制，中国传统服装的两种基本形制，即上衣下裳制、衣裳连属制形成。

中国历史上的第一次服装革命发生在战国，总设计师是赵武灵王，效法的是胡人，史称"胡服骑射"。所谓胡服，一般多为贴身齐腰短衣、长裤和革靴。衣身紧窄，活动便利。由于实行了胡服，学习骑射，赵国建立了一支奔驰迅猛、机动灵活、以骑兵为主体的军队，一举成为那个时代仅次于秦国的第二强国。1903年，梁任公盛赞赵武灵王为黄帝之后第一伟人。

据说汉民族穿内裤，当时称"胫衣"（内裤前身），也自赵国推胡服始。

往事越千年，到了近代，辛亥革命的前辈们抛弃了满服，穿上了中山装，跟着那位叫中山的先生，步履蹒跚地走进了共和。到了1978年，西装革履又成了正选，仿佛是领带牵引着我们，融入了世界。四十余年一梦家国，西装依然是人民大会堂的标配，黑白灰的大衢间巷，早已汇成一条流光溢彩之河。

回首历史，一次次变革与革命，服装犹如一面面旗帜，总是率先更换于城头，更换于大街小巷。在中国，着装有时就像政治符号，有时又是身份的象征，有时则表现价值取向。比如坊间流传的"不管多大官，都穿夹克衫；不管多大肚，都穿体形裤"，就很形象贴切。在某个时期，我们也曾将"奇装异服"视为洪水猛兽，比基尼、喇叭裤都被视为大逆不道。

我当了大半辈子兵，先后经历四类服装式样。你仔细研究解放军的服装史，也很有意思。土地革命战争时期，红军军服最典型的特征是八角帽，"一颗红星头上戴，革命的红旗挂两边"。抗日战争国共合作，军服也"合作"了。

建国初期学苏军，连着装也学。那个船形帽，不适合亚洲人脑形。后来取消军衔，实行65式军装，又大致恢复到红军时期。我入伍后的第一套军装，就是65式，先布衣，后的确良。65式军服在军内外广受欢迎。解放帽，绿军装，甚至解放鞋，都成了一代人的向往。后来又恢复了军衔制，戴上了大檐帽，扎上了领带。现在的军服更是分为礼服、常服、作训服等多个系列，胸前的佩饰也越来越多、越来越复杂，连我这个老兵都看不大懂了。在我的衣橱里，至今保存一套完整的65式军服，大概是"人恋旧物，马恋旧槽"的缘故，在我心里，65式绿军装是最美的礼服、永远的正装。

老子云："甘其食，美其服。"进入现代社会，服装已不仅仅是遮体、装饰的生活必需品，更是身份、生活态度、个人魅力的表现，穿衣的目的大不可用唯一的功用来限定，而是因人而异。当下国人的大众着装愈发运动休闲、愈发个性，折射出社会的进步和人的文明开化，那种追逐名牌、以衣帽取人的习俗正在成为过去式。不过从着装上还是依稀能判断出大致的职业，如穿黑夹克、白衬衫的多是体制内的，穿迷彩的不是战士就是农民工……最近网传青年大学生中军大衣、花棉袄又流行开来，至今没看懂是什么意思。

谢冕谈"吃"

　　九十高龄的谢冕先生于 2022 年初又出了一部随笔集，名曰《觅食记》。自喜欢上诗，就喜欢上了谢先生，先生论诗评诗的著作文章言论，凡能找到的，我都乐意读，而且每每读来总有收获。

　　谢先生有一闻名遐迩的金句，"唯诗歌与美食不可辜负"。在当代诗坛，作为中华诗词研究会名誉会长、北京大学中国新诗研究所所长，著作等身的谢先生，无疑是泰山北斗级的人物。但对先生是如何不负美食的，却鲜见文字记述。闻听《觅食记》出版，即刻买来。一个"觅"字果然了得。

　　中国人的吃文化向来悠久而辉煌。在世界各国的饮食中，中国不必过谦，无疑是排第一名的。传统美食不仅仅是味蕾上的一点滋味，更是每个中国人心底挥之不去的家国情怀。史上许多文化大家，都是理论与实践兼通的美食家。远的不论，当代就有陆文夫与汪曾祺。但我觉着谢先生这本觅食谈吃的新作更有味道。

　　谢先生在北大执教六十余载，在弟子们眼中，既是"伟大导师"，又是"伟大导吃"。宛如建构新诗理论体系，谢先生也提出了一系列会吃、善吃、能吃的高论新观，诸如"热爱美食就是热爱生活""美食可以是引导我们走向美的人生的一种方式""能吃就是生产力"云云。

《礼记》有言："饮食男女，人之大欲存焉。""饭桶"一词本是贬义，可仔细想想，人这一生，又有哪个不是饭桶呢？你尚有当"饭桶"的资格，起码证明你是一个健康的人，而身体健康，精力充沛，恰恰是做成一切事情的基础。吃吃喝喝这等事难登大雅之堂，可从这个角度论，就堂皇正大了。再者，好吃之人众多，能把美食转化为美文的则不多。

《觅食记》的特色不在论理，而在实务，甚或可以作为美食小百科来读。先生从馄饨、卤煮到奶汁烤鳜鱼、槟榔芋烧番鸭，共写了六十余种美味佳肴，俨然现代版的《随园食单》。

谢先生胸怀宽广，口味多元，他把走南闯北、游东览西、吃香喝辣的故事和经历写得有根有据、有滋有味。有人曾问先生最爱吃什么，先生回答："这个问题就跟问我哪一首诗是我喜欢的一样，这是不可能回答的，因为诗那么多，哪首诗是我最喜欢的？太多了，好诗我都喜欢。问我最爱吃什么，没有，什么好吃我就喜欢吃。"在这一点上，我随先生。

先生谈美食，强调一定要"有味，够味，恰到好处的足味"。该咸就咸，该甜就甜，该油就油，断然拒绝的是乏味。先生认为，五味之中，盐是霸主，盐定味，糖提鲜。不会用盐，犹如医生开方，犹豫而不敢在主药上下足分量，庸医于是就出现了。谢先生的这些主张，似与当下流行的低盐、低脂、低糖的"养生"之道不合。对此，先生颇不在意，自称不想过那种"不咸不甜的人生"。

令人称奇的是，"重口味"的谢先生长寿，且体力充沛，八十多岁还能徒步登泰山，九十岁了仍思维敏捷，腿脚利落。谢先生食量亦过人，已是"80后"的先生，在深圳曾一口气吃掉十七只生蚝。更有趣的是，先生曾在中关村连续举办七届"谢（馅）饼大赛"。赛事很简单，就是比赛谁吃得多。报名资格要能吃六个以上。参赛者多是学界俊彦，还有外籍专家。首届男组冠军十二个大馅饼，女组冠军十个大馅饼。北大资深教授严家炎，一贯严于饮食，竟然一气吃了六个，荣获"新秀奖"，吓得夫人大惊失色。至于谢先生战绩如何，书中未言及，估计不在严教授之下。

请客吃饭，选饭店，点菜是一件颇费思量的事。谢先生也曾感慨："点菜是一门高超的艺术。"在餐馆的选择上，先生提供的经验是，味道纯正，价格大众，性价比好，信得过。先生以为，点菜不轻易"发扬民主"，而应"独断"，即由一人说了算。理由是众口难调。菜品安排拼盘宜淡，主菜宜重，可先轻后重，次第顺进，直抵高潮。高潮而后，才是甜食和果类登场，是甜蜜的余绪。

点菜要考虑菜系，特别是这个菜系的名菜和招牌菜，这才"近于专业"。如是，方能达到各悦其悦，众人之悦。谢先生特别指出，点菜不是贵了就好。他专拣大饭店点普通菜，便宜到位。先生认为，把普通菜做成精品的才是名厨。

"小食琐碎，不失其雅。"《觅食记》中的《面食八记》《小吃四记》《燕都五记》，记的多是南北小吃。许多入册的美味小吃就来自大排档和街边摊。一碗乌鲁木齐的羊杂碎汤竟让老先生记挂了近三十年。北京打工者的早餐标配灌饼，也因物美价廉让先生激赏。

在《觅食记》中，谢先生对美食的赞美，不似对诗那般啬吝，格外慷慨，甚至激昂。请看先生对川中豆花的描绘："豆花薄如云彩，漂浮在勾着薄芡而泛着微红色的汤里，浓重的醋、大量的胡椒，加上香酥的炸豌豆，整体的润滑中夹杂着又香又脆的豌豆，其妙处不可言说。"

作为东北人，我注意到了先生对东北菜的品评。不可否认，东北菜在中国各大菜系中是不入流的，然谢先生却给予中肯的评价："东北菜用料并不考究，用的都是常见的原料，做出的菜原汁原味，体现了充足的乡土情怀。精致也许不是它的长处，质朴却是它至上的追求。它的最大特点是少装饰、忌琐屑，朴素、单纯、简洁，尽量少用作料和辅料，凸显原料的真质。"读到这儿，我不禁颔首击掌。

谈美食，先生常辟新径，往往说的是美食，写的却是人生；吃的是滋味，品的却是文化。先生在《觅食寻味》一章中言："味非常物，味中有道，此道非单指舌尖而言，此道事关世态人情，涉及社会人生的大道理。美食不仅丰富我们的人生，使我们能够得到一种快感和万般乐趣，美食更能从一个侧面为我们指点世道人心乃至格物致知的迷津。"

读罢《觅食记》，对先生不负美食的境界总算有了领教。先生一贯主张美食需够味，先生的《觅食记》同样够味，跟着先生的文字去觅诗、觅食，不亦乐乎。当然，正在减肥者须警惕。

顺带说一句，谢先生反对人家尊称他"谢老"，他说称"谢老师"就很好了。

闲话东北菜

中国人的一日三餐，有主副食之分。顾名思义，主食，米面也，乃主要食物；副食，肉菜也，乃辅助食物。不知何时起，国人的主副食结构发生了变异，副食反客为主，主食倒成了陪衬。正如钱锺书先生所云："吃饭有时很像结婚，名义上最主要的东西，其实往往是附属品。吃讲究的饭事实上只是吃菜。"

至于这种食物结构的变化是否科学，可当别论。但菜在饮食中的地位是不言而喻的，正可谓"民以食为天，食以菜为主"。

据西方植物学者调查，中国人吃的菜蔬有六百多种，比他们多六倍。宋代，中国的菜肴风味流派已初步形成。汴京、临安街市出现了北食店、南食店、川饭店、素食店。在张择端的《清明上河图》中，酒楼是很见规模的。

现如今，中国到底有多少菜系，一直众说纷纭。有川、鲁、粤、淮扬四大菜系说，也有川、鲁、粤、苏、湘、沪、闽、淮扬八大菜系说。不论几大菜系，总之是没有东北菜的份儿。由此说来，在中华饮食文化典籍中，东北菜是入不了"系"的。

入不了系谱，总能入菜谱吧？我翻阅了一本 1966 年第一版、1980 年再版、曾七次印刷的《大众菜谱》，亦大失所望。此菜谱收入二百四十四种家常菜，每一种菜均标注原产地名，源自东北的只一种——"氽白肉"。清代学者袁枚留下的那本美食名著《随园食单》，也大都说的是江浙美食，并无东北菜什么事。这不免使东北人汗颜，继而不平且愤愤然。

细细想来，这也难怪。中国人是把一日三餐认真地当功课来做的，美食家的虔诚丝毫不亚于画家和雕塑家，色香味成为一种美学追求，连深藏不露的舌头也被调动起来，成为美食的鉴赏工具。中国烹饪的特色是煎、炒、烀、烧、蒸、炖，五味调和，达到色、香、味俱全。按此标准，东北菜无论用料抑或烹饪技法，都不免有些单调和粗放。

唐宋以来，国人即把菜分为两类：一类是酒菜，名曰"按酒"（又作"案酒"）；一类是饭菜，名曰"下饭"。家常东北菜既下酒，又下饭，且养人。东北有"鲇鱼炖茄子，撑死老爷子""小葱蘸酱，越吃越胖""吃得粗，长得快""冬吃萝卜夏吃姜，不用医生开药方"的俗语在民间流传。如果从现代养生学上论，东北菜的用料，如大白菜（民间早有"百菜不如白菜"之说）、大萝卜、土豆、油豆角、蘑菇、木耳、山野菜，以及大豆腐、干豆腐等的确是上品。就是粗放的烹制、食用方法也有利于保持菜的营养成分。东北汉子和姑娘都长得高高大大，大概与常食东北菜不无关系。

地道而传统的东北菜，尤其是东北之北的黑龙江菜，做菜的主要方法有三，我称之为"东北菜三大法"。

一是炖。一方水土养一方人，一方的菜肴同样培养出一方人口味之喜好，甚至影响到一方人之性情。东北人饮食习惯的养成，与地理环境、文化背景有关。北方，尤其是黑龙江，冬季漫长而寒冷，一大碗热气腾腾的炖菜，味醇汤浓，既可饱腹又可御寒。无论是小鸡炖蘑菇、猪肉炖粉条（酸菜）、鲇鱼炖茄子、大鹅炖土豆、白菜炖豆腐，还是多种菜投于一锅的乱炖，都离不开一个"炖"字。炖的方法也简单、豪爽至极，将各种菜品一股脑儿投入大印铁锅中，用文火慢慢炖，这种返璞归真的做菜方式实际上可以看作是人与自然的一种融合。而慢炖的过程又使得各种配料你中有我，我中有你，彼此交融，让人体会到东北人性格中的"亲和"。

二是烀（半蒸半煮）。夏秋交替，在东北好过其他任何季节。田野里五彩纷呈，农家院硕果累累，可吃的东西多，蔬菜瓜果最丰盛。烀苞米、烀土豆、烀南瓜（东北人称"倭瓜"）、烀茄子，成为这个季节的美味。

东北人买苞米论"穗"，不论"棒"。茄子洗净，土豆冲洗后对半切开，然后将做酱的材料如辣椒切碎，葱也切碎，再加点油，鸡蛋放入碗里打均匀，一切准备停当之后，全部摆放上铁锅笼屉，加足水，大火烧开，改中火咕嘟。土豆、茄子、南瓜先熟，苞米需要烀的时间长些，待铁锅里飘出香味，苞米粒儿有裂开的时候，就基本熟了。嫩嫩的苞米，一咬一包浆。把土豆弄碎，茄子撕条，拌上鸡蛋酱，加点手撕的大葱叶，贼香！

对于东北菜的这个"烀"，东北人也不知怎么解释好，也可以理解成煮苞米、蒸茄子吧，但东北人叫"烀"，粗粝豪气又风味十足。

三是蘸（蘸酱菜）。蘸酱菜离不开酱。大酱的发明，是东北人一大杰出贡献，起源于东北的满族。从前，满族先民在森林和草原上东奔西走、南征北战，常把谷物炒熟，或磨成面子做成炒面，食用起来方便。但在野外时常被雨水淋湿，发酵，又舍不得丢掉，于是用盐一拌当菜食用。这其实是早期的大酱。大酱具体分两种，一种是盘酱（多在盘中食用），一种是大酱（没经过炒熟工序）。在东北，一日不可无酱，每餐不可无酱。蘸酱菜吃菜也吃酱。

因东北常年气温较低，不利于细菌繁殖，所以有生吃蔬菜的习惯，各家餐桌上更少不了一盘应季的蘸酱菜。萝卜、青椒、尖椒、白菜、生菜、黄瓜、青葱、干豆腐皮，乃至采摘的各种野菜等，青翠欲滴的蔬菜，像广东人餐后的甜点一样，咔嚓咔嚓一顿嚼，开胃又可口，吃得那叫一舒坦。

南方人看到东北人大口大口吃蘸酱菜，常常惊诧，认为食生菜不卫生。其实，我在南京读书生活过，亲眼见江南的青菜用大粪直接浇，不能生食。而黑土地肥沃，农家种青菜基本不用施肥，洗净即可食用，而且原汁原味，清爽入口。经解释劝说，我亲见江南人、香港人以至欧美客人吃蘸酱菜、烀菜也吃得津津有味。蘸酱菜和烀菜颇合素食养生之主张。清人李渔的《闲情偶寄》说："论蔬食之美者，曰清、曰洁、曰芳馥、曰松脆而已矣，不知其至美所在，能居肉食之上者，只在一字之鲜。"

东北的腌制菜和干菜也很有特色。腌制菜中，酸菜是主色调。酸菜虽貌不惊人，但其在腌制过程中被水烫、被人踩、被石头压，还要被塞进陶缸，经历一个多月的转化发酵，取出后依然绿中透着黄，丝丝凉中散发沁人的酵香，个性十足，全身浸透了东北人的粗犷气息和憨厚味道，酸得你周身每个部位都酥酥痒痒。而有幸与酸菜相濡以沫的总是那些朴实无华的肉类。它们仿佛"有情人终成眷属"般相互厮守，在大印铁锅内演绎味蕾传奇。让天下食客大为惊喜的是，凡与酸菜厮守过的肉类皆消了肥腴，去了油腻，生了新香，犹如浓妆艳抹的女子铅华洗尽，返璞归真。

一到秋季，东北会过日子的家庭主妇总要晒干菜。有豆角干、西葫芦干、茄子干、黄瓜干……干菜与肉炒或炖，清香可口。东北人腌咸菜，以萝卜、芥菜（东北土话称"芥菜疙瘩"）、雪里蕻为主。冬季缺少青菜，各式咸菜可单食，也可与肉炒或炖，腌雪里蕻炖豆腐是难得美味。现在东北的大饭店也上些小碟咸菜调剂口味，美其名曰"压桌菜"。

为了推介提升东北菜的档次和品位，前些年黑龙江曾发起了一场振兴"龙菜"的运动，还是弄出了一些名堂的。热菜有五加参飞龙酒锅、熊掌戏彩珠、烧犴鼻凤蛋、白扒猴头蘑、黄连山鸡、冰糖雪蛤、清蒸大马哈鱼、糖醋熏黄鱼、柠檬拌沙米鸡等。凉菜有琉璃刺嫩芽、海米蕨菜、三鲜黄瓜香、鲑鱼籽、腌制香瓜等。

尽管选料是山珍野味，尽管经过包装的菜名更加悦耳，但却"有心栽花花不开"。在外地人眼中，大炖菜、蘸酱菜、杀猪菜才是正宗的东北菜，尤其是那些来自民间土法烹制的菜肴竟"无心插柳柳成荫"，如方正的得莫利炖鱼、松北的老于头铁锅炖鱼、双城的杀猪菜、横道河子佛手居山野菜，每陪外地客人去品尝，均赞不绝口。

值得提及的是，以往东北菜与东北制造一样，是"傻大黑粗"的代名词，现如今正在被纯天然、纯绿色、富含营养所渐渐代替。纯正的东北菜馆已开到了京津沪穗以至海外。香港美食家田音先生用"奇、鲜、炖、补"四个字概括了他对东北菜的印象。

平心而论，东北菜尽管有着淳朴的风味和天然的优长，但制作粗放、品种单调、口味过咸、色泽过暗的老毛病依然。外地人往往尝个鲜尚可，久食则难以接受。东北菜若想与川、鲁、粤、淮扬菜比肩，登上高端饭店的大雅之堂，还有很长的路要走。

话又说回来，法国有一句谚语："唯味与色无可争。"意思是说，食物的味道和衣服的颜色都是随人喜欢，没有一定的标准。用东北的俗语说就是："穿衣戴帽，各有所好。"东北菜更适合东北人口味，我每次外出离开家乡久了，常常怀念东北的大炖菜、蘸酱菜。大概人在异地思念家乡，有一个重要的引力，就是家乡的菜肴。由此而言，东北人的胃是离不开东北菜的。

说来惭愧，一个吃了大半辈子东北菜，然而连一个菜也做不来的东北人，却"纸上谈兵"地扯出这么一大篇文章，见笑了。不过，我想表达的无非是一种感觉，就像东北菜的味道就是一种感觉一样，你一踏上东北这块土地，马上就会传达给你，情不自禁，难以割舍，走近后不想离开，离开后魂牵梦萦。

大连的美食（二题）

海肠馅饺子

在东北诸城市中，大连的面食花色品种多，做工粗中有细，很是地道。这在很大程度上受山东，尤其是胶东的影响。因为老大连人不少是胶东的移民，大连人称胶东为"海南家"，胶东人称大连人为"海南丢"。山东人喜面食，尤其饺子和面条的饮食习俗，一直在大连传承着。

大连市区的饺子馆不少。人气旺的有黑石礁的"咱家饺子"，八一路的"渔记饺子"，五五路的"大清花饺子"，这些年火起来的"喜家德""鼎新"也很有特色。而真正抓住我味蕾的，是位于大连市郊小平岛的"日丰园海肠馅饺子馆"。海肠炒韭菜是地道的胶东菜，大连饭店也多有这道菜，也是老大连人招待外地宾客的必上之菜。而用海肠韭菜和馅包饺子，则是日丰园一绝。

海肠是珍贵海产品，仅渤海出产。海肠不光长得像裸体海参，其营养价值比起海参也不逊色，含有脂肪、糖、无机盐、钙、铁、碘、各种维生素等，具有温肝补肾、壮

58

阳固精的作用。

店主告诉我们，海肠馅的操作步骤是：先将海肠浸泡水中，剪掉头尾，去掉内脏，清洗干净后，把海肠放在漏勺上控水，再剪成半厘米左右的海肠圈。韭菜切碎。把剪好的海肠盛放到盒中，先放两勺一品鲜酱油，再放两勺色拉油，把切好的韭菜倒入海肠中搅拌均匀，包成饺子，把馅里的汤水一并包进去，味道更鲜美。

店主叮嘱道，海肠一定要选鲜活肥美的，韭菜须嫩，去内脏、清洗、剪、制馅、包的过程要尽量快。除了色拉油和一品鲜不放任何调料。饺子开锅即可，不能煮太长时间。

日丰园的海肠馅饺子个头儿都很大，每咬一口，都有汤汁，有点像开封灌汤包。海肠的鲜与韭菜的鲜融合，唇齿留香，别有一番滋味。这里的餐桌上不摆调料，客人想用，店家总是善意劝阻。平时，我是重口味，喜食葱姜蒜辣椒油还有芥末。可每回来这儿，都是品饺子的原汁原味。日丰园主打海肠馅，还有大蛤小白菜馅、黄瓜海螺馅、角瓜扇贝馅、鲅鱼馅、虾爬子馅，每天提供二至三个品种，味道也很好。日丰园的配菜也很别致，小海鲜拌时令蔬菜，如黄蛤拌小葱、海胆蒸鸡蛋糕、鱼丸汤等。

一个地处偏远、店面窄小的小小饺子馆，靠特色，靠品质，赢得了口碑，赢得了南来北往的食客。我看到墙上摆放着海内外许多名人来店的留影，还有些明星的题词，不过那手字太丑了，放在这儿只能倒胃口。

要说美中不足的话，价位有些高了。一盘饺子二十个，售价九十八元。黄花鱼包子二十元一只。配菜价格也不菲。

南山鲜虾面

南山鲜虾面馆开在中山区七七街 66 号。店面很别致，像老洋房，其实是后仿的。南山鲜虾面的广告词很有创意，不同于传统的东北味道："大连好食材，南山鲜滋味，三十年传承，我们将大连菜做出新意。"

面的配料有文蛤、绿菜花、香菇、金针菇。鲜虾面，顾名思义，吸引人的是那只饱满嫩滑的大海虾，虾很有嚼劲，说明野生、新鲜。鲜虾面的汤口感不错，不似李先生牛肉面，汤虽鲜，但口味太重，大多数食客都面净汤剩，而南山鲜虾面的汤却香润而不腻，回味绵长。

与日丰园异曲同工，南山鲜虾面也主张"好食材，少调味，健康感"。其实，各种食物都是天然美味，通过食物间搭配，巧妙制作，去凸显它们的独特味道，才是烹饪正道，也是健康饮食之道。时下，人们都在怀念老味道，喜欢原汁原味，道理也正在这里。一碗鲜虾面四十八元，也是贵了些，可见市场上大葱都五元一斤了，也就不好说什么了。南山鲜虾面馆的三鲜焖子也很有特色。遍布大连街巷的小吃焖子，也是胶东菜。焖子是用地瓜粉调水熬制而成的半成品，将一大块生焖子放入锅中，用铲子压碎成小块，等炒到焖子从内到外都变成淡黄色，通体就变得晶亮透明，软软糯糯的。南山鲜虾面馆的焖子，加了各式时令海鲜，四十八元一份，已然是一道菜了。

中国男人

　　说起中国男人，让我想起了含耻忍辱的太史公司马迁。他那部响彻古今的绝唱告诉我们，让男人顶天立地的不是"根"，而是魂。说起中国男人，让我想起了文天祥。伶仃洋那座气节碑上写着什么是大丈夫，什么是真男人。说起中国男人，让我想起了鲁迅。先生瘦骨嶙峋，笔下的孔乙己和阿 Q 却似两把利刃，刺中了"大男人"的脊背。先生曾讥讽拉良家女子下水、劝风尘女子从良是中国男人的两大爱好。的确，在中国，流传千古的爱大多发生在青楼，主角多是富家公子和落魄书生，痴情的女子与朝秦暮楚的小生往往是悲剧的缘由。说起中国男人，让我想起了大渡河、刘老庄、四行仓库、长津湖血战和加勒万河谷。年轻的士兵兄弟一次次用青春和热血，让憎与爱淋漓尽致。尽管这些故事我曾听过千百次，也曾讲过千万次，但我还想千百次地去听，千万次地去讲。

　　中国男人可以没有络腮胡子，可以没有挺直的鼻梁，可以身躯也不那么伟岸，行事三思，退避三舍，隐忍内敛，可独独不能缺钙。中国男人是一种高度，在五千年的积淀上，无论泰山还是小草，同样淳朴，同样坚韧。中国男人

61

是一种温度，滚烫的血，炽热的爱，一只只吐丝的蚕，一把把遮风挡雨的伞。

中国男人不能忘记的是，责任与担当。

七十岁后

有些古语真的过时了，比如"人生七十古来稀"。现如今，满街遍是白发人。截至 2022 年底，我国七十岁以上人口已达 2.41 亿，占总人口的 17.3%。这个统计结果告诉我们，中国已扎扎实实地进入了老龄化社会。

如果说六十岁后你还不服老，那么七十岁后，你一定会有另一番感悟。

七十岁谈人生，谈七十岁后的人生，有些奢侈，也容易矫情。其实，七十岁后，人生已没有了悬念。因为你过了任性的年龄，更无任性的资本。在世俗眼睛里，你老了。身份证、退休证、老年卡，以法之名宣告——你真的老了。你的称谓也由老×变成×老。在青少年眼中，你是爷爷；在成年人眼中，你是大爷。白发是你向衰老打出的降旗，老年斑是岁月赐予你的金印。青铜包浆，老树年轮，写满了沧桑。一腔牙齿缺东少西，已嚼不动岁月。连叱咤风云、刚强一生的毛泽东，到了晚年，疾病缠身，每每念起《枯树赋》，也是老泪纵横。当然，古往今来，"庾信文章老更成"者也不乏其人。美国那两位老人当了一届总统还不过瘾，又为再当一任而互相攻讦，则属另类。

近日在"今日头条"见一金句："何以解忧，唯有退休。"看来，退休证的度数，堪比杜康。人过六十，我们告别了过去，尽管不无留恋，但无官一身轻，一个"轻"字蕴含了十分丰富而又难以言说的内容。如果说六十岁后刚退下来，还有些壮志未酬，还有些想入非非，那么经过十年折腾，七十岁后，就不必再去考虑人生的意义，而是应多考虑考虑人生的乐趣了。

也许，你在年轻的时候没有年轻过，但是，老去你一定是躲不过的。七十岁后，该睡的时候醒着，该醒的时候躺着。丢三落四成为常态，出门时别忘了带上身份证、老年卡、人民币、钥匙、手机和一切让你走得了、回得来、找得到的物件。

七十岁后，辈分不断提高，地位逐年下降。离开了岗位，打回了原形，还端着，只能让人生厌。回到家中，有了孙子，你就是孙子。在父母那里，你还是儿子。在我住的大院，最独特的风景是七十岁的儿女，推着坐在轮椅上的父亲或母亲。

七十岁后，尽管容颜日渐不堪，仍须"涂脂抹粉"，否则对不起观众。人老了，每个人都会有点故事和经历，可现如今有几个年轻人愿意"听妈妈讲那过去的事情"。即便有人求教，也要言简意赅。不要动辄对年轻人指手画脚，尤其不要随意批评朋友。过去总以为只有昏庸之辈才听不进批评即谏言，其实只要是人，不管小人物还是大人物，都不爱听批评。老人高明的处事是洞察秋毫便装了糊涂，风云激荡过后恢复了平静，世故到了天真的地步。

七十岁后，摆正位置很重要。例如挤公交，有时有人让座，有时没人让座，这时你应该这样想，享受优待资格于你尚存不确定性，对此该高兴，不必沮丧。现如今，公共交通简直成了老年专号，"优待卡""敬老卡"的提示叮叮当当响个不停。老年人应养成避开高峰出行的习惯。

七十岁后，壮火已熄，残精尚存。遇见美人可以动心，但仅限欣赏。路见不平虽有拔刀之勇，可不到万不得已，仍须忍气吞声。尤其要警惕在公共场所倚老卖老，为老不尊。少与人争，不逞能，哪怕恃强也要示弱，与人为善。在政治上，远离庙堂之人，肆意指点江山更是大忌，"冷眼向洋看世界"方为智者。

七十岁后，饭量见少，药量渐长。最想体检，又最怕体检。最不愿意去医院，却一趟趟去医院。在医生面前，我们常常像一个负罪的嫌犯，面对一个个严肃的白衣判官，证据来自冰冷仪器中吐出的一串串神码和天书般的图像。前半生，我们以命换钱；后半生，我们以钱换命，而且从不敢讨价还价。当一双手还能把汉字分行，两条腿还想着远方，就该心满意足。能走多远，一半看自己，一半看天气。至于名目繁多、花样翻新的长寿秘方、保健佳品，绝大多数是"地沟油"。

请记住，"夕阳无限好"那是浪漫的扯淡，后半句"只是近黄昏"才道出真情。黄昏是漫漫长夜的帷幕，正在徐徐拉开。当你在别人心目中成了"老东西""老糊涂""老不死"的时候，此时要警惕。老，可以，但不能不是东西。装糊涂可以，但不能真糊涂（患阿尔茨海默病除外）。余生可以打折，但尊严，不可以打折。

除了那些想要自杀的人之外，我们每个人都在为自己活得更久一些更多一些奋斗，实际上也在梦想不朽。我很喜欢叙利亚籍诗人阿多尼斯，他感慨有些人死得太早，有些人又死得太晚。他告诉人们，一个死得其时的人，就是一个能够掌握自己命运的人。生命的质量比生命的长度更重要。

所有的人生都是相对的，只有死亡是绝对的。七十岁后，死是一个绕不过去的话题，但没必要老去考虑后事，你不是山大王，更不是帝王，不用操心接班人的问题。更多的人也没有万贯家财，那仨瓜俩枣也不会酿成多大的事端。不过如果确有财产，还应在生前弄清楚，以免贻笑大方。前些年有位国宝级大学者，谈起人生可谓头头是道，可遗产处置拖泥带水，留下笑柄。至于葬仪，更不是你能左右的，因为你不是彪炳史册的秦始皇。其实坑挖得再周正，也是地狱；棺椁再精美，也要化作尘埃。想来好笑，命比纸薄，却用纸来招魂，一炷香尚未燃尽，人皆散去，空留一抔黄土、一地纸钱。剧作家黄宗江先生说他死后，骨灰倒进马桶，一抽了之！最终到底倒也没倒，不得而知，但黄老的洒脱，不同凡响。

七十岁后，自知去日无多，更应友好志同道合的朋辈，更要亲爱形影相伴的老伴，还要守住遮风挡雨的老窝，握紧关键时刻派上用场的老底。至于死与不死，是否死得其所与其时属哲学范畴。有人说，不怕死，争取活。有人说，不马虎，不在乎。我说与其坐以待毙，不如把能量发挥殆尽。

有一位作家写了一本畅销的书，叫作《天黑得很慢》。其实我更赞同马尔克斯《百年孤独》里的话："别错过机会，人生比你想象中的要短。"需要加上一句的是，也比你想象中的要快。短得多，快得多。故七十岁后，每一天，都当成末日，对世界充满爱。说话，放低音量，更不参与"假唱"，既环保，又有绅士风度。吃饭，低油少盐，以素为主，哪怕肉价飞天，地球烽火不熄。与人交，人敬我一分，我敬人三分。多读闲书，少操闲心，底线是不把沙砾揉进老眼。小病不马虎，大病不在乎，治得了的是病，治不了的是命。每天看天气预报，雨天备伞，冷天添衣。国家也好，人也好，都以不折腾为上，古稀之年就更不宜折腾了，尤其尽量避免去折腾别人。

老子告诫我们，"甚爱必大费，多藏必厚亡"，七十岁后尤要。人老了要活得单纯一些、简单一些，要适应收缩性生活，学会做减法，勇于断舍离。老子认为人老了最终要回归到"婴儿状态"，其实那是一种大智若愚的状态，直至寿终正寝。

奔七之人，每读台湾诗人余光中的诗"一双眼，能燃烧到几岁/一张嘴，吻多少次酒杯/一头发，能抵抗几把梳子/一颗心，能年轻几回"，难免悲怀，难免感伤。

生命毕竟还是如此苍凉而又如此美丽。一味欣赏"死"当然是病态，只会赞叹生则又嫌稚气。还是古人大度："存，吾顺事。没，吾宁也（北宋张横渠语）。"

每个生命都是不同的个体，一个人一个老法，养生专家关于"老"的说教，以及一些知名老人关于"老"的经验，听得让人耳朵起茧子，却没有一个人可以按照别人的老法变老。七十岁了，想做什么就赶紧去做，因为已经没有第二次机会了，这也是老夫子所说的从心所欲吧？

当然，底线是不逾矩。

落　　叶

　　人有离合，岁月有荣枯，叶子如人，也如岁月。

　　少年时光，我住在山海关外的一个军队大院，院里有一片片林木，以杨树、柳树和榆树为众。每到秋季，树上树下，一片金黄。那时，我喜欢落叶，还捡拾了一些不同形状的叶子，夹在书里做书签。

　　到了花甲之年，我依然憧憬秋韵。可落叶的时节毕竟不同于开花的季节，此时的心境毕竟不同于少年，看着叶子一片片落下，似生命之书一页页翻过，感同身受，心有戚然……

　　我曾写过一首《秋之吟》，在我眼中，秋是一部丰收曲、半阕葬花词：

<blockquote>

吟唱金灿灿的秋

也拾起枯黄的叶

吟唱爽爽秋风

也感受萋萋秋凉

秋是炎炎烈日的终结者
</blockquote>

秋是漫漫冬季的通行证
秋是人生的盘点
欢乐中有淡淡的忧伤

我们赞美秋
是赞美一生的辛劳
我们拥抱秋
是拥抱成熟稳重的兄长
我们享受秋的恩赐
也体谅秋的一天天衰老
……

见惯了起起落落，叶子倒是坦然如常。它知道，在高枝，只是勾留，沉入泥土，方得始终。

比起落叶，我的诗似乎少了些许洒脱，多了些许矫情，这似乎与军人出身的我不合。

叶子的本色是绿。绿色代表清新、希望、环保和生命。叶子的每寸纹理都藏着春天。有花，它甘为陪衬；无花，它亦坦荡。落英缤纷，又铺陈了秋的辽阔。

从植物学角度来看，叶子还是植物的营养器官之一，斜生于枝茎之上，司同化、呼吸、蒸发等功用。

纵然羸弱的身躯背负如此重大的责任，叶子也从不自矜，更不自哀。你看它，有没有春风都招展，下不下秋霜都落地。绽放时，无须赞美；飘然落下，也悄无声息。

叶子从萌芽那一刻始，就知道了最后的结局，可还是一丝不苟，走完生命的旅程。

这让我想起了德国哲学家马丁·海德格尔在其存在论名著《存在与时间》里阐述的生命意义的倒计时法——"向死而生"。趁生命还未终结，把能量发挥殆尽。

放翁有诗："志士凄凉闲处老，名花零落雨中看。"奔七之人，病魔缠身，日渐老迈，"死亡"二字不时萦绕脑际，难免时有沮丧。但从另一个角度想，我们也曾有过年轻的浪漫、成功的快慰、跌宕起伏的人生，让乏味的生活多了色彩、多了谈资。

人生的变化是拉不住的。

与宇宙相比，人类很渺小，不仅在神面前必须卑微，在病毒瘟疫面前也很无力。犹如面对台风坏天气和各种恐怖天玄一样，事实上人能做的选择并不多，余地也不大。不妨学学叶子，顺其自然。如宗白华先生所云，"以悲剧情绪透入人生，以幽默情绪超脱人生"。

你看，落叶的季节也是收获的季节。只有成熟的叶子才配落下。落叶，是揖别，也是重生。

我们是一个有古有今的民族，也是一个有家有族的民族。落叶归根，就是中华民族延续自我的方式之一。

叶子是带着欣慰和期许走的。走也不离根，回来时，又是一片葱茏。

第二辑　朋友圈的朋友们

朋友圈于这个浮躁的社会有镇静之功效。于我来说，刷朋友圈，宛如品茗，淡淡的香在绵长的回味中。

用心写作的人

一

前些年，我曾在《黑龙江日报》副刊发过散文《历史照远不照近——张正隆其人其书》，被中国作家网等多家媒体转载，后被收入散文集《纸上声》。以我之孔见，在并世作家中，张正隆经历的是非曲直具有标本意义，是可以写入当代文学史的人物。

我与张正隆相识于1990年。正隆兄曾自嘲：他这个人既犯过"左"的错误，参加过红卫兵，造过反；又犯过"右"的错误，因一本书身陷囹圄，震动军内外；就是没犯过"中间"错误，至今没有绯闻。我笑他才子不风流，最该犯的错误却不犯。

当代纪实文学作家，我喜欢读叶永烈和张正隆，谓之"南叶北张"。在我看来，张正隆的作品择大道，弃小巧，绝无曲学阿世之态，尤显大气。

史学不是显学，军史、战史也不是。张正隆更不是文化明星、大众情人，但他以非主流的笔法写主流，臧否人物，评点江山，评点当代，把严肃的题材写出别样精彩，几乎每部书都再版，三十多年前的作品，有的至今仍被盗版。不知是否因担心招惹是非，总觉得文学评论界对他的关注、研究很不够。

六十岁是人生的"三八线"，有多少雄心壮志在这一刻画上了休止符。

2005 年，张正隆从原沈阳军区政治部创作室退休。许多老同志退休后，都给自己排出了一个休闲养生计划，而张正隆却从六十岁出发，制订了一个十年写作计划。在他眼里，作家没有退休这一说，也没有八小时工作制。退休后，他依然每天伏案十几小时，"像抽了大烟一样"。在已经出版的十九部书中，有十一部是退休后头七年写的。

一个优秀的作家，一定要有崇高的灵魂。张正隆是一个满怀忧国之情的人。我们每次聊天，无论谈历史、谈现实，最后都离不开对国家、对民族的忧。难得他总能把这种情怀化作一部部文学长卷。

张正隆以写第四野战军战史和东北抗日史系列报告文学见长。但最初引起文坛乃至社会关注，是 20 世纪 80 年代初的中篇报告文学《大寨在人间》。这部作品不从概念和定论出发，让一会儿被捧上天、一会儿又被踩到地下的大寨回到了人间。一面世，即被几十家媒体转载推介，引起时任总书记胡耀邦的关注。那年，正隆兄正当而立之年。

写张正隆绕不开《雪白血红》。张正隆在接受凤凰卫视《名人面对面》访谈时说，现在回头看这本书，有许多毛病，自己该检讨。

值得说明的是，此后，作为军旅作家，他仍享有创作权利。这对他来说足够了。

2011 年出版的《雪冷血热》（上下卷），是张正隆的又一部代表作。有评论称，这部作品的深度更胜一筹。在我看来，这部长卷的意义远不止文学，它复活了我们的民族、我们的党、我们的军队一段不可忽视的历史。在这段历史中的人物和他们的表现，可歌可泣；形成的伟大抗联精神，已纳入中国共产党人的精神谱系。

我们传统的提法是八年抗战，其实东北艰苦卓绝的抗战自 1931 年 9 月 18 日始整整十四年。东北抗日联军知名度很高，透明度却很低。日本投降前，日伪档案都烧了，抗联在那极端艰苦的环境中，更不可能留下多少文字。再加上抗联自身的复杂、敏感，就像没有被开垦时的北大荒，捏一把都流油，可也充满了沼泽、瘴气，随时有猛禽野兽出没。

作为一名职业军人、职业作家，一个地地道道的东北人，张正隆觉得有责任穿透这段被掩埋且蒙尘的历史。他把创作这部书的主旨概括为十个字、两个问号：抗联是什么？中国怎么了？

不得不说，对于历史，张正隆缺乏学者的知识背景。如此宏大的工程，也缺乏官方的支持。为了打开两个问号，他就像一个苦行僧，耗时十五载，奔波于四十多个县，查阅了数千万字的档案资料和史志，采访了几百人，尤其是抢救性地采访了七十多位耄耋抗联老人。这些幸存的抗联老人，在张正隆心目中，个个都是金子般的民族英雄。

正隆认为，报告文学，尤其是历史题材，关键在于掌握第一手素材，看谁走进历史更深，距本质真实更近。在素材占有上，越贪婪越好。好比木匠打衣柜，需要十二根方子，你有二十四根、四十八根、九十六根，可随意选择，挑最好的，打出的衣柜自然美观、耐用。

三十万字的《战将韩先楚》，采访两年，写作半年。

写《雪冷血热》，抗联老人曹曙焰每次谈半天，采访不下三十次。老人说："你把我的骨髓都榨干了。"

正隆兄榨骨髓般的采访功夫我是领教过的。1992年，他来哈尔滨，采写23集团军69师炮兵团参谋长苏宁同志的事迹。当时苏宁舍身救人的事迹经省市和中央媒体连续报道后，成为一时热点。记者、作家、诗人、编剧云集我的老部队。各路精英基本都是一通快拳，转眼间就出成品。唯张正隆独往独来，默默地采访了两个多月。他同我一头一尾谈了两个半天，问了许多细枝末节，对事实很较真，角度也很刁。一年后，张正隆推出二十万字的报告文学《雪白血情》，熟悉苏宁的战友一致认为，在众多写苏宁的长篇里，《雪白血情》最好。这部书获第三届解放军文艺奖和中国报告文学505杯奖。

前不久重逢，我们又不约而同地忆及苏宁，为这位英年早逝的战友扼腕痛惜。"大难出大德，大德出大悲"，是他对苏宁生平的概括。这两句话虽然没有写进书里，但却在他心里埋藏了三十年。

列宁有句名言，"忘记过去，就意味着背叛"。过去是什么？是历史。而历史恰恰最容易被遗忘、被背叛。有的遗忘是时间的磨洗，有的遗忘是别有用心。为尊者讳，为长者讳，以成败论英雄的文化传统，也为给历史留传的人套上了紧箍咒。

在正隆兄送我的另一部有影响的长篇纪实文学《枪杆子：1949》的扉页写道："这本书删掉了十万字。"一部六十万字的稿子，送审四次，耗时四年，作为父亲，会是一种什么心情？

我对照了一下原稿，有些删节可以理解，有些值得商榷。平津战役，42军打下丰台后，宣传"三大纪律、八项注意"。一个老人从屋子里跑出来，说净胡说八道，你们的一个排长正在糟蹋我的儿媳妇。部队马上把房子包围，把人抓住，召开公审大会。42军政委批示：枪毙！枪毙！枪毙！那人是抗战的战斗英雄，老人一听不干了，向部队求情说：这是民族英雄啊，别杀他。部队还是执行了纪律。这件事完全是正面写的，如果没有这些，"三大纪律、八项注意"第七项"不调戏妇女"就没必要了。

尽管步履艰难，但张正隆始终走笔在历史的硝烟中。当然，挫折也让他在政治上"成熟"起来，在军事历史文学的道路上，懂得绕开"雷场"。他曾调侃："1987年中国已经有了保险公司，我就说有没有政治意识的保险啊，要是有，我第一个入保。"

二

每一次重逢，正隆兄都让我惊喜，这次让我惊喜不已的是，他又推出了一部百万字的长篇纪实文学《地球上有条三八线》。对抗美援朝战争，每一个中国人都应该铭记在心。这一战是共和国在国际舞台上的立足之战，是中华民族重归世界民族之林的奠基之战，当然也是文学创作的富矿。

遗憾的是，这部书又是一波三折。原本计划在纪念抗美援朝七十周年之际推出，出版方也表示了极大兴趣，早早签了合同，预付了定金。可后来由于出版方上层人事调整，内部扯皮，错过出版的最佳时机。出版时机的选择，如同战机选择，其重要性不言而喻。

"晓林，你说我这个人是不是命不好？"从不抱怨的兄长，一脸的无奈。

《地球上有条三八线》无疑是正隆兄的又一部力作。书中以独特的视角对志愿军总部诸首长的指挥艺术、个性特点展开了生动的记叙，对长津湖、砥平里、横城等有争议的战役战斗进行了大胆的披露，对美军名将李奇微、范佛里特等也都做了客观且真实的刻画。

张正隆在一篇访谈中称，决定写个什么东西了，立刻把它揣进心里，他称之为"怀孕"。我问正隆兄，《地球上有条三八线》是什么时候"怀"上的？他告诉我，从2014年第一次接志愿军遗骸回国时。

历史学者陈寅恪把"行可书之事，书可行之文"奉为文人圭臬。从表象看，张正隆就像进城打工的农民，邋邋遢遢，言语小心。可行文却从大处着眼，细微处入手，干净利落，从不拖泥带水，更无套话虚词。他写人写景，多用白描，很少用形容词。

"松花江开江了，鸭绿江开江了，冰排在江面上撞击浮沉着，一江春水，浩浩荡荡。"类似这样的描述，就算很奢侈了。

张正隆笔下的人物，主角多是英雄。但他写英雄，常拂主流。他认为，英雄不排除失败者，有时英雄连自己都保护不了。写英雄不是写太阳，太阳也有黑子。

黄克诚大将的夫人唐棣华曾问张正隆："你见过钟伟吗？写得活灵活现的。"钟伟将军是黄克诚的老部下，《一将难求——四野名将录》中有《"好战分子"钟伟》一章。

四野老人李作鹏说，所有写林彪的书，张正隆写的最接近林彪。

在现实生活中，正隆兄待人和善，总怕给人找麻烦，宁肯自己受委屈，也不让别人吃亏。可对书中的历史人物，哪怕炙手可热或者早有定论的大人物的失节之过，也常常语多讥讽，甚至大加鞭笞。不可否认，揭伤疤令人痛苦，也让他麻烦不断。

对树溥仪为战犯改造的典型，他曾多次表示不屑。他认为，这个多次认贼为父的软骨头对中华民族没有一丝的正面意义。如果说有，可作为研究汉奸学的标本。

对于张学良在九一八事变前后的表现，他也予以痛斥。在《无上光荣——战！东北》书中，有这样的记述："事变后，吴佩孚到北平，在车站见到前来迎接的张学良，怒斥道：'为何不打？'张学良说：'实力不足，打不过。'吴佩孚说：'军人的实力便是一个"死"字！'"

阅读张正隆，我常想一个问题：他的每部作品都属于主旋律范畴的严肃文学，从不沾风花雪月，更无戏说、歪说，可却成为畅销书、常销书，这是为什么？

正隆兄告诉我，报告文学的生命在于真实，"真是个好东西，真也是个可怕的东西"。写到这儿，我脑海里不由自主地浮现出苏联文学名著《骑兵军》的作者巴别尔和《古拉格群岛》的作者索尔仁尼琴。他们被誉为俄罗斯的良心，也有人说张正隆是军队作家的良心。

历史不是非黑即白，战争不是美丽动人的诗篇。像东北抗联，由于敌我力量的悬殊，自然环境的恶劣，其斗争的悲壮、惨烈，斗争方式的独特性，别说在中国，就是在人类反法西斯战争舞台上也是绝无仅有的，是常人难以想象的。

历史和人文领域只有百家学说，而没有绝对真理。我们党一贯提倡说真话，实事求是是我们党的思想路线。我们要防止真话成为一个社会的稀缺资源，直言者如飞蛾扑火。

当然，以现在的视角，历史上有许多见不得人的东西，我们不能苛求先人，以后来说当初。正隆兄曾跟我讲过露"小鸡儿"的故事，说的是孩提时代，光屁股，露"小鸡儿"，人们都能接受，大了再露就是耍流氓。什么时候可以露，什么时候不可以露，大有学问。

还原历史不是算历史的旧账，而是在历史叙述中反思，反思昨天，昭示今天和明天。正如鲁迅先生所言："历史上都写着中国的灵魂，指示着将来的命运。"

在 2015 年出版的《无上光荣——战！东北》中，张正隆发出这样的诘问："珍珠港抵抗了，诺门罕、张鼓峰抵抗了，九一八为什么不抵抗？敌强我弱，我们为什么弱？这个世界有袖珍强国，也有因为袖珍注定强大不起来的国家。而中国从人口到领土面积，从来都是世界上屈指可数的大国之一，还曾是综合国力引领世界千年的强国大国，这又'弱'又'大'是怎么回事儿，这两个字连得上吗？真的，

80

古今中外，有'弱大'这个词吗？可那时的中国不就是'弱大'吗？中国肯定出了问题。什么问题？"

在书的结尾，张正隆大声疾呼："强国强军，钱包要鼓，拳头要硬，更紧要的是要有一种精神，任何综合国力都不可能忽视精神力量。"

他对于我们这个民族内斗不休，汉奸迭出，"勇于私战，怯于公战"的劣根性也多次给予无情批判。

张正隆曾因"渲染战争的残酷性"受到批评，而有些海外评论又指责他怀着枪杆子迷信，主张武力崇拜，坚守达尔文主义。

张正隆说，他写的是战争，关注的是和平。战争的残酷性是和平年代无法想象的。今天的中国已经经历了六十年的和平，我们应该从心底感谢我们的国家，感谢流血牺牲的前辈。

我与正隆兄交谈，常常谈到林彪，这个党史军史绕不过去的人物。张正隆认为，林彪的问题很复杂，三言两语说不完。他是个怪人，他不讲究吃喝，不贪财也不好色，整天琢磨的就是指挥打仗的事。

我问正隆兄，有文章说你说林彪是为战争而生的，他崇尚进攻，他的"六个战术原则"中，没有一个是讲防守的。不当兵，顶多是个白领。

正隆兄说，黄克诚大将在约见《中国大百科全书·军事卷》编写"林彪"条目的工作人员时指出："林彪的确有指挥作战的能力。他生前我是这么说，他死后我还是这么说。""解放战争时期，1945年冬我们进军东北是十万多点，经过三年，到1948年12月部队进关时是一百多万人。

带十万人进来，带一百万人出来，建立了东北那么大的解放区。""林彪是主要领导人，不能抹杀这一点。"

读张正隆你会发现，他的语言有冷幽默，有很强的带入感，他作品的题目、书名也很讲究。他认为，书名、题目，目者，眼睛也。文章的题目、书名，常常是画龙点睛，概括内容，表现主题。没个好书名，有时拿起笔来就像射击找不到靶子、目标，不能三点成一线，会把子弹打丢了、打散了。好名字来之不易，有个好书名，文章就活了。

黑龙江省东宁市武装部和宣传部邀张正隆去写当年关东军修筑的"东方马其诺防线"（东宁要塞）。他和妻子乘车前往，脑子里有个车轱辘转哪转哪。写个什么东西呢？突然，想起日本国歌叫《君之代》，日本国旗叫"日之丸"。日本军国主义已经完蛋了一次，如果不认真反省历史，悔过自新，重走老路，还得完蛋。于是书名有了，就叫《日之完》。

正隆兄曾告诉我，前些年日本一家颇有名气的出版社找到他，开出高价，要翻译出版《雪白血红》，他们对书里描写的数千日本被俘人员参加东北野战军，一路打到海南岛的历史，很感兴趣。作为军队作家，他不为金钱所动，严守了出版纪律。

从《雪白血红》，到《雪冷血热》，又到《雪白血情》，雪与血，这两个带有鲜明地域特色、洋溢着一支雄师劲旅血性的词，成了张正隆作品的标签和品牌。

三

2016 年 2 月，我去家里看他。那时，他与大多数老人比，只是看上去疲惫些。这两年每次相聚，都明显感觉已过古稀之年的正隆兄老了。闵大姐行走已离不开拐杖了。

我读过周大新的一本很流行的书《天黑得很慢》，讲的是老年生活的事。其实，人这一生很短，很快，比我们想象的要短，比我们想象的要快，短得多，快得多。

交谈中，我发现正隆兄的耳朵也有些背了，受脑供血不足的影响，记忆力也有所减退。他说，现在写东西是拼命，不写东西是耗命，一旦上手写了，又得加倍去拼命和耗命。他告诉我，过去一天能写一万字，现在只能写两千多字。庆幸的是，他的大脑依然异常活跃，评点敏感人物和热点问题，见解独到，一语中的。我问兄长有何新作，他不无得意地一下子抱出三部书稿：

《向天涯——解放海南岛战史纪实》

《大雪飘飘——三下江南四保临江战役史实》

《多面谢文东》

正隆兄眉飞色舞地讲述了这三部书的创作过程和精彩之处，让我仿佛又看到了当年意气风发的张正隆。

三部手稿都是用碳素笔，端端正正地书写在他的家乡——本溪市的档案馆为他特制的十六开"正隆用纸"上。对正隆兄的手稿，我爱不释手，冒昧向兄长要一页收藏。

正隆兄爽快地说，这三部书都留了电子版，《向天涯》一书，写了高级将领之间的争执甚至过节，恐后人接受不了，要打官司。另两部手稿你挑一部拿走，留个念想。

正隆兄建议我选《谢文东》，他说这个人很有意思。最后，我选了《大雪飘飘》。我母亲作为东野四纵的老兵，参加了三下江南、四保临江的战役，还立过战功。那是一段她生前经常提及的往事。这部手稿，于我有多重意义，弥足珍贵。

我问正隆兄，下步还有什么打算？他告诉我，他马上着手写两部书：一部《虎师》，讲的是四野主力 39 军 116 师战史；还有一部就是《大将军黄克诚》。

为黄克诚立传是他深入了解四野战史后的夙愿。张正隆说，黄大将当师长时，就关注全党全军的大事，经常在关键时候，提出关键性的建议。这在高级干部中很鲜见。是他较早建言中央抢占东北，并克服千难万险，率新四军三师三万余主力挺进东北。这支部队后来与罗荣桓率领的山东八路军成为四野，乃至志愿军、中国人民解放军头等主力部队。至于黄大将多次不顾个人安危，仗义执言，甚至不惜开罪领袖，更是有口皆碑。我期待早一天读到这部书。

四

如果在作家中评选劳动模范，我投张正隆一票。张正隆至今不会电脑打字，也不用智能手机。他通常五点左右起床，有时三点多钟就起来了，吃点东西即坐到书桌前。

中午睡一会儿，晚上十一点左右上床，每天两个八小时工作制。除了外出采访，回家就是这样。有时赶稿都不下楼。他推辞各种活动，包括免费旅游、疗养和参加作品获奖授奖仪式。外面的世界多么精彩，好像都与他无关。

过去正隆兄的家务都是老伴打理，现在大姐身体大不如前了，这副担子交到女儿手里。女儿辞去教职，一心照顾老两口，除做饭洗衣，还帮助爸爸输入文稿、处理邮件。

我与正隆兄分居两省，平时谋面不多，我一直视他为长兄和老师，每次见面都有说不完的话，每次交谈都是一次精神会餐。我知道正隆兄是把写作作为生命意义来追求的，可临别前，还是对兄长和大姐说，毕竟年纪大了，要劳逸结合，留得青山在，不怕没柴烧。闵大姐让我放心，过几天，老两口一起去住院，检查调理身体。

我曾多次建议正隆兄请人写传记，他总是笑而不语。这次他告诉我，不用请，自己来，实话实说，即使出版不了，也要如实地写，留给孩子，留给后人。不久前我给正隆兄打电话，几次不通，原来他已着手写自己的"故事"了。

我建议正隆兄把手稿、采访笔记、来往信件都整理造册，最好做成电子版。正隆兄不无遗憾地说，当年的手稿和几十本上百万字的采访笔记被没收后，说要还给他，可至今不知下落。这些笔记，是上百位四野老人的口述史，光采访邱会作就十一次，与林彪女儿交谈次数就更多了。

毋庸讳言，世俗生活是人类的主流生活，可张正隆除了写作和吸烟，别无他好。他沉浸在一个特殊的领域，深耕了近四十年。他说，这辈子什么都不想了，就干这个活了。有一年，张正隆带着二十一个问题，到军队一家战史研究机构去请教。对方说要收咨询费，而且价格不菲。结果，人家只回答上来一个问题，其他问题则与张正隆进行了探讨，最后，咨询费分文未取，还热情招待了他。正隆兄在《战将韩先楚》中写下了这样一段话："天降大任，并无薄厚，能担承者，是为名将。"

其实，这句话用到正隆兄身上也恰切。尽管他在军中最高军衔只是中校，但在另一个时空里，他俨然是东北抗联和四野的一员骁将，一直在广袤的黑土地上纵横捭阖，只不过他的武器是笔。当然，野战部队出身的正隆兄也多次豪言："不管什么时候鬼子再弄出九一八来，我扛枪就去。一个民族得培养一种血性啊，军队就应该是虎狼之师。奥运会有金牌、银牌、铜牌，但战场只有一枚牌。一场决定性的战役，关系到国家民族的命运，绝不能输。"

追思老军长袁俊将军

东汉末年，三国纷争，"建安七子"之一的王粲从志大才疏、心胸狭窄的刘表处改投雄才大略的曹操麾下，才干得以施展，心情大悦，在《从军诗》中记下了这样的慨叹："从军有苦乐，但问所从谁。"的确，一支部队的主官，对这支部队的战斗风格有着质的规定性。我曾服役的野战军团是一支有着红军血脉的老部队，创始人是著名的共产党人方志敏、张鼎丞、邓子恢。战争年代，粟裕大将和开国中将陶勇曾长期指挥这支部队，他们卓越的指挥才能和勇猛的战斗作风使这支部队在土地革命战争、抗日战争、解放战争中形成了"打得、跑得、饿得"的传统作风，打过许多大仗、恶仗，堪称驰骋华东、坚守北疆的雄师劲旅。

1978年12月，我从连队指导员的岗位调到军政治部组织处。从齐齐哈尔到哈尔滨几乎坐了一夜火车，清晨五时许，我从哈站背着背包，手提帆布旅行袋——这是我当兵九年的全部家当，当然兜里还装着提干六年攒下的三百元工资———路"急行军"，走到位于和兴路的军部大院。

到军部司政机关大楼前，还未到上班时间，我索性坐在背包上，顺手拿出一本书边看边等。这时，一位身材高

87

大魁梧、在院内散步的首长走过来问我："小鬼是哪个单位的?"听我说明来意,首长又问了些情况,握着我的手说:"很好,像个连队出来的干部。"

首长走后,我问哨兵他是谁,哨兵告诉我,他是袁军长。听罢,我不禁倒吸了一口凉气。袁军长是抗战初期的新四军老战士,战功卓著,军政兼优,仪表堂堂,是基层年轻干部的偶像。

那年,袁军长五十四岁,长我三十岁,于我既是首长,又是长辈。从那时起,我在军机关当干事的六年中,一直工作在从枪林弹雨中闯过来的军长政委及其他老首长身边,耳濡目染,受益匪浅。

党的十一届三中全会以后,全军开展了真理标准的大讨论。当时,部队一些指战员一时弯子转不过来,有些过激的言论。就此,我们军政治部整理了一份部队的思想反映,点了一些人和事,还习惯性地"上了纲、上了线",准备上报军区。军长审阅后,把我们找去说:"在大变革时期,部队干部战士有一些想法,甚至说过一些过头话,不奇怪,但性质还是认识问题、思想问题,不要说成是政治问题、立场问题,更不能以偏概全,关键在教育、在引导。"

说心里话,当时对军长这席话体会并不深,这些年,一次次经历大气候、小气候的风云变幻,方才有了更深的感悟。

之后不久,军里筹备党代会,处里负责起草工作报告,一时不知如何下笔,身为党委书记的袁军长讲了三条原则:一是总结过去(主要是那十年)简写,规划未来详写;二是成就和问题部分简写，经验和启示部分详写；三是团结一致向前看。大家思路豁然打开。

有一次，军长下部队检查工作，一个团长汇报说，为了加强训练，准备把连队的菜地改成训练场。团长讲得津津有味，军长渐渐皱起了眉头，提出要到现地去看看。在现地，看着挂满果实的辣椒、茄子秧，军长说："战士伙食标准很低，每天只有四角五分钱，有块菜地可以改善连队的伙食。这块地很肥，还是留给连队，训练可在山脚下另辟一块场地。"

1979年2月，军长从军事学院提前归来，率部开赴北部边境。在战区作战会议上，军长如数家珍地分析了兵力兵器部署和作战特点。他说："对付当面之敌，首先要对付坦克。"他命令全军从领导机关到所有连队都要学会打坦克，在临战训练中，要让打坦克训练之风吹遍全军。袁军长还发出"争分夺秒筑工事，多一分准备就多一分胜利"的号召。仅仅用一周时间，全军就靠人力在冻土中构筑起堑壕11300余延长米，反坦克壕700余米，各种掩体、猫耳洞8600个。在战法和兵力、兵器配置上，军长定下"前轻后重，扼守要点，集中火力于主要方向，预置强大预备队"的方案。后来仗虽然没打起来，但干部战士跟着这样清醒而冷静的指挥员，充满了敢打必胜的信心。

袁军长在战争年代曾身经百战。1980年初为写本军战史，我随军许副政委去北京拜访军的老首长——时任交通部部长彭德清和燕山石化总厂党委书记蒋欣生同志，他们在抗日战争时期和解放战争初期，曾给时任营连干部的袁军长当过团长和政治处主任。两位老首长向我们讲述了袁军长当连指导员时，曾率全连一百余人与日伪军拼刺刀的故事。

抗美援朝时，袁军长任 201 团团长，指挥了丁字山、石砚洞北山战斗，经两昼三夜争夺，先后打退美七师营以下兵力反扑三十余次，毙、伤敌一千余人，俘敌四人。

组织处负责保管全军烈士名册，在一次整理中发现袁军长竟然在册。当时我们把这件事报告了首长，军长很激动，专门来到我们办公室，仔细做了辨认。原来，在淮海战役打黄百韬部时他负了重伤，当时部队转移，把他安置在了老乡家，后来一度失去了联系，部队以为他"光荣"了，就填写了烈士登记表。

1979 年，当了十年军长的袁俊升任军区副司令，后又调任南京陆军指挥学院院长、国防大学副校长兼研究生院院长。袁军长 1964 年晋升大校，1988 年授中将。

大概是 1982 年或 1983 年，我随军政治部周主任去在赤峰施工的部队调研，回程路过沈阳，跟周主任去延安里看望袁副司令。袁副司令一眼就认出了我这个"小字辈"。记得当晚在首长家吃的便饭，四菜一汤。

首长家客厅墙上的一幅书作"会当凌绝顶，一览众山小"吸引了我的目光。首长问我："喜欢书法吗?"他告诉我，"这是我的老乡、书法大家费新我左笔书。"

谈起 23 军，老首长充满深情，叮嘱周主任说："23 军政治工作是有创造性的，立功运动，评定伤亡，就是我们军首创并推广开来的。23 军善于抓典型。这些优良传统，你们要发扬光大。"的确，袁军长讲的这些优良传统一直延续着。奋不顾身堵枪眼的许家朋是志愿军五十位一级战斗英雄之一。新中国成立六十年以来，感动中国百位人物，23 军有两位入选，一是人民的好儿子刘英俊，二是献身国防现代化的模范干部苏宁。建军九十周年时有十三名同志获八一勋章，其中就有曾任副军长、时任 202 团一营营长的珍宝岛战斗英雄冷鹏飞。

1987 年，我利用业余时间，用随笔笔法写了一本军事人才学的专著《将星之路》。出版前，想请老首长给写个序言，就冒昧地给军长打了电话。军长闻听很高兴，连说："好，好，小陈有著作了。"我把书稿给首长寄去后不久，老首长亲笔作序并附信寄来。

晓林：

你好！

寄来的书稿收悉。我这段时间一直在北京开会，刚回到学校，工作忙些。

序言草稿我看了，写得也比较好，只是考虑到你这本书的读者，主要对象是青年人，语调上似应更活泼一些，表达上以对话形式显得更为亲切一些。因此，我又重写了一下，与原稿一并寄上，供你参考。你经过艰苦努力写出了这本书，很不容易，愿你成功。

祝好！

袁　俊

1987 年 11 月 20 日于南京

1988 年，这本书正式出版，发行两万册，并先后获全国优秀青年读物二等奖和军区优秀作品奖。

　　1989 年 10 月，我把参与编撰的《中国共产党党务工作大辞典》一书寄给老首长，老首长再次复信鼓励。对于我寄去的新的写作计划纲目，老首长回复说："《战略构思与决策　运筹帷幄的方法论》一书，层次高，内涵深，有一定难度，我准备请从事这方面研究的同志看看，若有意见，再转告你。"他告诉我，学校有关部门了解我的情况后，想把我调到国防大学，他没同意。首长认为，结合实际搞研究，是一条更适合我，也更值得尝试的路子。袁军长的话，让我思之良久，愈发坚定了既定的方向。

　　后来，老首长在国防大学副校长任上突发脑出血，经全力抢救脱离了危险。有一年，老首长坐着轮椅回到老部队，一个连队一个连队地走访，看到练兵场上挥汗如雨的战士，他的眼睛湿润了。转瞬间，老首长已经作古二十年了，我也渐入古稀，但老首长的音容笑貌和耳提面命的谆谆教诲，每每念及都宛如昨日。

李海波将军印象

在 23 军成长起来的众多将领中，李海波将军的知名度并不高，透明度更低，在厚厚的三大本军史上，几乎没有关于他的记载，在百度百科上他的介绍也很简略，仅有一幅模糊的戎装照，这大概与他的特殊经历有关。

我 1978 年底调到 23 军政治部组织处时，李海波将军是军副参谋长，之前任沈阳军区司令部情报部长（或副部长）。处里老同志告诉我，李副参谋长是上海崇明岛长兴镇人，抗战时期曾是新四军往返于沪上和苏北解放区的情报人员，类似电影《51 号兵站》的小老大。1945 年初，十六岁的李海波到苏北加入新四军一师。解放战争时期，在华东野战军四纵队司令员陶勇身边担任作战参谋。

我第一次接触李海波将军是到他的宿舍送急件。首长身材魁梧，一张国字脸，表情平和，言语简约，江浙口音低沉而有膛音。宿舍是个小套间，外间一个写字台，一排书架，一组罩着白套的简易沙发。醒目的白墙上挂着一幅隶书书法，上书孙子名句："知己知彼，百战不殆。"趁首长伏案批阅文件，我仔细端详书架上的书，记得有《回忆与思考》《战争初期》《战争年代的总参谋部》《拂晓的号角》等。军机关图书室管理员小赵告诉我，李海波是到图书馆借书最勤的首长。

还有一次印象深刻的就是听首长在军部大礼堂讲军史。早就耳闻首长是军史研究专家，稔熟华野战史，尤对23军战史如数家珍。记得那天李副参谋长讲的是孟良崮战役，在讲台一侧挂着大幅孟良崮战役敌我态势图，司令部的同志告诉我，图是李副参谋长亲自标绘的，军事地形学是他精熟的绝活。搞军史的张洪舜老处长曾亲口对我讲过，那年去沈阳军区采访老军长袁俊副司令，时任沈阳军区副参谋长的李海波在座，边听袁副司令讲一次战斗经过，边随手标出一幅战斗经过要图来。那次军史课让我记忆犹新的是华野主力1、4、6纵（即20军、23军、24军）勇猛而扎实的战斗作风。全歼敌74师后，华野统计各纵上报歼敌数，与74师总兵力相较少了三千，遂命令各部注意搜剿残敌，果然在600高地、孟良崮主峰中间的洼地隐蔽处又搜出了剩余的残部，刚好三千。虚报夸大战果往往是古今中外军队的顽疾，而在战争年代我军却鲜染此疾，从这件事中我似乎悟出了一些我们这支军队成功之奥秘。

从朝鲜回国不久，李海波将军调到沈阳军区司令部工作。1959年国庆十周年，李海波将军曾跨战区被抽调到上海负责国庆安保。对于这次神秘而反常的抽调，众说纷纭，由于没有正式记载，具体情况已无从考证。

1979年2月紧急战备前夕，李海波升任参谋长。全军机动前一周，军作战室灯光彻夜长明。到达战区后，李参谋长随袁军长顶风冒雪跑遍团级部队，勘察地形，落实作战任务。我记得部队撤回营区后，他多次主持召开机关和部队座谈会，逐一梳理暴露出的问题，采取针对性的措施。军作训处黄参谋（后任侦察处长）是我的好朋友，他通过大量案例，经过周密计算，测算出严寒天气、冰雪路面对各类部队各种车辆、火炮机动的影响，列出图表，写出论文，受到李参谋长在不同场合的表扬。李参谋长一直提倡军机关参谋人员这种钻研精神和科学严谨的态度，很注意培养人，这一点在沈阳军区司令部也有很好的口碑。

我与首长的第一次亲密接触，是1979年底随他去上海出差一周。李海波将军家就在上海静安区广中路一个里弄，房子不大，陈设也很简单。当时首长烟瘾很大，抽无过滤嘴的中华软包烟。记得当时团级干部抽牡丹，师以上干部都抽中华。依稀记得首长当时是十二级，月工资一百八十元左右，那时中华烟六角二分一包，高级干部有专供。在上海，每次外出，首长都穿着便衣同我挤公交车，到了饭点就在路边小店吃碗馄饨或阳春面，从不让我点菜。

有一次路过东海舰队上海基地司令部大院，首长表情突然凝重起来，他对我说："1967年1月21日，老军长陶勇将军就在这里走的。"我说听说老军长是自杀的。首长说："老军长是个宁折不弯的战将。"然后首长又自言自语，"老军长身经百战，身上有七处枪伤，怎么会自杀呢？"还有一次在南京东路看到一大幅日本汽车广告，上写"车到山前必有路，有路必有丰田车"。首长说："日本的广告语简洁有力，很抓人，值得我们起草文电时学习。"

在上海，首长还曾向我讲述了陶军长保护部下的故事。上海解放后，23军召开总结大会，师团首长都来了，陶勇军长让政治部晚上搞点娱乐活动。时任青年干事，后任沈阳军区组织部长、68 军政治部主任的王化竟从外商那里调来一部美国电影《出水芙蓉》放映。后来这件事被西方记者捅了出来，惊动了军委总部，野司要严肃追责，但被陶军长以"不知者不怪"为由压了下来。写到这儿，我不禁想起渡江战役时，陶勇将军先斩后奏，下令炮击英舰"紫石英号"的故事。20 世纪 60 年代毛主席在上海接见时任海军副司令兼东海舰队司令陶勇时说，好你个陶勇，四九年你给我闯了一个大祸，你敢打英国佬，惹得我发了一个声明（即毛主席亲自起草的《中国人民解放军总部发言人为英国军舰暴行发表的声明》）。主席又说，你打得好！

70 年代末，上海的轻工产品很抢手，首长听说我正在谈恋爱，就要给我拿布票，让我到南京路去给女朋友买件好看的衣服。我说她也是当兵的，首长就帮我挑了一副皮手套，还称了两斤软糖，让我寄回去。

1981 年，李海波军事学院毕业后任中国驻苏联大使馆陆海空军总武官（国防武官）。首长在苏期间，成功化解了一起克格勃策反我使馆武官处机要人员案，成为隐蔽战线经典案例。在苏联工作了三年，回国后先后任沈阳军区副参谋长兼作战部长、参谋长，1988 年五十九岁时授中将军衔。

到了 90 年代初，老部队盛传李海波将出任南京军区司令员，但又突传将军罹患喉癌，后不治，于 1991 年 1 月 26 日在沈阳逝世，享年六十二岁。将军的骨灰葬于上海青浦新四军陵园。

在我看来，李海波这一代军人在我军的历史上属于承上启下的一代，他们既经过战火洗礼，又经历过复杂的政治环境考验，在他们身上既有红军那一代的传统作风，又有新一辈开阔的世界眼光。不过他们又一直笼罩在老一辈的光环下，军史对这代人普遍缺乏关注、缺乏研究，甚至可以说这是军史研究的一个盲区。当然，这篇短文与李海波将军颇具传奇色彩的一生相比，显然是过于单薄了。我曾尽可能去查阅历史资料，尽可能多地去了解与李海波将军接触过的同志，但遗憾远多于获得，这里热切企盼熟悉李海波将军的同志斫正并予以补充。

忆"大胡子师长"

1984年我从23军政治部组织处调任69师政治部组织科长，吴长富是时任师长。那年他四十三岁，留着寸头，络腮胡子刮得铁青，个子虽不高，但腰板挺直，标准的军人。组织科在师里还担负着师党委办公室的角色，到任后我去吴师长办公室报到并请示工作。师长起身同我握手："欢迎你到师里来工作。以后无论是工作上还是你个人有什么问题，你认为必要，可以随时来找我。"事情过去快四十年了，吴师长的这段独特的"开场白"，一直藏在我的记忆中。

吴师长文化底子并不厚，但并无那个年代某些军事主官的粗放，他喜欢读书，有品位。有一次我随他到团里蹲点，看到他枕边放着两本书，一本是侵越美军司令威斯特摩兰的回忆录《一个军人的报告》，另一本是日本前首相吉田茂写的《激荡的百年史》。师长还喜欢到师机关各科同思想活跃的参谋干事们交流。一来，师长就一屁股坐在桌子上，全无半点架子。吴师长大会讲话一般不用稿，而且场面越大发挥越好。有时也由我们写讲稿提纲，他没有更多讲究，只要求表述简明准确。机关的干部都说师长"好伺候"。接触一段时间后，我发现吴师长有敏锐的军人嗅觉，与受过学院训练的高学历干部迥然不同，他的判断往往有个人经历的烙印，来自生活的直觉。一年后，我奉调到军直属某团任政委，临行前去向师长告别，他拍着我的肩膀说："团这一级主官很锻炼人，好好干！"

再次见到吴师长是 1987 年 6 月，在军区大兴安岭扑火救灾表彰大会上。

大兴安岭扑火救灾，吴师长一战成名。

一时间，"大胡子师长"的事迹家喻户晓。我记得当时扑火指挥部收到从全国各地寄来的剃须刀上百把，甚至还有旅居加拿大的华侨小女孩寄来的，希望"大胡子师长"抽空刮刮胡子。慰问信和慰问品更是不计其数。

在那次表彰大会上，记者追，演员唱，层层表扬，吴师长也是主角。会议期间也有些不和谐的声音。主要是一些参加扑火的同级干部不服气，个别同志甚至公开讽刺挖苦。在分组会上，我亲耳听到某位以后走到更高位的领导说："咱不行，没长大胡子。"

会议间隙，我去看望老师长，既向他表示祝贺，又委婉地谈了听到的一些议论。吴师长只是说："咱们得理解人家。"其实，吴师长的"仕途"也是磕磕绊绊。他曾从甲种团团长平调到乙种团团长，后又一路干回甲种师。我离开 69 师不久，不知何故，吴师长又从甲种师 69 师平调回到了乙种师 68 师。对这种异于寻常的调动，上下议论纷纷，他倒是很坦然，从未说过怪话。

危急关头，方显英雄本色。吴师长与刘政委领率这支乙种部队干出了甲等成绩，一飞冲天。

他的直觉又一次显现出来。他们奋战火场二十九个昼夜，转战东西两大火场，五战五捷，为保卫塔河和国家原始森林做出了突出贡献。中央军委给 68 师记集体一等功，给他记个人一等功。据说，这种表彰规格在军史上是空前的。当年 8 月，吴师长作为特邀代表，出席了庆祝建军六十周年全军英雄模范表彰大会，军委常务副主席杨尚昆把他介绍给小平同志，小平同志满面笑容与他握手的照片出现在各大媒体上，也一直挂在他的家里。1988 年他去国防大学深造。恢复军衔制后，吴师长以正师职务领少将衔，这在全军也属凤毛麟角。毕业不久他升任大连陆军学院副院长，后调任 16 集团军副军长。

让我没想到的是，1998 年 10 月，在全国抗洪救灾总结表彰大会上，我又见到了老师长。十年未见，明显感觉到他老了。背有些驼，曾经乌黑的头发和胡须也白了不少。交谈中，发现他嗓音也有些沙哑。

在松花江嫩江抗洪中，老首长再次披挂出征，担任吉林省抗洪救灾副总指挥、16 集团军抗洪部队总指挥，在抗洪一线连续奋战了二十多天。"大胡子师长"的风采再一次感动了中国。中央军委给他记个人二等功。在宾馆，我拿出一摞抗洪主题明信片请他签名，他笑着问："这么多呀?"我说："这是给部队集邮迷们代劳的。"他一笔不苟地一气签了四十多张。在这次会上，我听到有人私下又封了吴师长一个"扑火救灾专业户"的"雅号"。乍一听颇有些酸葡萄的味道，可仔细一想倒也贴切。部队的行动分战争行动和非战争军事行动两种。而非战争军事行动就包括反恐维稳、抢险救灾、维护权益、安保警戒、国际维和、国际

100

救援六类。从这个意义上说，部队的确是扑火救灾专业户，蹈火赴汤天经地义！

十月的北京秋高气爽。晚饭后我陪老师长在京西宾馆院子里散步。途中遇有多名记者要采访，他都谢绝了。他告诉我还有一年就退休了。说到此，我觉得他有些伤感，就连忙说："不会的，凭你的资历、贡献和功绩，部队怎么舍得让你走。"他摇摇头，不想就这个话题再聊下去。2000年初，在副军职岗位干了十年的他退休了。

我转业后，曾利用到长春开会的机会去看望赋闲在家的老首长。见到老部下，他显得很兴奋，说："你还记得老吴头啊？"我说："馋你拌的生鱼片了。"

吴师长拌的生鱼片在老部队闻名遐迩。据说这门手艺是1969年他当连长时，驻守黑龙江畔的吴八老岛，与当面苏军对峙，跟当地渔民学的。

我曾两次到师长家吃生鱼片。吴师长拌生鱼片一般选黑鱼，俗称狗鱼。做生鱼片要先去内脏，再去皮去骨，然后用纱布将鱼片拧干，最后就是吴师长的秘方拌料，我记得还有香菜和大蒜等。

2017年8月23日，老师长因癌症不治去世，享年七十六岁。尽管过去三十年了，但老百姓并没有忘记当年的"大胡子师长"。他逝世的消息在网上披露后，当天的阅读量就达到一百一十八万，留言四千多条。一条留言这样写道："聪明秀出谓之英，胆力过人谓之雄。大胡子师长是拯民于水火的真英雄。"

在长时期的和平环境下，军队干部如何培养，如何选拔，使我们的部队在战争行动和非战争行动中都能过得硬，是一个战略性的问题，在这一方面，"大胡子师长"很具有标本意义。我一直想同老领导就这个题目好好聊聊，可惜，留下终身的遗憾。我曾建议老首长写回忆录。他说曾有军内外的作家找过他，他没答应。他对我说："晓林哪，一个没打过仗的将军，底气不足啊。"我知道，领兵打仗，报效国家与人民，一直是他的未了之愿，他也一直因此而耿耿于怀。

一个军人的报告

——侦察处长黄德元印象

潮起，向前；潮落，后退一步，还是为了向前。

——题记

在 20 世纪 80 年代的 23 军军部大院，黄德元始终是个话题人物，这大概是因为他在强化共性、消融个性的军人群体中，显得有些"突兀"或"格路"。和平年代，部队树立的典型多是某一范式的，但是在我看来，作为变革时代的军人，黄德元既谙熟我党我军的优良传统，又具有国际视野，长于思考，因而更具标本意义。我一直想把他的故事写下来，留下一段独特的身姿与印痕，可阴差阳错，一拖再拖，竟拖了三十余年。今天，尽管这些故事已经是过去式了，或已进了历史了，但我还是如实地把它记录下来，因为历史就是今天的昨天，我们今天的所有事情几乎都有它的渊源。况且，我们的军队或主动或被动的变革一直在持续之中。

"小欧格涅夫"

黄德元是"老三届"，苏州人，1969 年 3 月入伍，当兵第六年就当了连长。1978 年，他从步兵团连长直接调到号称军机关第一处的作训处任参谋。对于这次似乎有些破格的调动曾有不同版本的说法。

有说是因为他的父亲或岳父是"三八式"的新四军，与军里某位首长是战友；有说是因为他把一篇军事学术论文寄给了军长政委；还有说他是作为备选"驸马"调到军司令部的。都说得有鼻子有眼。

黄德元是听着军号长大的。当过新四军名将罗炳辉警卫员的父亲的基因，让他到部队后很快就脱颖而出，当兵第二年就被抽调到师干部教导队任战术连进攻和技术刺杀教员。行伍出身的人都知道，战术教员偏重于文，刺杀教员则是全武行。一个乳臭未干的新兵蛋子竟在师干部教导队担任文武两个科目的教员。

自此，他的军旅生涯就一直介乎于文武之间，武是打底色，文是武的另一种表现形式，文武两道都在滋养着他，也在制约着他。

有一次，他在教导队授课时，针对部队训练和教学中存在的问题，竟脱稿大讲了一番苏联剧作家考涅楚克 1942 年 9 月发表的话剧《前线》。这部话剧着重介绍了对党忠诚，打仗勇敢，却故步自封的前线总指挥戈尔洛夫将军；勇于接受新事物，但处处受到戈尔洛夫打压的欧格涅夫军长；还有那个靠捕风捉影甚至编造事实来写报道的记者客里空。打这以后，黄德元就有了"小欧格涅夫"的绰号。

二十四岁那年，黄德元担任了 D 团 3 营 9 连连长。麻雀虽小，五脏俱全，连队是军队最基本的战斗单元。"二战"名将朱可夫说过，能当好连长和团长，军队的任何一级职务都可以胜任。当时 9 连一无显赫战史，二没出过名将英雄，在师里团里均属无名之辈，但却让黄德元带得风生水起。

他抓连队先抓干部，狠杀官气。要求战士做到的，干部首先做到；要求战士不做的，干部首先不做。再就是抓基础训练，先从体能训练开始：一天三餐不坐餐，骑马蹲裆式练腿力；三九天把单双杠安在室内练臂力；每天早晚各一个五公里越野跑。

为了保证战士们有充沛的体能，他狠抓伙食，种植了几十亩蔬菜，养猪养羊还养驴。为了保证饲料供应，9 连在数平方公里的战术场撒满了紫云英草种，秋季还将收割的紫云英制成饲料砖，解决了冬季无饲料喂猪的难题。

1977 年，他带领全连去鸡西煤矿废弃矿井给全师挖过冬取暖煤。师里给的任务是年产二万吨，他们竟完成二万五千吨。当时他把全连编为三个作业队，三班倒，昼夜不停地在井下作业。在这个基础上，他们还完成了全训连队的所有训练科目，自行安排了野外露营训练。情况报到师部后，主管训练的副师长和司令部的参谋带着实弹，突然来到 9 连，宣布对全连进行二练习实弹射击考核。在矿井下作业班紧急上井之际，司令部的参谋们亲自用皮尺对 9 连自行构筑的靶场进行了距离测量，完全符合教范。而后全连荷枪实弹，五公里越野跑，迅速到达靶场，没有停顿，立刻就进行实弹射击。考核组对此非常满意。因为气喘吁吁地跑到靶场，要比心平气和地走到靶场，据枪瞄准的难度要大得多。黄德元最后一个接受考核。二练习是 200 米卧姿、150 米跪姿、100 米立姿各打三枪，而他在 200 米地线用难度最大的立姿连发九枪，全部命中 9 环以上。全连考核优秀。师首长还对连队的投弹、器械等进行了考核，总评成绩均为优秀。

考核返回后，很快下达了命令，由 9 连出一个班，作为师代表队，参加军以班为单位的技术、战术比武。结果他们一举夺得九项科目的八项第一，给当时主持比武的军首长留下了深刻印象。

20 世纪 70 年代，我下过坑道，知道采煤工的劳动强度。我问黄德元是怎么做到生产训练两不误的，他告诉我，他们聘请了一位退休老矿长当顾问，借鉴正规矿的生产方式，加上利用各种运载工具，大大提高了生产效率。老矿长爱喝两口，他自掏腰包给老矿长买酒，但从不陪喝。老矿长对人说："小黄连长啥都好，就是不陪我喝酒。"

1978 年，9 连到大兴安岭腹地完成国防施工任务的同时，再次额外完成了全训任务。黄德元当连长三年，9 连立了三个集体三等功。这年秋，一纸命令，黄德元调到了军首脑机关。

向"绵羊将军"发起挑战

拿破仑有句经典名言："一头狮子率领的一群绵羊，可以打败一只绵羊率领的一群狮子！"黄德元曾把军队里的某些和平官称为"绵羊将军"，这话也曾引起过争议。

作为战役军团的领率机关，集团军机关这个舞台对一位职业军人来说足够大。但军队向来等级森严且讲究资历。在等级关系中，易滋生两种"主义"：强权（命令）主义和奴隶（服从）主义。部队有句玩笑话，"参谋不带长，放屁都不响"，何况你又是个小字辈的连级参谋。但黄德元却不愿把尾巴夹起来，更不擅长戴面具，只要给他机会，他就毫不吝啬地展示自己。这种展示一方面是恣意挥洒才华，一方面是敢于"不同凡响"，在军事学术领域和训练中屡屡"犯上"。

一般来说，军机关的干部文气多于武气，可黄德元正相反。他很讲究军容军姿，不论春夏秋冬，总留着寸头，行走坐立，挺胸收腹，机关的小车司机背后都管他叫"拔腰板"。他做事通脱，与人相交，不矜持，也不谦虚，没有很多应酬话，却又并不冷淡。不管吹不吹起床号，黄德元每天早上都坚持长跑，回来再做几套器械。连警卫战士都知道，除了警卫连，在军部大院坚持早操的有三个人：黄军长、郑副参谋长，还有参谋黄德元。针对军机关大腹便便者越来越多的情况，他上书军首长，建议加强体能训练，提出对各级各年龄段的干部分别制定体能训练标准，将达标作为提拔的标准之一。军首长采纳了他的建议，一时间，大搞军体训练之风吹遍全军，干部战士身体素质明显改善。时任总长杨得志和副总长杨勇将军来军视察给予肯定。但这件事也没少招那些整天"爬格子"的参谋干事助理员的"怨"，正像所有的作用力都会产生副作用力一样。

黄德元不吸烟，不喝酒，不打牌，人情世故也不大在乎，读书是他唯一的嗜好。也有人说他"抠"，既不吃请，也不请吃。探亲回来，不带土特产，只拿一只卷糖，从处长到保管员，一人一块。这次见面，我向他核实，他哈哈大笑说："太夸张了。"

20世纪七八十年代的军事演习中，红军胜蓝军败就是铁律。黄德元在80年代初勇敢地向这一铁律发起挑战。有一年，军组织A师、B师首长机关和C师首长机关带部分实兵的阵地防御演习。当时作训处长病了，司令部首长把设计演习想定的任务交给了黄德元，他在演习第二阶段设计了这样的底案：我一线防御阵地被蓝军突破后，师使用坦克团等预备队实施反冲击，并组织炮群火力支援，消灭突入之敌。反冲击开始后，军导演部用蓝军电台和已过期的红军的密码，冒充红军军指发电报，命正在支援反冲击的炮群转移阵地。正确的处理方案是：红军师指立即向军部核实此过期密码电报的真伪，即使电报内容是真实的，也要立即向军部报告当时的实际战况，坚持到反冲击结束后，炮兵才能转移阵地，否则必然遭到惨败。结果三个师接到假密电后，无一与军指核实，炮兵就仓促转移，离开基本阵地，在转移途中大部被蓝军干掉，而正在实施反冲击的坦克团等预备队因失去炮火支援，也遭到惨败，致使这次各师的防御战役演习均以失败告终。在演习总结中，军首长充分肯定了这个演习方案，说是部队自朝鲜归国以来，第一次进行这样诡诈的演习，符合实战要求，并就这个问题批评了各师。结果各师的头头们和参谋人员都大为感慨。三个师的首长在总结会后都找到黄德元说："小黄，你就这么整我们啊！"但都承认这次教训很深刻。

黄德元告诉我，这次演习想定是有战例依托的。1973

年，第四次中东战争时，以色列名将沙龙在西奈半岛前线指挥以军作战，用破译的埃叙联军密码，发假电报调动联军，撕开口子，指挥 2.7 万名以军跨过苏伊士运河攻入埃及境内，遏止了以军被动挨打的局面，一举扭转战局。其实，黄德元对每次实兵演练都是红军胜蓝军败早就讥讽过，对把演习异化成"演戏"之弊多次大声疾呼。

1979 年，23 军奉中央军委命令，从 2 月起，进入黑龙江江畔的黑河战区，这是自抗美援朝后，首次全员出动。全军上下气氛紧张，我发现黄德元反倒有些亢奋。我听打过仗的老人讲过，那时部队都有一些"好战分子"，一听说有仗打就肾上腺素上头。

在战区的头一周，黄德元天天随军前指黄副军长和吴副政委在一线勘察地形。黄德元知道，他们的活动区域，已在当面敌集团军侦察范围（160 公里—260 公里）之内，随时有被袭击的可能。他在吉普车后备厢装上 40 火箭筒，以对付敌侦察坦克和装甲运兵车，随身携带着 56 式冲锋枪和 54 式手枪。事过多年，黄德元说当他把危险性报告给首长时，黄副军长命令他，一旦有被俘的危险，宁可自裁，也不能当俘虏。

一次勘察地形返回，看到洁白的雪原上有一个黑点以很优美的姿势不断向前跳跃。黄副军长说这是一只狐狸，目测距离有百米开外，他说："黄参谋能试试吗？"黄德元就叫驾驶员停车，打开车窗，据枪，瞄准，在小黑点刚进入准星缺口的边沿时就打了个提前量，立即击发。小黑点猛地蹿起五六米高，跌落不见了。黄德元下车，踏着几乎陷到大腿根的深雪，连走带爬地挪了一百多米，果然提回来一只狐狸。

当年苏联在中苏边境陈兵百万，约有 120 个师，1.2 万辆坦克、装甲车，5000 余架飞机，核炮弹已装备到师一级。如果中苏爆发大战，当时的主流意见是战争初期的作战形式应以阵地战为主，即依托阵地，保卫战略要点和重要城镇，在大量消耗敌军后再转入反攻。当时还流行一种说法，叫"狗子吃屎走老路"。也就是说苏军大举进攻中国的话，还是走当年消灭日本关东军的老路，因此要在老路上构建坚固的筑垒地域，集中兵力进行防御。黄德元却认为这并不是很好的战略。一是中苏包括中蒙边境长 12000 多公里，很难事先确定敌主要进攻路线。例如"二战"中法国马其诺防线、第四次中东战争中的巴列夫防线，实战时都被对手绕过，等于无用。二是在双方火力悬殊的条件下，弱势的我方集中兵力坚守阵地，等于给敌军提供了消灭我军有生力量的目标。例如苏德战争初期双方装备基本相当，苏军甚至略占优势，仍在阵地防御中遭受重创。我军红军时期的第五次反围剿，更是惨败。

就此黄德元写了一篇论文：《有什么枪打什么仗——也谈战争初期作战样式应以游击战为主》。他认为未来的游击战与传统的游击战相比较，只是在小群、偷袭、打了就跑等作战形式上相同，但有本质的区别：这是将人数、近距离火力、纪律性、士气等都胜过对手的主力兵团变成小群多路，利用一切有利地形，对敌军实施伏击、袭击、狙击。例如在野战中，可以将一个集团军的防御面积扩大数十倍，在广大地区中以班组为单位，着重打击敌翼侧和后方，打了就跑，使敌军失去集中火力的目标。在城市保卫战中，与其用重兵在城市外围实施阵地防御，倒不如将城市中老弱居民迁移后，将主力部队分散隐蔽在城市中，让敌军进城，短兵相接，敌重武器无法发挥作用，而我军却可以从四面八方随时随地对其进行多路和不断的打击，把城市变成置敌于死地的陷阱。因他的观点与高层相左，且言语犀利，军首长都一时拿不定主意是否赞成他投稿。黄德元表示作为参谋有建议权。军首长最后表示默许。后来，这篇论文作为争鸣观点，在全军权威论坛《军事学术》加按语发表。据说他这次"出风头"惹得高层机关一些人不快。不过后来发生的苏联入侵阿富汗，打了十年苏军狼狈撤退，俄罗斯二打车臣，车军集中兵力坚守格罗尼兹，结果被歼灭等事实，佐证了这篇论文的价值。

第二篇是分析各种天候和地形条件下，紧急战备时，部队利用各种运载工具，机动能力的论文。这篇文章发在全军后勤学术杂志上，受到了军首长的表扬。后勤和装备部门的干部说司令部抢了后勤部的饭碗。

直至 80 年代，军队的上下级关系还是比较纯净的，从战火中走过来的老首长，特别是有思想的首长，还是很欣赏黄德元的。1982 年底，黄德元刚满三十一岁就被提拔为作训处副处长并被列入后备干部。在他周围聚集了一批志同道合的"少壮派"，他的单身宿舍一度成了军事学术沙龙。我记得墙上挂着一条幅："善攻者敌不知其所守。御左则右不支，御前则后不支，无所不御则无所不支。"当时心想，这是个笃信进攻的家伙。

匪夷所思的是，正当黄德元的发展前景为众人看好的时候，他却一下拐入弯道，如醉如痴地搞起了电影文学剧本创作，先后在大型文学刊物《江南》1982年第一期上发表了电影文学剧本《淮海决战》（上下集），在《电影与作品》1985年第五期上发表了电影文学剧本《毛泽东和蒋介石在重庆》（上下集）。当时，国内重大题材创作刚刚起步，一个业余作者率先发表两部大部头的电影剧本，很快引起了有关方面的关注，八一电影制片厂和一些地方电影厂都对他的本子表现出兴趣。这期间他像着了魔，多次往返电影厂，也有了八一厂要调他的传言。

对于黄德元这次转向，起初我也不太理解，后来一想，这件事看似反常，其实也正常。作家同时也是军事理论家的乔良说："那些真正的文学是可以拉高民族精神的。"许多有志青年都曾有过文学梦，青年马克思和成为领袖以后的毛泽东都曾对身边人讲过有写小说的欲望。毛泽东几乎读过中国所有的古典文学名著，尤对《红楼梦》推崇备至，始终置于床前案头。开国上将萧克在战争年代就开始创作反映井冈山斗争的长篇小说《浴血罗霄》，后获首届茅盾文学奖。其实，黄德元早在连队就悄悄地搞文学创作，写了电影文学剧本处女作《绿色生活》，后更名为《战争证明》。但不可否认的是，迷上文学创作后，黄德元在不同的频道之间切来换去，劳心费神，这让他原本的将星之路有了更多的不确定性。

1983年，组织上送黄德元到军队最高学府军事学院去深造。在那里，他用一半脑子学习，一半脑子搞"副业"。用他自己的话说，军校两年的最大收获是读了上百本书，完成了一个电影文学剧本。

黄德元写的剧本我基本都读过。你说它是"副业"吧，他几乎读遍了古今中外的军事名著，对我军和主要外军的战史、战例如数家珍。他写的作品都是军事题材，主角也都是名帅名将和军人。至于说他的电影剧本的文学水准，作为外行我不好置喙。但他的几个剧本就像是军事百科全书，是用文学的笔法普及军事思想、军事历史和军事常识，而且这种普及既专业又通俗。

依我的观察，坚持业余创作并有成果的人一般都具备两个特质：一是才华横溢，二是精力充沛。至于这是不是不务正业，那要看怎么论。毛主席即使在戎马倥偬的战争年代也没放弃吟诗作词，哪个敢说不务正业？萧克将军写小说、萧华将军写《长征组歌》也是为人称道的雅事。

他的问题惊动了萧克院长

1985年，黄德元从军事学院基本系毕业，这年他三十四岁。

不久，他被任命为侦察处长。按说既提升一职又未离开大城市、大机关，应该是个不错的安排，但据说黄本人对这一任命并不满意，他多次请求下部队当团长，并希望给他一个最边远落后的团。据说，没给他一个团，是因为有一位首长担心他会"独裁"。也有人透露是因为军事学院出具的鉴定不太理想。

他在军事学院确有两件事引起系里甚至校方的不快。一是上课时看课外书，引起教员不满，学员队检查学习笔记本居然全部空白。这个建院以来唯一不做笔记的出格学员的情况被逐级上报，竟惊动了院长——开国上将萧克，把他叫去谈话。谈话中他做了点检讨，然后对学院有些滞后的教学方法和教材体系提出了改进建议。出乎意料的是，这次谈话后，原本准备对他的处理不了了之，萧克将军还问他是否愿意留到军事学院当教员。至于说为了逃避国庆阅兵，吃黄豆拉肚子住院，事后我向他本人求证，他予以坚决否认。他承认的缘由是"身高超标一厘米"。记得当时我调侃他："这个理由很充分。"

私下里，我们交换过对阅兵方式和频次的看法。他十分激赏1941年十月革命节，苏联红军经过二十五分钟的红场阅兵，直接开赴战场的壮举。他主张除了仪仗兵以外，作战部队应取消正步训练，把时间和精力用在技术战术训练上更划算。美军操典就没有正步训练，理由是士兵容易受伤，耗时过多。他赞成举行阅兵。他说阅兵并不复杂，就是在分列式时，走得更有精气神而已。在集团军以上规模的演习后，应借部队集结的机会进行阅兵，师以下部队通常每年至少举行一次阅兵。这种阅兵式应该以完整建制为单位，齐装满员，不能用经过挑肥拣瘦的人员专门训练后再进行。这样能增加部队间的比劲，增强友邻之间的相互熟悉、协同和团结，也便于部队首长了解自己所指挥的部队处于何种状态。对于专门为了"看"而阅兵，他是摇头的。

黄处长的"四菜一汤"

军侦察处在司令机关编制最小，只是个配角。他认为这是我军编制上的明显短板。我军从诞生之日起，在兵力、装备上都是敌优我劣。我军就是靠情报优势弥补了兵力装备上的劣势，进而在局部形成反超，这就是四渡赤水、七战七捷等神仙仗的秘诀所在。他认为在缩编原则下，可以减作战参谋，增加情报参谋，没有准确及时的情报，再高明的首长、再多的作战参谋都不可能有正确的决策和方案。过去战争年代，敌中有我，我中无敌，现在要警惕我中有敌而敌中无我。无论与苏联还是与美国相比，我们的情报能力都是短板。政治工作是我军的生命线，情报工作同样是我军的生命线。情报错误，军队往往会命悬一线。现在回过头来看，不得不说他的眼光独到。

黄德元处里的参谋曾向我讲述过他在任上的故事。当时集团军首长曾想把建设 C3I 自动化指挥系统的任务交给他，那时集团军上下都知道，这是首长高度关注的头号工程，要钱给钱，要人给人。也有人说首长曾暗示，这件事干成了，可以直接任师参谋长。可黄德元却"不识抬举"，他认为 C3I 离不开天上的卫星，地面的传感器，军一级不具备，结果只能是"炒炒概念"而已。

那些年，我们军驻防黑龙江，含内蒙古和吉林省一部分，面积相当于整个法国。在军的编成内有六个师、三个旅、两个团。军侦察处直接负责业务指导的就有九个侦察科，还有各师旅的侦察分队，还负责直接指挥军侦察营和技术侦察大队。起初各单位都想邀请新处长下来走走，联络联络感情。那时部队规定接待标准是"四菜一汤"，不久，他们就领略了黄处长的"四菜一汤"：

一、敬礼、握手。二、宣布全体立即紧急集合。三、拉动，就是侦察车、侦听车、指挥车都小遛一圈儿，然后全体人员武装越野几公里。四、点验：跑回营区后，按战

115

备要求打开背包和小包袱，检查个人携带的物资是否合格，着重检查侦察装备能否正常使用，炊事班能否保证部队野餐。还当场要求将每个人和每台装备的情况都记录下来并抄报侦察处。这是"四菜"。而"一汤"就是处长问：下趟再来，情况怎么样？

黄德元第一次去侦察营搞"四菜一汤"，情况糟糕得可以想象。尤其是侦听员们都是学外语的大学生，平时不出早操，训练也就是戴上耳机听外语广播或录音。这一折腾，大家怨声载道。黄德元我行我素。每次去，从不提前打招呼，去了就这样搞。三番五次之后情况有了改变，大家都习惯了。侦察营、技侦队基本上做到了召之即来，来之能战。

在黄德元任侦察处长期间，集团军曾受命组建以侦察兵为主，加强有炮兵、工兵、防化兵、通信兵、卫生兵的侦察大队，赴前线参战。黄主动要求担任大队长，得到批准后他打电话邀我担任政委。我看他难掩兴奋之情，便调侃："你这条关在笼子里的军犬终于嗅到血腥味了。"

后来参战任务取消，他受领了总参下达的拍摄《侦察兵严寒条件下的野外生存训练》军教片的任务。当时总参情报部只是出了一个题目，除了八一厂配合以外，所有的训练科目、计划、想定作业等，都是黄德元参考外军资料，并与侦察兵们讨论协商之后完成的，电影脚本也是黄德元写的。三九天，黄德元率领侦察分队冒着严寒，进入了侦察英雄杨子荣当年战斗过的林海雪原。在零下三十多摄氏度的冰天雪地中，每人每天只有二百克食物，生存十天，令人想想都不寒而栗。何况还要完成多个训练科目，真不知道他们是怎么过来的！结果任务完成得很好，军教片也获得总参谋部军训一等奖。后来该片定名《雪狼》，成为我军与华沙条约组织交流的第一部军教片。

他还尝试着搞了一次侦察兵化装侦察训练。让参训人员不带任何证件，不带钱，不带食品饮品，不许乘用部队交通工具，着便衣，单人哈尔滨到齐齐哈尔打一个来回。

这两次极限训练是对军人的忠诚和技能的考验，也是对组训者心理承受能力的严峻考验。事过多年，回忆起这两次训练，黄德元依然心有余悸。因为那个时期预防事故，特别是对亡人事故，实行"一票否决"，出了事故是要严肃问责的。

"打仗时我一定回来"

山有峰的崇高，也有谷的平庸。长期的和平环境，对普罗大众是福祉，而对职业军人则往往成为坠向平庸的滑梯。

1989 年，黄德元突然要求转业。那年他三十八岁，距正团职军官最高服役年龄尚差十二岁，距野战军正团职军官最高服役年龄差七岁。

这位既有基层主官经历，又经高层机关历练，还在最高军事学府培训过，被称为将军苗子的少壮派上校的转业要求，又一次成为集团军机关议论的热点。应该说，对于黄德元的转业申请，集团军首长做了挽留但并不坚决。对于他突然要求转业的个中缘由，又演绎出不同版本。有"怀才不遇说"，说他自己讲现在的职务是"用武二郎的身板干武大郎的活"；有"贪妻恋子说"，说他和妻子一直两地分居，想回杭州与妻儿团聚；有"改弦更张说"，说他想脱掉军装搞专业创作；还有说他想下海经商。各种说法不一而足。

黄德元要求转业也让我大吃一惊。我知道，他对军事的了解是骨子里的了解，他对军队的热爱是血液里的热爱。我很想知道他的出离之心是何时萌动的，当他摘下上校军衔、脱下军装时，是否有过懊悔？直到 2004 年，我也要求转业时，才有些理解了他。

　　其实，河流们改道，并不主要是水的错。

　　在我们话别时，他感叹，越来越多的干部把精力用在处理人情关系上，而不是用在提高战斗力上。不建立一套公开透明、便于监督的干部晋升制度，迟早会出大问题。

　　事实被他不幸言中。

　　黄德元的转业申请惊动了一些熟悉他的老首长。原副军长、时任沈阳军区参谋长的李海波中将正在杭州疗养，专门把黄德元叫去，要把他调到军区司令部作战部。他对李参谋长说："打仗时我一定回来！"原军政委、时任沈阳军区政治部主任戴学江，亲自打电话给南京军区政治部主任，要把这个人才留在部队。

　　古人有云："千军易得，一将难求。"我也是在这些老首长身边成长起来的，他们的胸襟和眼力让我们终身受益。可命是生命，也是命运。

　　此时，黄德元的档案已交到浙江杭州，被安置到某著名大学任保卫处长。这个位置是正处实职，校方特意说明他可以列席校党委会。在常人看来，这应当是个体面的安排，待遇也会不错。但我听说后心想，这种看家护院的差使，哪能拴得住黄德元的心。

　　很快，按照南京军区政治部主任的指示，他的档案从省军转办要回来落到了当地部队。因当时没有空位，就在那儿帮助工作。

两年后他还是转业了。开始分配到体制内任正处级干部，但他却想承包省某电影制片厂。至于原因，他说，当年一部美国大片《超人》的票房竟超过大庆油田一年的收入，深深刺激了他。再后来，他下海办高科技公司，因合作方的违法侵权夭折了。这个公司有三个博士，其他研发人员基本都是硕士，有两个已投产的主打产品，一个是针对国人滥用抗生素研发的"药敏纸片"，一个是基因检测试剂盒，都在国内名列前茅，已有证券公司来谈辅导上市事宜。提起这段经历黄德元至今唏嘘不已。

有意思的是，他还炒过股票。在上交所成立之前，他在银行门口随手买了一张纸质股票，多年后这只股票居然上市，身价翻了好几番。一次在深圳用稿费买了深发展的原始股，要是保留到现在，就有钱拍电影了。我问黄德元怎么想起炒股的，他说马克思曾买卖过股票，蒋介石在上海也炒过股，邓小平曾送纽约交易所董事长一张中国改革开放后发行的纸质股票，自己也想尝试一下"梨子的滋味"。在他的寓所，我发现桌子上放着一本书——《公司控制权与股权布局》。

出格的东西才会是有独创性的

黄德元离开 23 军后，我们再次握手，已暌隔三十五年，彼此都已步入桑榆。我们宽天阔海，长谈无忌，还就台海、南海问题以及正在进行的俄乌、巴以战争进行了深入交谈。我发现，尽管年过七秩的德元兄已显龙钟之相，但如灼如炬的思想仍像刺刀一般锋利，胸中激荡的依然是悲天悯人的家国情怀。

几次长谈又回到军队的话题。黄德元感慨地说："猫很难死，因为有九条命。我军从小到大，是有六条命：第一条命是保证高昂士气的政治工作；第二条命是敢打能胜的将帅；第三条命是及时准确的情报工作；第四条命是足以发挥武器最大威力的技术、战术训练；第五条命是能支持作战需要的后勤和战争动员；第六条命是良好的军民关系。只要这六条命不同时丢掉，哪怕一时丢掉一两条，也能死而复生。若六条均在，对强敌就敢言胜。而且这六条也可以用来衡量敌对军队的战斗力，预测战争的走向。"

他对我军几十年不打大仗了，久而久之部队和老百姓都怕打仗了，表示深深的担忧。他说："光有力量不行，还要有使用力量的决心和意志。"

他问我认不认识全国人大代表，要请代表向人大提议，抓紧提高国防开支。要尽快掌握能够突破美国反导系统的运载工具，要有足够摧毁美国的核弹。这样才能断了美国用战争阻止中国统一、打断中国发展的妄想，并能使我们的国际贸易环境大大宽松。他说这是投入最小最小、获利最大最大的"买卖"。

我并无贬低某些喋喋不休的专家们的见识和眼力之意，但用三言两语就把这个问题说得如此透彻者，恐怕并无几人。

临别时，黄德元送我一部近作《东方欲晓——毛泽东从"书生"成长为统帅和领袖的故事》（浙江文艺出版社 2023 年 12 月版），从这个视角写毛泽东很独特，读来饶有兴味。他告诉我，还有一部写粟裕的书稿正在军事科学院送审。

接着这个话题，我又问了一个敏感的问题：在军事上，林彪与粟裕谁更胜一筹？他认为，他们两位都善于筹谋指挥大兵团作战。林彪的部队是毛主席直接指挥的主力，战略基本由毛主席亲自确定。这造成林彪长于战术，如他的六个战术原则，一点两面、三三制、四快一慢等。而粟裕任红军抗日先遣队参谋长后，与中央阻隔十七年，其中有相当一段时间音信全无，这促使他必须独立思考面临的全局问题，养成了战略优先的思考习惯，才能几次建议毛主席和中央军委改变战略，而且被实战证明是正确的，这在我军历史上绝无仅有。林彪打仗比较谨慎，一旦要打，就打得很漂亮，譬如辽沈和平津战役。粟裕打仗敢于冒险，常常打得惊心动魄，譬如淮海战役。黄德元还以独特的视角，对我军的一些将帅进行了点评。当然，这是另外的话题。

事后我方知道，当年黄德元写剧本，甚至想承包电影厂的想法，就是想把古往今来的名将和著名的战役战斗拍成系列片，以昭后人，以酬未壮之志。

依稀记得有位我们共同的老首长，在黄德元离开部队多年后曾这样评价他："他总是在思考，可往往不按套路出牌，太出格了。"是啊，在我们这个大一统的传统文化背景下，人们往往是不用独立思考的，军人更是以服从为天职，只要按部就班地工作和生活就行。可历史一再证明，循规蹈矩，因循守旧，对一支军队来说是致命的，"套路"常常是思想和行动的枷锁，"出格"的东西才会是具有独创性的东西，尽管并不是一切出格的东西都是有独特价值的。基于此，如秋蝉嘶鸣，我写下了这篇《一个军人的报告——侦察处长黄德元印象》。

我的搭档张柏林

一

1993 年 7 月，我由集团军政治部组织处长调任集团军坦克旅政治委员并担任党委书记。临行前集团军政委和军长两位主要首长先后找我谈话，交代任务并提出要求。两位首长特别叮嘱我要与旅长张柏林同志搞好团结。

我理解首长的意图。在世界各国军队中，唯我军实行双首长制。这种制度设计，是由我军宗旨和性质决定的，也经过战争的检验。毋庸讳言，双首长制既可取长补短，也易相互制约。双首长搞好配合，需要双方的领导艺术和修养，在这一点上，往往对政治委员要求更高。这方面的楷模是林彪的搭档罗荣桓元帅，还有就是《亮剑》中的赵刚。但在实际中，军政主官尿不到一个壶里的并不鲜见。

是年我三十九岁，张旅长长我五岁，已任旅长八年。张旅长出身吉林农家，入伍后在基层一步步干起来，在集团军乃至整个军区装甲兵都以有个性、脾气直著称，人送绰号"瘦巴顿"。对于我的到来，张旅长既没表示反对，也不是很热情。赴任时我谢绝送行，只身一人乘火车前往。到了大庆火车站，他竟也只身去接我。说老实话，当时心里多少有些意外和隐约的不爽。

起初，张旅长的风格让我有些不适应。次日晚去他家拜访，迎接我的是一条凶相毕露的藏獒。对于我的登门，张旅长显得不冷不热。我想听听他对旅党委班子和干部的看法，他不愿意多谈，只是说："我别先入为主，你自己慢慢品。"送别时他又说："我在这儿干得太久了，看垃圾都是景点，你就敞开干吧，你会喜欢这支部队的。"

慢慢地，我开始喜欢上这支部队了，这种喜欢始于喜欢上张柏林，就像赵刚喜欢上了李云龙。当然，这种喜欢是相互的，就像李云龙也喜欢上了赵刚。

二

张柏林入伍就当坦克手，一直在坦克部队，自称是"干铁器活的"。他对我说："带兵不能捏软柿子，要敢于剃刺头。"旅后勤部有一老科长，与我同岁，对旅里不提拔他意见很大，平时自由散漫，大错不犯，小错不断。我找他谈了一次效果不明显。张旅长说："等哪天我归拢归拢这个刺头。"一天部队早操，机关和各营连带开后，我和张旅长边散步边谈工作。一会儿，那位科长晃晃悠悠地从楼里出来了，张旅长一看大声呵斥："你光屁股扎腰带比别人多一道啊？为什么不随队出操？"那位科长倚老卖老："岁数大了，跑不动了。""你个科级干部长了个将军肚，短练。你跟着我跑，我不停你不许停。"张旅长边说边拽着他跑了

123

起来。四百米操场一气跑了六圈，把那位科长累趴下了，连连求饶。

有一年冬天，部队远程机械化拉练。当时他要升职的消息已传出来，为了保安全、防生变，我和副旅长提出冰雪路行军速度不超过十五公里。在作战会议上，张旅长坚决不同意，他说："我们是摩托化和机械化部队指挥员，不是赶大车的，不能因为怕出事就降低训练标准。"说老实话，张旅长没读过多少书，开会念稿还不时有错别字，但即席讲话却常常一针见血，看似粗俗的话语藏着管用的方法。有一次旅党委常委召开民主生活会，由于有军首长参加，大家发言有些小心谨慎，相互提意见也是轻描淡写。我主持会议，多次提醒，不见成效。这时柏林讥讽道："要不要一人倒上二两，把真言吐出来？老陈，咱俩带个头，拿出斗地主的劲头来，你先向我开炮。"在笑声中，尴尬的气氛一下化解了。他给全旅的汽车驾驶员讲安全时说："你们这些人是手把着方向盘，脚踩着人民群众，身背着法院。"

还有一年，调整干部动的面比较大，我同柏林商量准备召开一个新任职干部大会。柏林说："对新提升的不用谈，照屁股踢一脚好好干就行了。倒是对那些想提没提的，咱俩得好好谈谈。"

那时我曾多次想整理张柏林的"语录"，他表示反对："我那点水登不了大雅之堂，让人笑话。"别看柏林嘴上不饶人，但对政委很尊重，人前人后都管我叫"党"。旅里干部们都知道，这事找"党"去，听"党"的，"党定"，是他的口头禅。当面这样，背后更不搞小动作。1995年旅里空出一个副团职位置，集团军让尽快呈报意见，柏林与我在人选上出现分歧，双方各持己见，看我一直坚持，他做了让步，以我的意见作为方案提交旅党委常委会审议。后来，我到军校学习，他在家主持常委会，会上也出现了两种意见。但柏林还是按我们商定的意见统一了常委们的思想，其间他并没有说他的最初意见。

三

有句流传恒久的古语："人无癖不可与交，以其无深情；人无疵不可与交，以其无真气也。"张旅长善饮，每天早中晚三顿都要喝上两杯，不过他只喝自备的旅农场的高度"小烧"，他给命名为"铁甲大曲"。他也好客，来了客人只要他陪餐必喝小烧，门口放哨，不醉不休。据说号称大庆油田"八大酒缸"的四位都败于他的杯下，连市妇联主席都被他喝倒在桌子底下。我们搭档后，我曾向他求证，他说："没那事。那是军机关一帮瞎参谋、烂干事编派我。"

豪爽与好客，让他结交了众多朋友。那时部队正"过紧日子"，一遇困难，他出去转一圈，晚上晕晕乎乎地回来，事情就解决了。坦克旅的营房、营院和装备库房建设在全军都是一流的。

早就闻听张旅长有三件宝：藏獒、美式 M1 卡宾枪、日本军佐指挥刀。那条像狮子般的藏獒我一上任就领教过了，而另两件是半年后才向我展示的。记得那是一个周末，柏林邀我去他家喝酒。那天我们聊得很深，他对我说："我没什么大发展了，你年轻，记住我的教训，别老死守田园，多往上跑跑。"不久，任职已十年的他调任集团军装备部长，尽管晋升为正师，但我知道他心里并不痛快，他想当师长，带兵打仗是他的夙愿。到了军机关，按他的话说："一头叫驴牵到羊圈，安错地方了。"我军从战争年代走过来的军事指挥员，许多都有着宁折不弯的个性，如许世友、王近山、钟伟等。他们身上的缺点往往也是优点，优点又常常以非常的方式表现出来。而在长期和平环境下，有棱角、有血性的指挥员逐渐不合时宜，一个时期以来，部队愈来愈公式化、模式化了。当然这个问题不是本文要讨论的。

柏林离任的头一天晚上，我陪他最后一次在旅部大院散步，看着一辆辆战车、火炮，望着灯火通明的营房，听着此起彼伏的歌声，他有些伤感。这种伤感在两年后，我也告别坦克旅时，方才有了切身体会。

书家何昌贵

毋庸置疑，书画界是名利场，作为书家，为名一生，也为名所累，但昌贵兄一路走来却似一潭清流，不染尘俗。

何昌贵，字泊远，号三境斋主，中国书协第六届理事，隶书专业委员会委员，中国艺术研究院中国书法院研究员。曾任黑龙江省书协副主席、佳木斯市文联和书协主席。

昌贵兄是军人出身，在军旅就是秀才，我们是同一个军的战友。那年总部机关一首长来部队调研，首长喜欢书法，军首长点名调在旅任政治部副主任的何昌贵来陪同。其间，首长对他的书法篆刻及为人颇为赏识，他却不愿"恋栈"，匆匆返回了部队。自那时我们结下金兰之交，经常交流文字与书艺。令我没想到的是，1996年他执意放弃提升职务的机会，非要转业到地方《青少年书法报》报社工作，甘愿做名编辑，专注研究书法。从编辑到社长兼总编，在这个"不冷不热"的板凳上竟坐了十八年。

何昌贵成名较早，1985年首届全国钢笔书法大赛他摘得一等奖，也是解放军唯一获此殊荣的军旅书家，部队给他记了二等功。十年磨一剑，1995年他的毛笔书法在全国第六届书法篆刻大展中又获"全国奖"，从此声名鹊起。昌贵兄真草隶篆皆通，尤其隶书在全国书坛颇有影响力，并多次担任评委。曾有人进言，问他为何不去北京或省城发展，以图大业。昌贵兄却不为所动，依然安于经济欠发达的边城佳木斯办他的报纸，研究他的书法，同时培养了一大批书法学子，成就了佳木斯全国书法重镇的美誉；《青少年书法报》也办得有声有色，火遍了整个书坛。

一次，在与昌贵兄交谈中，我调侃他"小富即安"。我说："酒香不怕巷子深是传统社会的真理。现在是市场经济，你得会包装炒作自己，不能偏安于一隅呀！"他不以为然。我深知昌贵兄不善此道，他为人低调，不事张扬，待人真诚。有一年，我与我的年轻同事去佳木斯市拜访昌贵兄。返回途中那位同事说："见何老师面相沉静淡定，言谈举止有节有据，乃真君子也。"

的确，昌贵兄有格有品。从他的工作室可窥一位书家的追求与修养。案头笔砚青竹，四壁图书，古帖置案，古琴横窗，此间一尘不染，有世外桃源之境。昌贵兄有"翰墨许知音"诗句，常以书作酬友。我曾同一位卓有成就的青年书家谈起何昌贵的书法作品润格，他说凭何昌贵的名气和影响力，润格要得太低了，有时还不要钱。相比之下，我想起当年在部队时，我们帮建驻地一所残障儿童学校，想请当地一位书家题写校名，没想到，这位书家开出了天价润笔，令人瞠目。在这方面，昌贵兄的古士风雅令我感佩。

三境斋是昌贵兄的工作室，室内有三块匾额，一是启功所题写，另一个是段成桂所题，第三个是任宗厚题写。"三境斋"取自王国维《人间词话》中治学的"三种境

128

界"，可见昌贵兄将此治学三境界奉为圭臬，修身进学。

游寿先生为他题写"剑气冲云兮，笔光留人间"，期许他的书法传世久远。罗继祖先生为他题写座右铭"勿傲，勿暴，勿怠；宜和，宜静，宜庄"的条幅，他常以此修德。

昌贵兄年逾七旬，依然笔耕不辍。他常将自己的诗作发给朋友欣赏。不久前，昌贵兄又发来近作诗《求闲》一首：

> 尽日临池游戏间，
> 兴来说梦也清闲。
> 尝遍红尘名利苦，
> 衰颜依旧效栖贤。

昌贵兄通晓格律，写过上百首古体诗，我劝他结集刊行，最好是自己手书。

在他室内还悬挂一幅隶书名家刘文华的"养喜神"三字精品，语出明代洪应明所著《菜根谭》。刘文华与何昌贵同为隶书名家，又是好友。他见我喜欢，欲取之相赠。我说请你写一幅送我便是。君子岂能夺人所爱，故请兄另书一幅。2022年底惊悉刘文华先生仙逝，我们都很悲伤。如今，昌贵兄送我这件"养喜神"仍置于我的客厅。

"举家全仗一支笔，立身还凭四壁书"，欣赏三境斋中的一书一画，听昌贵兄问学于先生们的往事，我似乎感受到中国书法的魅力，以及他的古风，他的文气和儒雅。

我和大哥

人生匆匆如过客。过客的身份，每个人都是一样的，但每个人留在别人心中的是很不一样的。

我们家哥儿四个。对于有四个儿子，父亲一直引以为自豪，母亲却为没能生养一个女儿抱怨了一辈子，不过这是后话了。

大哥生于1953年3月，长我一岁半，走的那一年刚过六十。大哥走了多年，电话号码一直保存在我的通讯录中，每每看到那一串熟悉的数码，我都想与大哥攀谈。

一个人不可能也不可以游离于他的时代。我们"50后"这一代人，经历了20世纪五六十年代的建设时期，经历了"文革"，经历了改革开放，恍惚走过了三个截然不同的时代。在时代的大潮中，有时是站在浪尖上的弄潮儿；有时被浪潮裹胁着，自己掌握不了自己的命运；有时稍有不慎，就狠狠地被拍在沙滩上。大哥是"文革"前的"老三届"，加入过红卫兵，下乡当过知青，扛过枪，下过海，工农商学兵和乘警都干过，还有过三次婚姻。这种经历在今天的年轻人看来，简直不可思议，可在那个年代却很平常。而这其中的每一步，都深深烙上了时代的印痕。

在我的书架上，至今摆着一张已经泛黄的相片。1967年1月，大哥和我身穿旧军装，扎着武装带，手拿《毛主席语录》，在天安门广场合影。那时大哥十四岁，我不满十三岁。我们从小生活在部队大院，在父母的管教下，成长得中规中矩，"文革"一下打乱了原来的秩序，让我们不安分起来。停课后我们东溜西逛，眼界大开，心也愈来愈野，直至加入了"大串联"的洪流。最有意思的是，大哥组织了一个六人长征小分队，背着背包，冒着寒冬，徒步由锦州去北京。记得当时锦州到北京的徒步距离是九百六十华里，我们竟走了十三天。我们选择的路线与当年四野大军之一路的入关路径不谋而合：

锦州—高桥—锦西—绥中—沙后所—山海关—抚宁—玉田—通县—北京。

大哥和我是第一次来到祖国的首都，兴奋异常，我们在天安门广场排了一个多小时的队，留了那张合影。那时沿途不论城市农村，都有红卫兵接待站。我们睡过老乡的火炕，吃过水煮地瓜。虽已过去五十多年了，我还依稀记得煮地瓜三分钱一斤，炒花生一角多一斤。

到山海关休整时，就下一步的走向，队伍发生了严重分歧。因为此时中央已要求停止"串联"，尤其严控进京，坚持"就地闹革命"。一派主张继续进京，一派主张到天津后返回。大哥是进京派，我当然追随大哥。

1968年大哥下乡是我送的。不像有的知青下乡时那般兴高采烈，我发现他一脸沮丧。1969年2月大哥参军了，也是我送的他。这次他兴高采烈，分手前对我说，明年你也当兵吧，不然也得下乡。大哥从来不愿提下乡插队当知青这一段经历。我只知道他干了小一年，临入伍时生产队长对他说："刨掉口粮钱，还应剩你三十元，队里拿不出来，给你买了一个帆布旅行袋顶了。"他插队那个村，种地靠贷款，吃粮靠返销，壮劳力干一天记十分，合三角多钱。临走前他换上军衣，除了部队发的，把所有的个人物品都留给了房东。

大哥先当陆军，在赫赫有名的 16 军"井冈山红五团"，后选调到东海舰队潜艇支队当了水兵。第二年我也当兵到了 23 军，也是一支有着红军传统的老部队。那时哥俩常写信交流思想。我记得当时毛主席提倡读马列的六本书，大哥就从上海给我寄来，鼓励我多读书，读经典，还谈了他的读书体会。1972 年 5 月 6 日我入党后，第一个写信告诉的不是父母，而是大哥。我记得他回了一封长信，既表示祝贺，又谈了自己入伍四年也没解决组织问题的主客观原因，言语中透出无奈。信中他借一个名人的话说（具体是谁现在已记不清了），长期在部队干容易束缚思想、束缚个性，隐约流露出想退伍的想法。

转业后他被分配在铁路当车号员，一直坚持读书写作。记得他曾在《人民铁道》上发表过诗作，里面有这样的诗句："抄车号，编车组，小辫一甩赛小伙。"恢复高考后，他曾报考，也进入了调档程序，后不知何故未被录取。妈妈后来悄悄告诉我，是因为在部队打架，顶撞上级，受过处分。不过自那之后，大哥似乎有些消极了。他的生活态度更加自我，还时常发无名火。

大哥年轻时风流倜傥，长得颇似当年红极一时的小生唐国强，身边不乏漂亮姑娘。后来他在火车上结识了一个上海女知青，很快坠入爱河，恋爱结婚，不久就有了一个男孩。之后离婚再娶，再离再娶。个中的原因大哥从不言说，我也不便追问，但这中间肯定有故事。

改革开放之后，大哥那颗已经平复的心又躁动起来，换了几次工作，最后下海经商。他先与好友丁暄办了一个文化影视公司。丁是电影《抓壮丁》的编剧，原沈阳军区文化部部长丁洪的儿子。他们投拍的第一部，也是唯一一部电视剧是《争雄百年港》。这部戏以旅顺口为背景，算是谍战片吧。演员有刘江、唐国强、冯恩鹤、宋春丽、黄宏等一众大腕。当时，这些八一厂演员正处在被边缘化，无戏可拍的尴尬境地。剧组就借宿在我父母所在军队干休所简陋的招待所里。

后来，他还参与出版了大型画册《当代女将军列传》。实事求是地说，这本书倒是有些史料价值。

大哥告诉我，办文化公司挣不着钱，不赔就不错了。这以后他又依托大连港，与朋友承包了一家经营粮食饲料进出口的商贸公司。一年后，我再见到大哥，明显感到他出手阔绰多了，说话的口气也大了，常领着全家吃海鲜大餐。但我们之间的共同语言似乎少了。大哥毕竟是当过兵的人，在家国大义上从不含糊。1983年，小弟弟从大连陆军学院毕业前主动申请赴前线参战，就是先取得大哥支持，又说服老母亲的。后来，大哥的公司陷入合同纠纷，公司倒闭，他险些身陷囹圄。再后来他给一家宾馆打工，当前台经理，直至退休。其间也曾几次试图东山再起，炒过汇，倒过货，还是功亏一篑。

我和两个弟弟常年当兵在外，大哥自然更多地承担起照顾父母的责任。父母晚年体弱多病，父亲双目几近失明，母亲患阿尔茨海默病，大哥脾气不好，但对爸妈却很耐心。我曾背地里问老爸，大哥对你们好吗，他回答"挺好的"。对此我和两个弟弟对大哥大嫂一直是心存感激的。

大哥是在五十六岁那年查出直肠癌的。开始出现便血时，他以为是痔疮，确诊后很快做了手术。术后我去看他，他说医生让他化疗，化了几次太遭罪了，索性停了。

2012年我也确诊患了肺癌，做了切除术。当时怕刺激大哥，没想告诉他。后来他察觉到了，与我通电话证实后，在电话里一边埋怨我一边哭，一时叫我不知如何是好。三年后，大哥的癌灶转移到胃，又逐步扩散至腹腔。那段时间我工作很忙，一直没回来看他。一天，他给我发来短信说："我要不行了，你快回来一趟！"我连忙请假和小弟弟回大连来看他。

半年不见，大哥瘦得脱相了，也不愿说话了，他躺在老家的床上，让我眼前出现了晚年父亲的幻影，此时的大哥太像父亲当年了。我问大哥有什么要交代的，他只是说："王影（大嫂）在，就能照顾好妈。"当时年逾九旬的母亲意识丧失，生活已完全不能自理。不久他再次呕血，送去医院抢救，又做了胃切除手术。可血仍止不住，一边输血，一边呕血，很快就不行了。我们兄弟和他的儿子儿媳一道，把他安葬在父亲身旁，后来母亲也葬于同一墓园。

很长一段时间，我眼前总是出现大哥临终前那无奈与不甘的眼神。这篇简约的文字，起笔于大哥去世后，写写停停，拖了几年。原本我觉得对大哥是那样的熟悉，可一旦落笔，又觉得是那般的陌生。于是，记下了我与大哥既熟悉又陌生的故事。

食无定味， 适口者珍

陈兄德合是京城名厨，我们同庚。他生于年初，我生于年尾。一次机缘，让我们成了挚友。

作为一名"准吃货"，有一位大厨做朋友，对于提高美食鉴赏力，涨"口福"，无疑是件幸事。不过，与德合兄及我们的共同朋友去吃饭，不论谁做东，饭店都是由他选，菜也得由他点，谁让人家是资深的"中国烹饪大师""中国餐饮业烹调一级评委"呢。当然，他也会象征性地征求一下别人的意见，请注意，只是象征性的。

每每与陈大师到饭店就餐，仿佛不是来品尝美食，而是来参加饮食文化研讨会或菜品鉴赏会的。主讲当然是陈大师了。只要到了餐厅，陈大师那眼神就像雷达一样犀利，舌尖也仿佛安装了探测仪，极善于发现问题。当然，人家的"好"他也是不放过的。有时吃着吃着，就钻到人家后厨去了，凡新特优菜品，只要入了他的法眼，他就一定要学会，而且在借鉴中改良创新。

记得有一次去一家常去的小店，点了一道常吃的菜，一入口，德合兄即对老板说："你们换厨师了吧?"老板连忙说"是的"。"这个炒菜不如上个，您把他找来。"主厨

135

来了，免不了接受陈大师一顿指点。

德合兄更多的是请我们到他家里做客。不过到他家多数都是大姐主灶，他坐而论道。大姐的厨艺也好生了得，炒饼、素什锦、酱牛肉别具一格。

偶尔大师兴起，或架不住朋友们"起哄"，他也要露一手。他的拿手菜是宫保虾球和芝麻鸭串，还有干烧黄鱼。这几款菜品都是他在京城老字号烤肉宛饭庄当厨师长时的主打菜。

宫保虾球类似川菜名品宫保鸡丁，胡辣小甜酸口。芝麻鸭串选用北京填鸭，去骨、腌制、穿串、油炸。这两款菜都被评为京城金牌菜。

德合兄是国家首批注册烹饪大师。他 1971 年入行，1976 年就在北京市厨师青工组技术比赛获炒菜项目第一名。1980 年在北京财贸青工业务操作赛中获热菜、冷菜、刀工三项第一，荣膺技术能手称号，二十六岁就被任命为涉外名店烤肉宛饭庄厨师长。1990 年担任北京亚运会运动员餐厅厨师长。后来还受邀参与奥运美食盛宴菜品设计。

德合兄告诉我，1980 年外国驻华使馆的外交官们经常在烤肉宛饭庄聚餐，时任美国驻华联络处主任老布什更是常客。我问他谁付钱，德合兄说："多数是 AA 制。"

德合兄带我去过这家始创于康熙二十五年（公元 1686 年）的老字号，我注意到牌匾是书画大家王遐举所题。德合兄介绍说，原匾额是白石老人题的。白石老人晚年牙口不好，很喜欢吃这里嫩如豆腐般的烤牛肉。老人第一次题匾，只写了一个钟鼎"烤"字。写完之后突然停笔，稍加思索，又在下面写了一行小字："钟鼎本无此'烤'字，此是齐璜杜撰。"这个"烤"字后经装裱挂在店内，在那个特殊年代，和梅兰芳、马连良等名人题字一道，被当作"四旧"破了。听到这里，我不禁扼腕叹息。德合兄说："改革开放后，中外众多餐饮品牌涌入京城，北京许多老字号，包括全聚德、东来顺的日子都不那么好过了。"

这些年来，德合兄专注于厨房菜品研发。代表作有2004年于山西海外海餐饮集团原创的"浓香鸡汤小米烩海参"，创单日单品十五万多元营业额，在全国高端餐饮业流行，山西省烹饪协会为此颁发了原创证书。德合兄为沈派餐饮旗下乌鲁木齐丝路东方饺子设计的黄瓜鲜虾、菌菇时蔬、羊肉胡萝卜、牛肉西红柿、丝路双虾、经典茴香、羊肉香芹、鸡茸海胆、瑶柱冬瓜等原创配方水饺，流行于天山南北各地。

有一次朋友间聊起中西餐的比较和中餐的发展趋势，七嘴八舌，各抒己见。德合兄认为："美食无国界。不能简单地认为中餐就高于西餐。西餐也有值得中餐学习的优长，比如注重营养不流失，低温慢煮。西餐中的沙拉即凉拌就很值得学习借鉴。传统的八大菜系也不好笼统地比较孰高孰低，南北菜也是这样的。当下餐饮业的大趋势就是融合，中西融合，南北融合，八大菜系融合。比如北京菜就是宫廷菜、官府菜、清真菜和鲁菜等融合而成的。"

德合兄说："有了这个认知，设计菜品的路子一下子就拓宽了。在这个总思路下，还要融合当地的食材。比如馕是新疆人民祖祖辈辈的食物，我把它和包包菜结合，利用急火快炒技法，一气呵成，既保持菜的鲜嫩，又保留了馕的酥脆，然后加上独特调味配料，包包菜炒馕一上市就大

137

受欢迎。"德合兄不无得意地告诉我，就是这一款三十元左右的大众菜，让十几家分店仅一个月就赚了六十万元利润。

对于烹饪大量使用色素和添加剂而疏于监管，德合兄多次表达不满。他说有些厨师不是厨师而是画师。他曾受聘于一家高端饭店当总监，店里有位号称香港游艇会的大厨，他做鱼翅骨和佛跳墙，鱼翅和海参泡发靠弹力素，调味调色用添加剂，吃起来口感挺好，可营养价值无几，甚至有害。

德合兄谈到现在人们饮食越来越讲究营养和养生，有些传统菜肴渐渐不合时宜了，比如说红烧肉、东坡肉、九转大肠等。当然，这要因人而异，偶尔吃一顿也未尝不可。他说，过去上海菜的特点是"浓油赤酱"，现在也愈发清淡了。

德合兄主张家庭主妇都要懂一些食品健康常识，更遑论厨师了。比如肉禽不是越新鲜越好，而是要使用排酸肉，又叫冷鲜肉。冷却排酸肉，是现代肉品卫生学及营养学所提倡的一种肉品后成熟工艺。经过排酸后的肉的口感得到极大改善，味道鲜嫩，同时新陈代谢产物被最大限度地分解和排出，从而达到无害化。

我请教德合兄："鱼类需要排酸吗?"德合兄说："刚刚宰杀后的鱼肉虽然新鲜，但品质不是最好的，鱼肉也要有一个排酸的过程，需要冷藏一段时间才更加鲜美。不过，对于海鲜和河鲜是否需要排酸是有争议的。"

至于现在流行吃生鱼片，德合兄说："生鱼片中可能会存在寄生虫，寄生虫可在零下二十度的条件下冷冻二十四小时被杀死，而一般生鱼片餐盘下的冰块完全起不到杀灭寄生虫的作用。因此，只有对原料的来源足够放心，鱼才能生吃。"

"食无定味，适口者珍。"这是德合兄从艺以来一直奉为圭臬的话语。每当受聘，他总要对老板们言，在口味上不要以个人所好瞎指挥，要以食客为主。食材的选择权要在我，不能以次充好，更不能假冒伪劣。

德合兄是下乡知青，早年入行多为稻粱谋，后来渐渐地爱上了这一行，一做就是五十年。做有灵魂、有思想、有道德、食客喜爱的健康菜，成了德合兄毕生的追求。

琉璃厂老苏

　　京城传承了三百年的古文化街琉璃厂是个有故事的地方。在琉璃厂浸润熏陶了三十年的老苏是个有故事的人。老苏，山西文水人氏，字溪翁，号研堂，晋宝轩主人。已入天命的老苏操着一口浓重的山西腔。文水史上出过的两位名人，是老苏常挂在嘴边，颇引以为傲的。前者，史上第一位女皇帝武则天；后者，"生的伟大，死的光荣"的女英雄刘胡兰。

　　与乡音同，老苏乡情浓郁，店里藏有傅山、祁寯藻、阎锡山、姚奠中、董寿平等山西名人大家的墨宝，还有各式家乡的老物件。家乡的汾酒也是老苏的最爱。我问老苏，新中国成立七十周年时，你在家乡举办"祝福祖国——庆国庆书法篆刻收藏展"，家乡父老及各界名流云集，想必你老苏也是上县志的人物了？他哈哈大笑。

　　我与老苏相识二十多年了。那时进京得闲，受老辈影响，总爱去琉璃厂转转。赋闲之后，去得就更勤了。老苏的店在琉璃厂西街海王邨口，店面不大，主营近现代文人书法。那时，与画作相比，书法价格要低得多，而文化内涵则丰富得多。曾长期担任毛泽东秘书，与主席一样酷爱

140

书法并富于收藏的田家英曾言："画是八重天，字是九重天。"我深以为然。

第一次进老苏的店，墙上不起眼处竟挂着一幅郭沫若的书作，顿时让我眼前一亮。郭书是赠友人的自作诗《沽酒》，落款时间是民国三十七年。我一直仰慕郭老的书法，尤喜郭老 1950 年前的作品，觉得那时候的作品比后来的多些书卷气。

书法作品是让人观赏的，也是让人阅读的。时下流行的书作内容常常重复，暴露了书写者文化底蕴的苍白。而这幅作品是自作诗，内容潇洒而富于哲思。郭书边上有一幅于右任先生小品，亦是自作诗，落款也是民国三十七年。

当时郭书开价超出我的心理预期，故与老苏讨价还价。老苏看出我真心喜欢，寸步不让，且摆出一副出不出让无所谓的姿态。后几经压价无果，只好悻悻而去。

当晚，刚柔相济、洒脱自然、独树一帜的"郭体"老在我眼前浮现。"有酒思饮酒，有山还看山"的诗句也仿佛印在了我的脑子里，让我欲罢不能。

次日，邀了同道友人助阵。几经舌战，老苏就是不让步。后来让了一步，说原价不变，把那件于右任的也给我。最终，还是用家乡一位名家的山水画换得郭老墨宝。

在一次书法展上，见到了这两件墨宝的原主人徐先生。徐先生问我多少钱收的，听我细说原委，徐先生说"值得"。

多少年过去了，郭老墨宝依然挂在家里。老苏曾三番五次要加倍回收或兑换。别说我，连家人都舍不得了。

我曾几次目睹老苏收购书画。长期实战磨炼，老苏眼

141

睛很"毒"，对市场行情了然于胸，又精于近现代文人书法鉴定。如果看准了，他就果断出价，同时从保险柜里拿出一扎钱，就再也不言语了。我注意到，那扎钱比什么都有说服力。如果卖主是新出道的，或急于出手，此时，眼睛就离不开那钱了。

老苏告诉我，在琉璃厂做书画生意，包括荣宝斋这等老字号，关键是要能收到"货"。他感叹，现在收东西，尤其是收好东西、真东西，是越来越难了。

熟识后，我发现老苏平时待人面无表情，也不说客套话，其实是个热心肠。他的店就像是西琉璃厂店家们的俱乐部，各路神仙，三教九流，常聚于此。听他们神侃是一种精神会餐。行内的朋友称，老苏的藏品贵是贵了些，但好东西多，没有假货。

勤奋加慧眼加机遇加信誉，老苏的生意愈做愈好，如今名片上赫然印着"北京心向往斋文化有限公司董事长"。"心向往斋"，是老苏收藏的清代大书法家何绍基题写的斋号，语出《史记·孔子世家赞》，原文是："高山仰止，景行行止，虽不能至，然心向往之。"

正应了"近朱者赤，近墨者黑"的古理，近些年，老苏又一头扎进篆刻、书法之境。他的画店俨然成了工作室。每天一上班，老苏就在台灯下治印挥毫。几年下来，篆名章、闲章总有万把方。有行家评论，他的篆刻有白石老人刀风。老苏天生悟性好，学东西快，手也利索，请他治印，立等可取。但他的书作却不敢恭维，我之浅见，传统底蕴似乎弱了些。

去年春见到老苏，他不无得意地告诉我，他篆刻的

《五牛图》题字被央视牛年春晚开场背景选用。过了不久，又收到老苏寄来的山西人民出版社出版的《书法篆刻集》。此前老苏还编撰出版了《宋梦仙女史遗墨》，主编了《詹景凤绘宰永迹图》。从作品集上观，老苏的篆字又有精进。

有一回，人问老苏是哪个大学毕业的，老苏答："琉璃厂大学。"某次喝茶闲聊，我对老苏戏言，你现在是篆刻家、书法家、收藏鉴赏家、企业家四位一体，你最欣赏哪种身份？他说"书画贩子"。言毕，大笑。

有人说老苏刚进京城时是掌鞋的，后来学装裱，再后来买卖字画。我不知虚实，也没有去考证。古人有云："英雄各有见，何必问出处。"

读书是精神上的吃饭

4·23 世界读书日快到了，友人发来我十几年前发在《啄木鸟》杂志上的随笔《陋室书香，卷气长留》，提示我再写点什么。

这日，我打开读书札记，随意翻着，忽看到早些时候摘记作家方英文的一段话："读书是精神上的吃饭，吃饭是生理上的读书。"尽管古今中外论及读书的箴言不胜枚举，但方英文的话平实而又一语中的，一下触发了我的写作兴致。

读当代文学，我喜读陕西作家。方英文是陕西作家。无论以数量还是质量论，陕军都是当代文学方阵中的劲旅。小说家路遥、陈忠实、贾平凹的作品自不必言，近年又冒出一个陈彦，其小说《主角》《装台》也大热。穆涛、邢小利等的散文随笔也不同凡响。还有一个叫管上的，虽无甚名气，但辛辣的笔调肆无忌惮，锋芒从不设防，读了让人"上头"。

陕西作家的一个突出特点是作品的语言文化内涵深，却又摆脱了烦人的官腔官调，也摆脱了所谓的"大学中文系腔"（方英文言）。在这一点上，方的作品风格以至语言风格超凡脱俗，精彩之处常令人拍案叫绝。其实方本人就是陕师大中文系毕业的。仔细想想，方论是真理。读书对一个人来说，的确像吃饭，是离不开的。

饮食习惯是多年养成的，读书习惯也靠养成。饮食主杂忌单，方能营养均衡。凡有成就的学者都主张知识要博，谓博识。博识没有捷径，就是多读，包括重读。女作家苏珊·桑塔格认为"最有价值的阅读是重读"。这一观点与酷爱读书的毛泽东暗合，毛泽东多次谈及，《红楼梦》至少要读五遍。一部《资治通鉴》，老人家一生都放在案头枕边。

在文化荒芜的时代，读书只能饥不择食，而现在则进入了"信息泛滥"的时代，因此，选择就成了读书人之首要。选择当然要匹配口味，但也要防止偏食。读经典名著是读书人普遍遵循的真理。此外读书不能太功利化，也要读一些"无用书"，就是那种当下甚或永远都不会带给你世俗好处的书。女作家池莉就喜欢读"闲书"，照她的标准，闲书的作者一定是那种"三闲一不闲"的人物。"三闲"当是身闲、心闲、岁月闲；"一不闲"则是生平笔头从不闲。很有意思。

开卷有益。说一千道一万，读起来才是硬道理。读进去了，才会明白更多的道理。《四库全书》总纂官纪昀撰有一谈读书的对子："书似青山常乱叠，灯如红豆最相思。"对读书人来说，书如美食，读起来上瘾，而精神上的愉悦往往是物质享受所不能替代的。

我不是一个做学问的读书人，读书缺少计划，常是兴之所至，但读了几十年的书，读书的快意和美意，我还是体会到了。

145

微言微语（四则）

表 情 包

一生要消耗多少表情/不乏真心流露/也有掩饰和虚与委蛇/好在可以锻炼面部肌肉/防止面瘫。

自从有了你/压缩至包里的大把表情/我就把情感的开关拧紧/让符号替代真情实意/渐渐地，除了龇牙/只会傻笑/朋友们说/症状似老年痴呆。

这是我之前写的一首短诗，调侃表情符号在网络空间的泛滥。其实，表情包已经成了我们生活中必不可少的交流符号，是聊天的万能工具。当你不知道说什么的时候，不知道怎样说明自己的微妙情绪的时候，你总能找到合适的表情包作为替代。从这个意义上说，我们得感谢表情包，感谢表情包的创作者。

表情包流行于互联网，本质上是流行文化，搞笑，夸张，多元。据百度，最早的表情符号出现在 1982 年 9 月。时下表情包已经占据了我们聊天记录的百分之七十。2016

年度，"表情包"曾被列入中国媒体十大新词。

过去，表情包属于年轻人的专利，现在愈来愈多的老年人也能熟练运用表情包了。但我发现表情包也有代沟。老年人使用表情包比较单一，按使用频次排列，一是笑脸，二是龇牙，三是竖大拇指，四是抱拳。

时下表情包层出不穷，专有网站，比如斗图网、表情吧。不过人们对表情包含义的理解各不相同，因此常常出现双方理解上的偏差，闹出笑话，闹出矛盾。依我之浅见，对表情包不必太过当真。我们，尤其是青少年，日渐迷失在表情包海洋里，用语言沟通的能力被弱化，倒是需要警惕了。

点　　赞

渐渐地，酒友少了，微友多了。我知道，朋友圈里的不都是朋友，公众号表达的也不都是公众的意愿。可点赞好比倒酒，喝不喝都得倒上。点赞也好比敬酒，宁拉一群，不拉一人。微信圈里也有潜规则，点赞是相互的。你要想获得人家的赞美，就要不吝啬赞美人家。

有一哥们儿告诉我，点赞是他乐此不疲的日课，似圣上批阅奏章，有君临天下的快感。我曾在故宫参观过清代奏折展，朱批常见"知道了""朕心甚慰""已读"。当然，对于垃圾奏章，圣上的批示也是一副不屑和贬斥。比如乾隆就曾在大臣所写的狗屁不通的奏折上直接批上"放你的屁"四个字。

我发现经常点赞的人都有一颗善良的心，就像青城山

147

下的白素贞，对揣着明白装糊涂的许仙有不管不顾的爱。当然，点赞群发就有些廉价了，还容易忙中出岔，人家发讣告，你也点赞。至于拉票助选，制造人气，挣流量，风尚如此，你又能说什么呢?

"快　手"

快节奏得青年人青睐，老龄社会与慢生活相适。到了一把年纪的人都是风雨中走过来的，无论从生理上还是心理上，节奏都逐渐慢了下来。"快手"却唱反调，它说要在这个世界上得到什么，就要眼快，嘴快，最紧要的是手快。这不，还嫌不够快，又推出了一个"极速版"。可警方却反复提示，线上线下，嘴甜手快的往往是电诈。的确，常识告诉我们，植物和动物长得快了就不好吃，没营养，就含有激素和副作用。哲人告诉我们悠着点，慢着点，十分聪明用五分，留下五分给子孙。

历史的脉搏越跳越快，"农业化"用了一万年，"工业化"用了三百年，"信息化"还不到五十年。可脉搏跳得过快易患高血压，而高血压恰恰是心脑血管疾病的重要诱因。有人认为安静与缓慢是生命的最好状态。成长，比的是快；死亡，比的是慢。人啊，总在快慢间纠结。

学者楼宇烈主张人生应不苟为（唯贵当）、不刻意（顺自然）、不执着（且随缘），并自命斋号"三不堂"，后学深以为然。时代越功利，越要保持与之格格不入的勇气。

假　　唱

　　至今分不清美声、民族、通俗、摇滚这诸多唱法，唯独有一种唱法让我兴致盎然，对口型，是这种唱法的典型特征。假唱者很执着，明明知道自己假唱，情感依然那般投入。明明知道台上在假唱，台下掌声依然如潮。明明知道别人知道自己在假唱，依然假唱，依然字正腔圆。假唱有独唱，也有组合，蔚为壮观的是合唱。在假唱大军中，领唱者当然引领带头，滥竽充数者也不甘人后。与假唱相呼应，"假掌"（假鼓掌）也流行开来。某次在某高规格的电视台参加录播综艺节目，第一次领教了"领掌者"的风采。原来，晚会上观众的热烈掌声、笑声乃至激动的泪水，往往是在"领掌者"的启示下、鼓动下进行的。

　　生活提醒我们，界面光鲜，内存往往暗藏玄机；场面宏大，假唱者居多。这个社会将来稀缺的是独立思考、批判精神，不依附于前人、古人，不盲从于潮流。

朋友圈里的朋友们

据说，国人每天有 10.9 亿人打开微信，7.8 亿人进朋友圈，1.2 亿人发帖。我的旧友新朋，无论男女老少，也大多遁入圈内。"朋友圈"是世俗社会和虚拟社会的融合体，人们在这里往往神龙见首不见尾。玩圈的规则当然不能完全摆脱世俗社会的条条框框，但虚拟空间也足够大了。

微信朋友圈也是"江湖"。有的朋友在"圈"里坐不更名，行不改姓。更多的如水泊梁山的好汉，以绰号行世。仔细研究那绰号，颇有意味。如一友，号"勺士"。我问何解，答曰：人家都有文化，不是博士就是硕士，至少也是个学士，我一士不是，尚有当饭桶的资格，故"勺士"是也。其实，此"士"是腰缠万贯的企业精英。还有一兄弟，号"攻打钓鱼岛"，几乎每篇帖子都有火药味。不过，爱国之心拳拳，倒是可爱。还有一道友，号"仰宋堂"。堂主乃卓有成就的青年画家和书法家，也是一位富藏古今的收藏鉴赏家。"仰宋"，我理解也许是追随仰慕宋代文化之意。道友每日发一自书帖，多是佛家箴言。那隽永清秀的行楷，颇似赵朴老。有一挚友曾是同事，号"江心岛"，至今不知何意。他文笔好，思路快，发帖常有《世说新语》之风。

150

还有一号"渤海渔翁"者。此公乃20世纪80年代初大连水产学院毕业生，一直与海洋打交道，退休后兴趣爱好转向了军史、文史，毕竟是军人世家。值得一提的是，他研史往往从当时的器物入手。

圈里有多位我敬重有加的老首长和老领导。平时他们很少发声，我每原创发帖，他们都予以鼓励，有不同看法则私信交流，如同当年对我耳提面命。有一老领导号"西山老圃"，曾写《西山老圃记》赠我："或问何谓西山老圃。答曰西山者，某之所居也；老圃者，某之所为也。所为者何？种菜养树者也！我本农家子，少壮离乡拼搏，老迈返璞归真。"老首长曾领将军衔，在职时文韬武略，多有建树。退休后"朝观红日出海，暮望夕阳下山。不闻街市喧闹，但乐小庭清闲。处江湖之远，耕半亩净土。守方寸之纯洁，养浩然之正气"，着实令人感佩。

朋友圈是知识和信息的集散地，宛如一小百科全书。时政讯息、市井逸闻也常常令人目不暇接。故每日晨起，第一件事就是看"今日头条"，刷朋友圈。久而久之已成日课。

在我看来，心灵鸡汤似的文字读来令人乏味，反不如那些世俗甚至重口味的段子读来有兴味。我注意到一些专家反复提醒阅读要防止碎片化的问题。这个问题的确值得注意，但从另一个角度看，知识和信息恰恰是由碎片整合起来的，如果没有浪花朵朵，何来大海汪洋？当然，短平快式的阅读弊端也是显而易见的，需与系统阅读和深度阅读互补。

古人提倡"处处留心皆学问"是有道理的。一般来说，朋友圈的信息我都要浏览，但更喜读有思想和文化深度的文字，对原创尤为青睐。微信为"云"的朋友是大学中文系的教授，已耄耋之年仍思维敏捷，读她发文宛如走进了大学课堂。"一介书生""东有启明"是我的老战友，同事时善思考，敢直言，就给我留下了深刻印象。退休后，在朋友圈里的发声仍不同凡响，只是表达的方式更圆融些。

正应了"物以类聚，人以群分"的老理，在朋友圈里还套有若干小群，如战友群、同事群。也有由于"气味相投"结伙成群的，如诗歌诵读群、摄影群等等，不一而足。有些我完全外行，如摄影，被朋友拉进去后，倒是开了眼界。一日在群里见群友向阳在丹顶鹤之乡齐齐哈尔拍的一组丹顶鹤，不觉被震撼了，遂配诗一首：白的如雪/黑的似炭/世间如此对立的两种状态/竟如此和谐/头顶那抹亮色/如一盏红灯/意味深长/对远方的渴望/对故土的眷恋/是你扶摇的翼展/谁也无法料到/执着与高傲/让你飞多高/让你走多远/每一个寒暑都有故事/每一片羽毛都写着传奇。

我朋友圈里的朋友皆是君子之交。不可否认，朋友圈里表达的观点并不尽一致，甚至常常对立，有些话听起来也时常令人不安。此时，我尽量提醒自己，可以不同意人家的观点，但要尊重人家说话的权利。一个健康的社会应该包容不同的声音，一个健康的朋友圈更当如此。当然，圈里的朋友都是有底线的。

在我的朋友圈还有几位颇有成就的学者和作家朋友，他们的原创哪怕是三言两语也闪烁着思想的火花，读他们是精神会餐。我的朋友圈也是文学同好们交流的阵地。我也时常在圈里发作品，有四位亦师亦友的兄长经常点评。他们的诗文佳作亦是我的范文。从这个意义上论，朋友圈又是交流的课堂。

圈里还有两位经营书店的朋友。与"北京鲁博书屋"店主结交于购书之时。北京阜成门内的鲁迅博物馆院内有一书屋，其貌不扬，书的品位却很高，而且常售签名书，还有旧版书和毛边书。记得鲁迅先生当年就自称"毛边一党"。先生还亲自为毛边书定义：三面（天头、地脚、切口）任其自然、不施切削的书籍。说心里话，毛边书读起来并不方便，但大先生为何情有独钟，自有其道理。与"先知书店"店主则是在网上购书相识的。开始吸引我的并不是书，而是店主集纳的推荐语。几乎他发的每篇推荐语都值得收藏，如："能读经典，看的是知识。会读经典，积累的是知识。知识唾手可得。分析知识的能力，基础是独立思考和判断。"几位做餐饮的朋友，则经常在圈里晒美食。防疫期间，宅家的朋友纷纷加入进来，这让我想起孟夫子的名句"食色，性也"。

有人说，在朋友圈里可以"六亲不认""没大没小"，也可以装聋作哑。其实，虚拟空间并不是冰冷的，朋友圈能让你随时触摸到朋友的体温。在这里，一句问候，一个表情，一个点赞，乃至善意的提醒，都会让你感受到浓浓的友情、亲情。有一哥们儿告诉我，给朋友点赞，是他乐此不疲的日课，似圣上批阅奏章，有君临天下的快感。据社会学家研究，朋友圈于这个浮躁的社会有镇静之功效。于我来说，刷朋友圈如品茗，沉浸在绵长的回味中。

当然，随着年纪一天天大了，老眼昏花，也曾产生过把"朋友圈"戒了的想法，但实在是撇不开，放不下。如今，朋友圈的实用功能越来越强大，又演绎出新的、有滋有味的故事，留待下文再叙。

文坛师友录（三则）

熊 召 政

熊召政长我一岁，同是军人出身，便多了几分亲近感。读过他的诗歌、散文、小说，尤其是读了长篇历史小说《张居正》后，萌生见面渴望。有一次去武汉出差，当地朋友问我有什么要求，我说想见熊召政。

熊召政家住东湖边一公寓，门旁挂有"闲庐斋"字牌，书法是先生自题。熊召政书法在业界有些名气，文人书者有"南熊北贾"之说。

冒昧造访，先生并无敷衍。我请教先生，时下写帝王大热，您为什么写了个宰相？先生言中国的皇帝除了屈指可数的英明君主外，更多的是荒唐与平庸之辈。宰相则不然。他们中产生了一大批非常优秀的政治家，商鞅、萧何、诸葛亮、魏徵、赵普、王安石、刘伯温等。中国有帝王术，专门研究如何当皇帝，却没有一部宰相学。2005 年，《张居正》全票通过获第六届茅盾文学奖，产生广泛影响。不过改编的影视作品，影响力则大不如二月河那几部帝王系列。

　　我和先生还谈及了他那篇引起高层关注的散文《醉里挑灯看剑》。一个时期以来，国内外有些文人学者把北宋捧为最好的朝代，熊先生则针锋相对地批判了北宋自开国以来，错误地实行了"重文抑武"基本国策和奢华之风。他说："一个国家，如果每个角落都弥漫着享乐之风、奢侈之气，所有的国民必然就丧失忧患意识。这是一件十分危险的事情。"他大声疾呼："一个时代没有英雄并不可怕，可怕的是丧失了产生英雄的土壤。有鉴于此，北宋灭亡的教训不能不汲取！"故而，继《张居正》后，熊召政又枯坐十四年，推出了一百五十万字、四卷本长篇历史小说《大金王朝》。这部作品揭示了弱者如何胜出、强者如何衰败的规律，有其现实意义。先生坦言重温这段历史，有时手舞足蹈，有时心情沉郁，有时豪情万丈。不过这部书的影响力远不及《张居正》。这也反映了当代文学式微的窘况。

　　两个多小时的交谈，我领略了楚人之睿智与执着。临别，获赠先生散文新作、旧体诗集并题赠书法作品。次日，友人请客，我们又一次相聚。我发现熊召政先生善饮。记得在一篇随笔中，先生曾写了夜宿茅台镇，夜半找酒馆的故事。

　　不久后，我在北京国家图书馆参观了"书香养我——熊召政书法展"。先生的书作外圆内方，清秀雅致，兼有文人字和名人字之特色，很受喜爱。我的第一个斋号"问学庐"，就是请熊召政先生题写的，至今悬于书斋。

　　召政先生学养丰厚，创作精力充沛，诗歌、小说、散文、随笔皆出手不凡，各类奖项时有斩获。前些年，先生创作的话剧《司马迁》在北京人艺上演，我和妻子专程购票去看。在陕西韩城司马迁祠悬有先生撰书："苇编秦汉无双士，信史中华第一人。"在一石碑上还刻有先生写的《祭司马迁文》，大气磅礴，文采斐然。

胡 世 宗

2021年春节前，我和妻子驱车自海南三亚去博鳌，看望军旅作家、诗人，原沈阳军区政治部文化部门的领导者胡世宗老师。我与世宗老师虽未谋面却神交已久，在部队时就唱过他作词的歌《我把太阳迎进祖国》（获"五个一"工程奖）。据我所知，当时军区所属部队特别是边防部队都喜欢这支歌。世宗老师的诗文我也读过不少，他有一首写红军陵园的诗，我认为是老师一首有灵魂的代表作：

寂寞的陵园
清静的是陵园
不寂寞　不清静
只有清明这一天
……
风吹的是花圈
雨淋的是花圈
风吹不熄雨淋不灭的
是生活的烈焰

世宗老师写与臧克家、刘白羽、魏巍、李瑛、浩然等文化大家交往的散文随笔作品，信息量大，亲切感人。世宗老师的脑子里简直就藏着一部当代文学史，真希望老师把这些珍贵的史料都留下来。

我请教世宗老师诗歌创作的写法是否有先进与落后之分，因为我常见一些先锋诗人嘲讽老一辈诗人的写法陈旧落伍。老师说，诗歌写法没有先进落后之分，读者喜欢的诗歌就是好的。孤芳自赏，诗歌创作还有什么意义呢？

退休后，年近八秩的世宗老两口自驾由沈阳去海南的"壮举"令我羡慕不已。近年来，胡世宗先后向沈阳图书馆、辽宁博物馆捐赠了数十年收藏的珍贵文物和等身的作品手稿、素材。最近，世宗老师又开了公众号连载《我的诗情岁月》《胡世宗日记》，我每期都读。在书房里听世宗老师谈军旅文坛往事，论故交知己，如春风扑面，不觉半天已过。临行前，世宗老师赠我近作四册：《我与李瑛》、《我与浩然》、《一路向南》（自驾海南游记)、《十五岁的剑桥生》（写外孙)。

在十年内胡世宗曾两次重走长征路。在讴歌长征的诗集《雪葬》中自题"人的一生其实就是一次长征"。尽管书架上挂着他手书的生活准则，"慢生活，缓写作，重幸福，求快乐"，可在我看来，世宗老师还疾步行走在长征路上，他的生活节奏依然像个战士。写作勤奋高产，踊跃参加社会公益，身心快乐阳光。

世宗老师家里唯一的奢侈品是一个真皮电动按摩椅。那是儿子买的。胡老夫妇有一双好儿女。回程路上，我打开海泉深情演唱父亲作品《我把太阳迎进祖国》的视频，动情的歌声让我眼睛湿润了……

阿　成

我与阿成先生同住在哈尔滨，读过他出版的一本本书、发表的一篇篇文章。他的东西读起来不累，但很耐回味。阿成先生曾说过，阅读一般有两种方式，一种是欣赏式阅读，一种是情感式阅读。我读阿成，往往是两种方式交织。

也许是军人出身，又常年在黑土地服役的缘故，阿成的小说《赵一曼女士》《安重根击毙伊藤博文》给我的印象最深。《赵一曼女士》获鲁迅文学奖当之无愧。安重根击毙伊藤博文的事件就发生在哈尔滨火车站。惭愧的是没读阿成小说前，我并不了解这一悲壮的义举。阿成说："作为一个偏重写哈尔滨这座城市历史的作家，我有责任将安重根的事迹写出来，让中国、韩国、日本以及世界上更多的读者了解他。"

真正同阿成先生坐在一起聊天，已是 2021 年初。当时正是新冠病毒肆虐之时，我们谈到一些作家的言行，先生主张，作家不能损害国家利益。我深以为然。阿成先生在祝酒时自我调侃百无一用是书生，我就是一书生，百无一用。他戏言，结识新老伴（职业医生）后，原本快乐的生活从此陷入危言耸听的恐惧当中。每天这个高了，那个低了，活了一辈子的人了，仿佛一下子不会活了。一席话，令众人皆开心大笑。

我与“黑美人”

星座说乃舶来品，十二生肖才是地道的国货。十二种动物配十二地支纪年，人生在哪一年就属哪一种动物，谓之属相。国人爱拿属相说事，于是十二生肖又承载了文化内涵。

我常胡思乱想，先人何以选择了这几种动物而不是别的什么。为何没选猫而选了鼠？又为何选了阴气十足的爬行动物蛇而排斥了飞禽，如一飞冲天的鹰或鹤？也许先人自有先人的道理。

十二生肖与我结缘的是马。属相就是个符号，无关宏旨，你属龙也不一定就有君临天下的命，倒是一年有余的骑兵生涯使我与马真的结下了难以割舍的情缘。

20世纪70年代初，我所在的野战军基本上是“骡马化”，一个步兵团编制上百匹军马，有的用于运输，有的用于驮重武器，有的用于骑兵通信，也有营以上首长的坐骑。我所在的连编制十二匹马，配在骑兵通信班。我二十岁那年提干，曾到骑兵班当兵锻炼。

到骑兵班放下行装，班长就带我去马厩选马。十二匹马皆是伊犁马。伊犁马源自西域，有汗血马血统，身高体硕，速度快，但耐力逊于蒙古马。

159

十二匹马多为枣红色和棕黄色，唯有一匹黑马格外打眼。只见它胸廓开阔，头颈高扬，长鬃飘逸，尤其是那一身貂皮般闪亮的色泽，透着一股贵气，让人想起徐悲鸿笔下的骏马。

　　班长见我目光锁定了黑马，笑着问："相中'黑美人'了？马是好马，就是有脾气，不好驾驭。"

　　"黑美人？好美的名字啊，就选它了。"我怕班长变卦，连忙回答。

　　班长轻轻拍着黑美人的头说："今后乖一点。"黑美人点了点头。我也顺手拍了一下，黑美人立时侧过脸去。事后我才知道，黑美人是班长的坐骑。

　　在部队大院，骑兵很是威风，但养马却是个苦差事。战马比人阔气，那时大灶士兵伙食费一天四角五分，军马一天一元零七分。马既吃草（稻草和谷草）又吃料（高粱和豆饼）。人一日三餐，马一日四餐，第四餐零点喂，老话说"马不吃夜草不肥"。

　　战马爱干净，对草料和水很挑剔，混浊的水它是决然不饮的。每次铡草，班长都反复念叨："寸草铡三刀，不肥也上膘。"一次夜间喂马，我发现黑美人有一绝招，每当草料中有渣子、草梗，它就用舌头扒到一边，似乎在抗议主人的粗心。

　　战马很娇贵。北方寒区士兵常见的病如关节炎、哮喘、腹泻等，马都易得，因此饲养、使用军马须格外精心。每次训练返场，我们卸鞍后，都要让马在专设的细沙滩上打几个滚，放松筋骨，然后再遛马。冬天马出汗，遛马时还要在马背上搭一帆布小棉被，以防受凉。军马防疫更重要，得了马鼻疽、口蹄疫等传染病不得了。一旦发现马不

160

舒服，就要立刻请军马所兽医来诊治。

　　一匹马从军马厂送到部队服役，必须经过严格的训练。黑美人虽然服役才一年，但进步很快。速度、耐力、跨越障碍、识别地形地物等科目都是优秀，唯有一个毛病就是胆子小，怕惊吓。偶然听到枪炮声，乍一看到红颜色就会"毛"。有一次阅兵，军旗从面前通过，黑美人突然从队列里冲出，拽都拽不住，让我们在全师面前丢尽了脸。这以后，我和班长每次训练都给黑美人开小灶，在它耳畔打空炮弹，用红布在它眼前摇晃，终于把它的毛病给扳过来了。

　　马通人性，日久生情。第一次骑马，黑美人左躲右晃不让我上。一个月后，黑美人见我又是刨地又是点头，夜半喂料还不时用眼睛睨我，分明想让我往它那里多添点料。有一次去嫩江草原速度训练，当时我信马由缰地狂奔，没留意前方有个坑，黑美人突然将我从马上掀下，我重重摔在地上，动弹不得。我大骂："臭黑子，看我怎么收拾你！"令我意想不到的是，冲出很远的黑美人又折返回来，轻轻用嘴拱我的头，鼻息中那一股股热气喷到我的脸上热乎乎的。我的气一下子消了，拽着缰绳想站起来，黑美人竟卧下身来，让我趴在它的背上。

　　元散曲《借马》，细致入微地描绘了一位马主人把心爱的马借给别人的心情："早晨间借与他，日平西盼望你，倚门专等来家内，柔肠寸寸因他断，侧耳频频听你嘶，道一声好去，早两泪双流。"有评论认为，一匹马借与他人何至如此夸张。这真是"遍身罗绮者，不是养蚕人"。同为养马人，我能理解马主人的心情。

　　当年，师首长虽已配备了北京吉普车，但他们都是战争年代从马背上过来的，个个善骑，每到周末，就要我们备好鞍，送给首长去过"马瘾"。战友们都不愿意，可又不能不服从。故而在骑兵班流传这样一句话，"千不怕万不怕，就怕首长周日来电话"。每遇到这种情况我总是找借口，不愿让黑美人去，去了也盼着它早点回来，让它也过个周末。

骑兵班最惬意的时光就是带着马去嫩江边撒欢儿、洗澡。每次我都给黑美人打肥皂，梳理毛发，有时还给它编一排小辫，扎上红头绳。梳洗打扮后它看来愈发像个美人了。其实，黑美人是匹儿马（公马）。

一年很快就过去了，我告别了黑美人，到另一个连队任职。班长告诉我，我走后，黑美人很烦躁，有一次还脱缰出走。这中间，我抽空去看过黑美人几次，给它带去了巧克力。不久，我上调军机关，再也没见过黑美人。

到了 1980 年代中期，野战军告别了骡马化，走向了摩托化和机械化之路。一天，我回到老部队，昔日的马厩早已拆掉。我问那匹战马黑美人是怎么处理的，他们说移交给驻地农村了。我苦笑着说："让黑美人低下那高昂的头去耕地、拉套，真难为它了。"

战史上，骑兵显赫了两千多年，正如东汉名将马援所说，"马者，甲兵之本，国之大用"，也留下了许多帝王将相、英雄勇士与宝马良驹的动人传说，像赵武灵王的"胡服骑射"、西楚霸王的乌骓、汉武帝的蒲梢、关云长的赤兔、唐太宗的昭陵六骏等。马一直是人类的亲密朋友，更是军人的无言战友。作为一个老兵，我为军队的发展进步而击掌，也为昔日的无言战友而叹息。岁月消磨，往事如烟，但我至今保留与黑美人的黑白照片，每每端详都感慨万端。

第三辑 每个人心中都有一片高原

每个人心中都有一片高原，每个民族都有一座安放灵魂的圣殿。

老人家一生读了多少书

时间过得真快，毛泽东离开我们快半个世纪了。我曾两次走进中南海丰泽园毛泽东的故居，那里没有几件像样的陈设，唯有到处堆放的书，尤其是那一摞摞大字本的蓝皮线装书，给到访者留下深刻印象。晚年的毛泽东搬到了游泳池，他屡屡会见外宾的书房，深深地留在了一代人的记忆中。

尼克松在回忆录中写道："这里（中南海）既没有爱丽舍宫的辉煌，也没有克里姆林宫的威严，但毛的书房里，从地板一直堆到天花板的书，仿佛要把我压垮，我知道，这是中国上下五千年文化的浓缩。"

真是令人称奇，毛泽东的藏书竟然给世界"老大的老大"带来如此大的压力。记得解放战争时，毛泽东曾调侃，我要用文房四宝，打败国民党的"四大家族"。在毛泽东身上，读书写作竟能发挥出如此大的力量。

一直以来，我的脑海里始终有一个问号，老人家一生到底读过多少书？他怎么能读那么多的书？我觉得如果用"日理万机"来形容毛泽东并不贴切。老人家有时是洒脱的，上山下海，挥毫赋诗。但他的工作量的确是常人难以企及的，更何况戎马倥偬的战争年代。毛泽东读书就是在这样的背景下进行的。

的确，在中外历史上，像毛泽东那样酷爱读书，并且读有所得、得而能用的革命家、战略家和理论家，世所罕见。毛泽东 1939 年说过一句话，如果再过十年我就死了，那么我就一定要学习九年零三百五十九天。据毛泽东晚年的图书管理员徐中远介绍，1976 年 9 月 8 日晨，也就是在他老人家临终前一天的 5 时 50 分，在他全身布满了多种抢救器材的情况下，还坚持读了七分钟的书。

毛泽东一生究竟读了多少书，读过哪些书，很难统计。毛泽东研究专家陈晋认为："可以从他的藏书中，从他的批注中，从他的著述和谈话中知其大概。"毛泽东去世后，在中南海住处留存的藏书种类繁多，规模宏大，达一万余种，计九万六千四百七十三册，许多书中留下了他的批注和圈画。

陈晋主编的《毛泽东读书笔记精讲》（广西人民出版社）一书，编辑整理了"与毛泽东一生阅读有关的三十一个书目"。这些书目多是毛泽东不同时期亲列。我粗略算了一下，计有上千种。仅毛泽东 1959 年 10 月南下视察，指明要带走的书籍就有七十六种。其中有《资本论》《鲁迅全集》《六祖坛经》以及冯友兰《中国哲学史》，还有关于《老子》的书十几种、郭沫若《青铜时代》和中国地图、世界地图，等等。毛泽东还有一个阅读习惯，就是每到一地都要调阅当地的地方志和反映当地风土民俗的掌故、小品。作为土生土长的中国人，中华典籍当然是老人家的最爱。仅《资治通鉴》他就读了十七遍。然而他的阅读面又是极其宽泛的，他的阅读重点排在前三位的是马列、哲学和中国文史。毛泽东在1917年就下功夫读过《伦理学原理》，这本书因为被同学借走得以保存。十万字左右的书，他竟写了一万二千字左右的批语。他同来访的法国政治家讨论拉普拉斯的《宇宙体系论》与康德星云学说的关系，连对方也感到陌生。他还深入读过威廉斯写的《土壤学》，进而提出了农业"八字宪法"。后来，他又读了竺可桢关于气候与农业增长关系的文章，提出农业"八字宪法"至少要增加阳光部分。毛泽东曾对井冈山的战友曾志说，《共产党宣言》，我看了不下一百遍。20世纪60年代，毛泽东借助辞典又读了英文版的《共产党宣言》。

红军时期，一些留苏派看不起毛泽东，讥讽他是靠《孙子兵法》和《三国演义》指挥打仗。毛泽东当然深谙中国传统兵学典籍，对中国古代经典战例，特别是以弱胜强、以少胜多的战例反复揣摩，如数家珍。可从毛泽东1936至1938年阅读的书单看，他对世界军事名著也多有涉猎。像克劳塞维茨的《战争论》、鲁登道夫的《全体性战争论》等，他都研读过，甚至还读过日本人的《军事操典》和《论内外线作战》。因此可以说，毛泽东读书，全凭实际需要和个人兴趣，没框框，不设限。

据身边工作人员回忆，《红楼梦》是老人家晚年的案头书，他收藏有二十种不同版本的线装《红楼梦》。在这一点上，他又像一个学者，喜欢比对不同版本。比如对《水浒传》百二十回本和八十回本，就提出了自己的独到见解。

毛泽东读古籍从不钻故纸堆，古为今用、洋为中用是他的座右铭。正如清人孙宝瑄所言："以新眼读旧书，旧书

167

皆新；以旧眼读新书，新书皆旧。"

毛泽东读书还有一个特点，是就某一个方面的学问，与专家学者及身边的"秀才"深入探讨。1957年，他三次邀请一些逻辑名家到中南海搞专题座谈。他曾与北大教授任继愈彻夜长谈宗教问题，与诗人臧克家、阮章竞多次论诗。百忙之中，他还拨冗带着陈伯达、胡乔木、田家英、邓力群等一同读议苏联《政治经济学》，一读就是个把月。毛泽东敏而好学、不耻下问的精神感染了每个与他论学的人。

尤其值得提及的是，老人家读了一辈子"本本"，却又在党内最早提出反对"本本主义"，即教条主义，并一生身体力行理论联系实际的学风。毛泽东曾总结过"三步读书法"：一要读，二要怀疑，三要提出不同意见。这"三步读书法"充分体现在他读苏联《政治经济学》（教科书）写的批注上。后来，有关的批注和谈话由邓力群等整理成书内部刊行。我有幸读过这本充满思辨精神的书，受益良多。

毛泽东在党内军内一再倡导读书的风气。根据形势任务，适时向党政军荐书，是毛泽东独特的领导方式。我首次接触马列原著，就是缘于毛泽东亲自推荐的六本书，记得有《共产党宣言》《反杜林论》《国家与革命》《费尔巴哈和德国古典哲学的终结》《哥达纲领批判》，等等。说来惭愧，自那以后，再也没系统读过马列原著。

写到这儿，有一个问题不能不提及。毋庸置疑，中华民族是一个喜欢读书的民族，我们这个民族传留下来的典籍无疑也名列世界前茅。进入数字化时代使读书更便捷、更直观了，随之而来，读书出现了多元化的趋势。但也要看到，在消费主义时代，读书愈发呈现出功利化、碎片化、娱乐化的趋向。此外，书店难以为继、图书馆门可罗雀、纸质书报式微的窘境很值得警惕。

毛泽东去世时，我二十二岁。像我们五六十年代出生的人，庆幸曾生活在毛泽东时代。毛泽东对我们的思想、情感甚至话语方式都有着潜移默化的影响。老人家一生对真理的追求，对劳苦大众的关怀，喜欢讨论大问题，做大决断，不畏强敌，喜欢挑战既定秩序的开拓风格，都深深影响了中国与世界，也影响着我们。作为过来人，我们有责任把他的思想继承下来，传承下去。

作为探索者，毛泽东身后也留下许多憾事。有些人理解，有些人不理解，甚至非议。不可否认，同任何历史人物一样，他有其历史的局限性。近些年国内外出现的一些新趋势、新特点，催生了一波又一波的毛泽东热，使我们对老人家的认知不断出新。

历史一再告诫我们，一些可有可无的东西，你可以非议和调侃一下，但一些对我们民族有着基本价值的东西，你不能把它非议掉、调侃掉。我曾到访过美国，那里给我留下最深印象的，不是高度发达的科学技术，不是高耸入云的摩天大楼，而是对先贤的尊重。在首都，开国总统华盛顿的纪念碑高达一百六十九米，是世界上最高的石质纪念碑，碑身镶有铸文石刻一百九十方，取自世界各地，皆为歌颂华盛顿的词语。华盛顿特区规定，市区所有建筑不能高于此碑。林肯和杰弗逊纪念堂皆居中心位置，建筑同样恢宏大气。罗斯福公园的设计也颇具匠心，尽显其总统任期的丰功伟业。华盛顿、杰弗逊、林肯、罗斯福这四位美利坚的灵魂人物，即便在自由主义的美国也是不容亵渎的。写到这儿，想起郁达夫在《怀鲁迅》一文中说过的那句沉重的话："没有伟大人物出现的民族，是世界上最可怜的生物群。有了伟大的人物，而不知拥护、爱戴、崇仰的国家，是没有希望的奴隶之邦。"

每每追溯毛泽东的读书历程，我都感慨万端。毛泽东读书，既是思想家、学问家读书，也是革命家读书，同时也是天才的读书。老人家的洞见和博闻强记，不是常人所能及的，他敏而好学的精神永远值得我们学习。毛泽东是民族的，也是世界的，是历史的，也是未来的。他是永远的精神导师。

老人家一生写下多少文字

　　《老人家一生读了多少书》发表后，有同志又提出了另一个问题："毛泽东一生写下了多少文字？"这又是一个难以回答的问题。

　　毫无疑问，毛泽东同志是党内外公认的文章大家。他现存最早的文章《商鞅徙木立信论》，写于1912年。当时的国文教员柳潜给打了一百分，并写下评语："历观生作，练成一色文字，自是伟大之器，再加功候，吾不知其所至""力能扛鼎""积理宏富"。1917年4月，毛泽东以"二十八画生"笔名，在陈独秀主办的《新青年》发表了《体育之研究》。这是毛泽东平生第一次在报刊上发表文章。正是这篇文章，让蔡元培、陈独秀、李大钊、胡适认识了毛泽东。据史料载，毛泽东第一篇被翻译成外文的文章，是《湖南农民运动考察报告》，先后用俄文和英文发表在共产国际执委会机关刊物《共产国际》上。时任共产国际主席布哈林评价"写得极为出色，很有意思"。

　　回望我的读书生活，读得最多、最投入的当然是毛泽东著作。久而久之，还养成了收藏毛书的习惯。我收藏的第一部毛书，是1969年12月入伍时发的《毛主席语录》，最后一套是 2014 年新出版的《建国以来毛泽东军事文稿》（三卷本）。至今藏有不同版本的毛泽东原著二百余册，还藏有海内外研究毛泽东的专著百余册。

对于毛泽东一生到底写下多少文字这个问题，我关注经年，可一直未见权威说法。有文章介绍说，毛主席一生留下的文稿有四万多件，三千多万字。

在我收藏的毛著中，主要有以下几个部分：

《毛泽东选集》（一至五卷），一百六十万字；

《毛泽东文集》（一至八卷），八百零三篇，二百三十万字；

《建国以来毛泽东军事文稿》（一至三卷），五百万字；

《毛泽东早期文稿》（1912—1920），一百五十二篇；

《毛泽东军事文选》（一至二卷）；

《毛泽东书信集》，收入的三百七十二封书信，三十余万字，是从已收集到的毛泽东一千五百多封信和约二百件具有书信性质和形式的电报和批示（毛泽东有时称之为短信）中挑选出来的；

《毛泽东新闻作品集》，收入他的新闻作品一百三十三篇；

《毛泽东诗词》，有说毛主席一生写诗三百首左右，也有一百五十首说，权威出版的是近九十首，五千言；

《毛泽东哲学批注集》；

《毛泽东批注二十四史》，全书总计九十一册。

仅此，毛主席各种文体的著述就在千万字以上。

毛泽东离开我们快五十年了，当下国内各种出版物汗牛充栋，可不知何故，至今尚未结集出版毛泽东全集，不免令人唏嘘。据说，美、英、日等都曾用本国文字出版过不同版本的毛泽东全集，最长的计有五十卷本。世界许多国家的名校，一直把毛泽东著作特别是军事著作作为教科书、必读书。

毛泽东的文风文采自不必赘言。写文章不是做游戏，他的文章从不用生僻字词，也不花样翻新，中国的老百姓可能读不懂马克思，但都能读懂毛泽东。联想当下的某些官样文章、大词大话，从毛泽东的文风和话风中，是不是可以学到一些什么？

毛泽东的文章还有一个特点是要言不烦、言尽意止。20世纪70年代初他写给李庆霖的信我至今记得："寄上三百元，聊补无米之炊。此类事全国甚多，容当统筹解决。"一封信不足三十字，饱含深情，包含着丰富的内容。一句"聊补无米之炊"，一句"容当统筹解决"，让人浮想联翩。联系当下，文章讲话大有愈来愈长、愈来愈空之势，长此下去，谁能听得进，谁能记得住？

值得一提的是，毛泽东的文章，按照时尚语言，拥有原创性的完全知识产权。毛泽东写文章，真正做到"理从事出，片言成典"。语言是思想的外壳，语言的深度取决于思想的深度，语言的宽度取决于思想的宽度。在这一点上，尤要学习毛泽东。

毛泽东的文章不厌百回读。他提醒着我们怎样做人，怎样做一个堂堂正正的中国人；怎样做官，怎样做一个为人民服务的官；怎样做学问，怎样"用我们自己的头脑进行思考，并决定什么东西能在我们自己的土壤里生长起来"。

从毛主席推崇贾谊说开去

毋庸置喙，毛主席是近代以降最善读史、用史的政治家、思想家和军事家。跟着毛主席读史，往往收到事半功倍之效，不啻是条捷径。

在众多的历史人物中，西汉贾谊倍受毛主席的推崇，在老人家谈话和诗文中屡屡提及这位少年英发的才子。尤其值得称奇的是，毛主席一生写了七十余首诗，竟有两首是写给贾谊的。其中一首《七律·咏贾谊》这样写道：

> 少年倜傥廊庙才，壮志未酬事堪哀。
> 胸罗文章兵百万，胆照华国树千台。
> 雄英无计倾圣主，高节终竟受疑猜。
> 千古同惜长沙傅，空白汨罗步尘埃。

1958 年 4 月 27 日，毛主席专门致信秘书田家英，要求田家英并陈伯达、胡乔木读班固的《贾谊传》，读贾谊的文章。毛主席认为贾谊的《治安策》是"西汉一代最好的政论"，"全文切中当时事理，有一种颇好的气氛，值得一看"。

毛主席为什么如此推崇贾谊呢？

　　首先，毛主席十分赞赏《治安策》中贯穿的居安思危的思想，并据此提出的治国安天下的预见性主张。毛主席在党的七大上曾指出：坐在指挥台上，如果什么也看不见，就不能叫领导。坐在指挥台上，只看见地平线上已经出现的大量的普遍的东西，那是平平常常的，也不能算领导。只有当还没有出现大量的明显的东西的时候，当桅杆顶刚刚露出的时候，就能看出这是要发展成大量的普遍的东西，并能掌握住它，这才叫领导。贾谊正是在西汉王朝历经四十年的统治，经济有较大发展，政治也比较稳定的一片赞歌声中，透过表面稳定，揭示了潜伏的三大社会矛盾：以匈奴为代表的少数民族与汉王朝之间的矛盾；地方诸侯割据势力与中央政府之间的矛盾；广大农民和地主、大工商业者之间的矛盾。贾谊认为，天下之大事，让人痛哭的有一件（诸侯割据，尾大不掉的危险），让人流涕的有两件（其一匈奴侵扰；其二朝廷软弱，对外不敢碰硬），让人长叹的有六件（制度疏阔，社会以侈靡相竞、以出伦逾等相骄，社会风气每况愈下等）。贾谊直言不讳地指出：向陛下进言的人，都说天下已经安定大治了，我独以为，远还没有！说天下已安、天下大治的，不是愚蠢，就是阿谀。

　　其次，毛主席推崇贾谊，还因贾谊虽少年得志，但纵观其一生，数次遭妒遭谤遭贬，未登公卿之位，然胸怀天下，以远见卓识屡屡上疏，甚至不惜开罪朝廷重臣乃至皇帝。写到这里，我的眼前仿佛出现了年轻的贾谊面对疑心重重的皇帝，面对周勃、灌婴、东阳侯、冯敬等一干重臣、老臣的鄙夷，以忧国忧民之心，直陈己见的情景。毛主席

175

让田家英等读《贾谊传》，目的也是为了引导身边工作人员像贾谊那样文必切于时用，发挥聪明才智，做一个有骨气、有远见的人。

贾谊英年早逝，让惜才爱才的毛泽东不胜感伤。贾谊上《治安策》时年方二十七岁，刚刚三十三岁就离开了人世，这让毛泽东不胜感伤，产生共情，在上首诗的基础上又写下了"贾生才调世无伦，哭泣情怀吊屈文。梁王堕马寻常事，何用哀伤付一生"的绝句。

梁王是汉文帝的小儿子，与贾谊进京途中坠马而亡。贾谊是其老师，感到自己没有尽到责任，深深自责，经常哭泣，后在忧郁中死去。毛主席认为贾谊不该因为梁王坠马身亡，而把责任全揽到自己身上，并因此忧伤而死，真是太可惜了，也太不值得了。类似的意思，毛主席在读《贾谊传》的批注中亦有表述。

与《治安策》齐名的是《过秦论》。毛主席对《过秦论》的评价不及《治安策》，而有史学家和文学家认为《过秦论》更胜一筹。汉文帝刘恒正是通过《过秦论》而对贾谊相见恨晚的。我想是不是因为主席觉得贾谊论秦之过有些过或者说不恰切，如贾谊认为秦亡在于"仁义不施"，要使汉朝长治久安，必须"施仁义，行仁政"。众所周知，对于秦，毛主席有其自己的评价标准，且从不隐讳。再一点就是《过秦论》是总结历史经验，而《治安策》则是透过时弊而预见未来，这是否也是毛主席更看重后者的因由？

人不可以千古，但思想可以。贾谊虽英年早逝，文章却流芳千古。毛主席离开我们也已快半个世纪了，是也好，非也罢，他的思想和实践也依然在深深地影响着中国与世界。以我有限的文史知识，不揣浅陋地写下这篇小文，权表对先哲们的怀想之情。凡思想家都具有预见性、批判性和多样性之特征，犹如大海中之灯塔。记得有位哲人说过："善待思想家，是一个伟大民族应有的秉性，也是一个伟大民族应有的美德。"

再悟圣彼得堡笔记

一

说来很怪，有些地方你去过多次，但记忆中很模糊；有些地方你没去过，却一直存在于你的脑海中。

近代以降，世界上没有哪一个国家如俄罗斯，对中国产生过如此深刻的影响；没有哪一个城市如圣彼得堡，（通过两部电影）永久地印在一代中国人，也印在了一个中国少年的红色记忆中。距 2006 年秋访问俄罗斯，已经过去快二十年了。可这种记忆不但没有在时光的磨洗下淡去，反而由于近观远想叠加而越来越明晰了。

那次访问，去到了符拉迪沃斯托克（海参崴）和莫斯科、圣彼得堡。关于莫斯科，我写了一篇游思《走进红场》，被收入散文集《纸上声》（三联书店 2013 年版）。而对圣彼得堡则另有一种割不断、理还乱的情愫，一直没有落笔，但想写点什么的念头，始终萦绕在脑海里。

我们是先到访海参崴，再去圣彼得堡的。记得当时倚在有些破旧、满是中国旅客的飞往圣彼得堡的航班上，手握着一杯俄罗斯空姐送来的咖啡，脑子里一直翻腾着送行晚宴上，滨海边疆区内务总局一位上校副局长的话。这位一直珍藏着苏联共产党党证的老布尔什维克的后代，在苏联解体十五年后，仍毫不隐讳地怀念着苏联，他对列宁格勒更名为圣彼得堡颇有微词。他认为社会主义苏联，对于他及很多苏联人民来说，是七十年的生活和斗争。他的这些认知，我曾在因苏联解体而自尽的苏军元帅阿赫罗梅耶夫留下的五封充满失望和悲凉的遗书中见过。那位满头银发的老帅是一位老布尔什维克，卫国战争时期的英雄。

苏联解体和东欧剧变的是是非非至今没有标准答案，只能留待历史去评判吧。但这一历史事件所产生的震撼，却长久地留在了中国共产党人的心头，更是让改革开放政策成为一条不容逆转的道路。在历史转折的紧要关头，小平同志密切关注着风云变幻的世界大气候和国内的小气候，叮嘱我们要"冷静观察，沉着应付，稳住阵脚，决不当头"。实践证明了小平同志的远见卓识。

百闻不如一见。正是带着浓郁的历史情结和现实中的一个个问号，我一直期待着有一天能到现地去走一走、看一看。

俄罗斯太辽阔了，从海参崴到圣彼得堡竟直飞了九个多小时。在西伯利亚大铁路的北部终点海参崴火车站的一面墙上标明，海参崴至莫斯科的铁路距离是九千二百八十八公里。

虽然是第一次造访，但我觉得对圣彼得堡并不陌生。我对这座城市的最初认知，包括对十月革命的最初认知，是从一遍遍观看《列宁在十月》和《列宁在1918》两部影

179

片开始的。在那个特殊年代，这两部我喜欢的片子，至少看了一二十遍，许多经典台词都能一字不落地背下来。"面包会有的，牛奶会有的，一切都会有的"，影片中列宁的这段话，总是在困难中给人以美好的憧憬。

改革开放以后，读了普希金、托尔斯泰、莱蒙托夫、陀思妥耶夫斯基和高尔基等俄国作家的文学作品，使我对俄罗斯和圣彼得堡有了更为立体的了解。当然，军人出身的我，对苏联卫国战争时艰苦卓绝的列宁格勒保卫战，同样充满敬意。指挥这场保卫战的苏军元帅朱可夫的《回忆与思考》，在很长时期里，一直是我的案头书。我想到这个英雄的城市，向了不起的苏联红军和不屈的人民举手加额。试问，如果当时苏联放弃抵抗，臣服于德国法西斯，世界会是什么模样？

20世纪70年代中期，我还通过各种渠道，阅读了苏联作家柯切托夫的《你到底要什么》《洲委书记》《叶尔绍夫兄弟》等内部发行的小说。我发现那时的苏联，社会矛盾逐步累积，已引起广泛的不满。庞大帝国解体的种子是一点点萌发的，有研究学者认为，孕育这颗种子的土壤，恰恰是愈发僵化的脱离了人民的官僚体制。当然经济下滑，民族矛盾激化与其互为因果，起了催化剂的作用。1991年苏联解体时有一个场景让人刻骨铭心。当叶利钦宣布苏共在俄罗斯停止活动后，在苏共中央大厦前自动聚集起成千上万的老百姓，当那些在中央委员会工作的人撤出大楼时，人们自动让开一条路，让这些人通过，但伴随着这些工作人员的是老百姓的口水和垃圾。

带着这些问题和记忆，我走进圣彼得堡。当时，在日记中记下了一些感受，我把这些感受称作"再悟"。

二

寻根溯源，我们首先来到位于涅瓦河南岸的青铜骑士广场。耸立在广场的青铜骑士像是圣彼得堡的地标，也是圣彼得堡的象征。在我看来，彼得大帝和列宁分别代表着这座城市的两段历史，共同构成了这座城市的灵魂和底色，抹不去，割不断。当然，彼得大帝的俄罗斯是三色旗，列宁的苏联是红旗，区别也是显而易见的。

在俄罗斯，斯拉夫民族崇尚英雄、崇尚先贤的传统和浓郁的民族主义氛围，给我和我的同事们留下了深刻印象。这个城市的塑像多，纪念碑多，为民族精英们树碑造像，他们从不吝啬。而且这种传统的继承与发扬，尽管难免烙上意识形态的痕迹，但似乎没有想象的那么严重。记得在1942年那次著名的红场阅兵中，斯大林就曾以我们是彼得大帝的子孙，来激励即将奔赴前线的红军士兵。而我们，如果在某一郑重场合，军人们自况为秦始皇或汉武大帝的子孙，那是不可想象的。

彼得大帝是俄罗斯首屈一指的开疆拓土、变革图强的大英雄，他的塑像当然也是最宏伟的。有趣的是，青铜骑士像是彼得大帝的继承者——德国女人叶卡捷琳娜二世主持修建的。而设计者则是法国著名雕塑家法尔科内特。青铜骑士像威风凛凛，且动感十足。重约四十吨的花岗岩底座似一座下宽上窄的山峰，彼得坐骑前腿腾空而起，好像要冲破一切阻力勇往直前。独具匠心的是，后马掌下踏着一条蛇，据说蛇代表阻挠彼得改革维新的守旧派。写到这儿，我突然想起了中国的旅游标志——在甘肃张掖出土的那尊小巧玲珑的青铜器"马踏飞燕"，它又象征什么？这两者区别何在？

圣彼得堡的城市史告诉我们，正是这位"骑士"，在一片沼泽地上建起了这座美丽的城市，并定都于此，从而把落后、封建、贫穷的俄罗斯，带向了海洋与强盛。值得一提的是，俄罗斯大规模的领土扩张也是自彼得始，他对东方特别是中国一直怀有野心。他的继承者一次次对中国发动侵略战争，使俄罗斯成为霸占中国领土最多（达一百多万平方公里）的国家。海参崴清朝时为中国领土，1860 年 11 月 14 日《中俄北京条约》，将包括海参崴在内的乌苏里江以东地域割让给俄罗斯，俄罗斯将其命名为符拉迪沃斯托克，意即"控制东方"。直至 1969 年 3 月，双方因领土争端再次爆发战事。为了捍卫 0.74 平方公里的领土珍宝岛，当然还有更深层的战略意义，我所在的军牺牲了一百多位年轻的士兵，他们全都葬在了乌苏里江畔的宝清。到了 20 世纪 90 年代，中俄边境全部划定，珍宝岛划入我方，而 335 余平方公里的黑瞎子岛却一分为二，重新划入中国版图的约 171 平方公里陆地及其所属水域。值得一提的是，珍宝岛战事两年之后，中美封闭了几十年的大门逐步打开了，世界格局骤变，中国巨变。

彼得大帝五十二岁因尿道结石手术引发尿路感染，在圣彼得堡去世。他在临终遗言中写道："希望上帝宽恕我的诸多罪孽，因为我是在为国家和人民做好事。"康有为在戊戌维新时给光绪皇帝送上自己的著作《彼得变政考》，就是希望光绪能成为彼得大帝。可惜，康夫子高估了那个孱弱的儿皇帝。

托尔斯泰讲过一句话："我不知道人类除了善良之外，还有什么美好的品格。"但历史告诉我们，俄罗斯乃至世界上那些开疆拓土的统治者恰恰缺少善良。直至今日，一旦俄罗斯利益受损，战斗民族依然拔剑而起，横戈相向，寸土必争。俄罗斯总统普京曾言，俄罗斯没有一寸土地是多余的。

青铜骑士广场也叫"十二月党人广场"，是为了纪念1825年那些聚集在广场，要求废除沙皇统治、解放农奴的"十二月党人"。就是在这个广场上，俄历1825年12月14日（公历1825年12月26日），一千二百七十一名起义者和老百姓被杀。那些被捕的"十二月党人"被流放至西伯利亚。此时，发生了动人的一幕："十二月党人"为追求真理而被流放，几乎所有的"十二月党人"的妻子、情人都不肯与"十二月党人"离婚、分手，她们心甘情愿抛弃财产、地位与舒适的生活，选择了与自己的丈夫、情人一道前往遥远的西伯利亚服苦役。记得第一次读普希金的《致西伯利亚囚徒》时，想着在西伯利亚矿井深处的"十二月党人"和在风雪中跋涉的女人们，我热泪盈眶。列宁曾言，"贵族中的优秀人物帮助唤醒了人民"。俄国思想家赫尔岑称，"十二月党人"是"从头到脚用纯钢打造的英雄"。是的，"十二月党人"和他们的妻子、情人永远屹立于人类文明的精神高地。残害公平与正义的暴君也被永久地钉在了历史的耻辱柱上。

三

近现代以来，俄罗斯的历史大起大落、大开大阖，但他们对历史和历史人物，却没有简单地采取虚无主义的态度，这一点值得我们借鉴。一路陪同我们的当地翻译，是位在复旦大学进修过的金发碧眼的漂亮姑娘。我的同事问她："你喜欢彼得大帝还是列宁？"她回答："他们都是我们民族的巨人。"的确，每位在历史中闪烁过、有功于国家与民族的人物，在俄罗斯都能找到适当的位置。这是我再悟圣彼得堡的又一个突出感受。

列宁是在1917年11月（俄历10月）的一个清晨，在一片浓雾中乘火车秘密回到圣彼得堡的。第一夜他睡在了精明强干而又忠诚不贰的卫士瓦西里家的地铺上。这是电影《列宁在十月》中的一幕。

人类历史上有许多革命被称为是划时代的，而"十月革命"被誉为"开辟了人类历史新纪元"。毛泽东有句名言闻名遐迩："十月革命一声炮响，给中国送来了马克思列宁主义。"

在圣彼得堡，我有幸登上发出第一声炮响的"阿芙乐尔号"巡洋舰。记得当时走近这艘巡洋舰时，我心跳加速，有些莫名地激动。这种激动在当年走近延安宝塔山时也出现过。"阿芙乐尔号"隶属俄罗斯帝国波罗的海舰队，当时停泊在涅瓦河畔，11月6日（俄历10月24日），接受革命军事委员会指示，占领尼古拉耶夫桥，并奉命开炮，发出了进攻冬宫的信号。

离开"阿芙乐尔号",我们又来到了魂牵梦绕的冬宫。1917年11月7日晚9时45分,随着"阿芙乐尔号"上大炮发出的怒吼,成千上万士兵、群众潮水般地冲向冬宫。身临其境,冬宫的广场并没有想象中的宽阔,被革命者撞开的大门也没想象中那般高大。但冬宫被占领,标志着十月革命的胜利,这座古老的帝宫也被赋予了红色的色彩。尽管苏联解体后,对第一声炮响和攻占冬宫的历史有了不同于影片的解读,但这又能怎么样呢?一个历史场景早已刻在一代人的脑子里。

如今,冬宫已被辟为国家艾尔米塔什博物馆的一部分,与伦敦的大英博物馆、巴黎的卢浮宫、纽约的大都会艺术博物馆一起,被称为世界四大博物馆。我注意到,冬宫已没有一丝十月革命的痕迹。但只要记住历史曾经在这里被改写,足矣。

冬宫远东馆收藏的中国文物和艺术品不知凡几,其中有二百多件珍贵的殷商时代的甲骨文片,还有敦煌千佛洞的雕塑和壁画的样品等。这四大博物馆我都去过,所藏中国文物远远超过我们的国博,至于那不光彩的来路,他们从不提及。

离开冬宫,我提出去看十月革命的总指挥部斯莫尔尼宫。这里在"二战"时,也曾是列宁格勒方面军的司令部。在这里,列宁宣布了苏维埃政权成立。遗憾的是,这里现在是市政厅所在地,不对外开放。望着这座乳白色的巴洛克式建筑,耳边仿佛再次响起士兵、赤卫队员和工人们震耳欲聋的欢呼声。我记得列宁说过,革命是劳动人民的节日。列宁也曾说过,当统治阶级无法按原样统治下去了,当被统治阶级无法忍受这种统治了，于是革命就爆发了。有两位我尊重的学者，主张要"告别革命"，其实革命的发生与否，是"革命"还是"改良"，不取决于人们的主观意愿，而取决于是否具备相应的社会条件。

四

来到圣彼得堡，我还有一个强烈的愿望，就是现地考察旷日持久、异常惨烈的列宁格勒保卫战。这场战役是近代历史上主要城市被围困时间最长、破坏性最强、死亡人数最多的包围战。对战史有兴趣的人，不能忽略这场极其特殊的战役。可限于时间和日程，只是走马观花做了大致了解。

在距离市区仅三十公里的彼得宫（中国游客称其为夏宫），当地陪同人员告诉我们，当年德军曾占领了夏宫。从军事角度上来说，世界上没有攻不破的防线，但列宁格勒军民硬是在一马平川的列宁格勒，用鲜血和生命堆砌起一道不可逾越的防线，从而使列宁格勒与莫斯科、斯大林格勒等十三座城市一道，成为苏联卫国战争的"英雄城"。

有人把胜利的功劳记在了朱可夫身上。当然，临危受命的朱可夫钢铁般的意志和卓越的指挥艺术众所公认，然而我更赞同美国"二战"史学家的观点，"一个将军可以赢得一次战役的胜利，但是只有人民才能赢得战争的胜利"。我在列宁格勒保卫战博物馆摘抄了这样一组数字：在近900天的围困战中，70%的党员和90%的团员都上了前线，50万市民抢修工事，20万人参加民兵，仅游击队就歼灭德寇 11 万。我注意到，在市中心圣伊萨克教堂的花岗岩列柱上，累累的弹痕仍在诉说着战争的惨烈。这座教堂战时受到严重破坏，战后用了二十年才完成修复，被辟为博物馆。仅市郊的皮斯卡廖夫公墓一处就安葬阵亡将士和死难市民四十七万，这恐怕是世界墓地之最了。我独自立于墓前，唏嘘不已。

朱可夫元帅在《回忆与思考》中建议，关于战争年代的列宁格勒，应当出一套专门的长篇著作，要有较多的插图，精致地印刷，写得真实而又公正。要让我们的儿孙们读它，让年轻的一代通过英雄的典型来了解自己的父母，让他们能透过新建的街区、广场、大道看到当年洒满鲜血的街巷、倒塌的墙壁、被炸翻了的土地。而强大、残暴的敌人就是从这样的土地上被扫除掉的。

五

俄罗斯是一个幅员足够辽阔，而内涵足够深刻的国度。契诃夫曾说过，"俄罗斯总是看不够"。

圣彼得堡无疑是俄罗斯最具代表性的城市。她与莫斯科在俄罗斯的地位和影响力如同上海和北京之于中国。圣彼得堡除了作为一系列改变俄罗斯乃至改变世界的大事件的发生地而闻名遐迩外，她浓厚的艺术氛围和文化底蕴，也在世界名城中独树一帜，被誉为俄罗斯文化博物馆。有人戏谑她是最不俄罗斯却又最欧洲的城市。借用一句网络语言，这是一个很文艺的都市。

圣彼得堡有二百六十四家高品位的博物馆，无论质量

187

还是数量都不逊于世界上任一都市。音乐与绘画是这座城市的两大名片。创办于 1757 年的列宾美术学院和建立于 1862 年的圣彼得堡国立音乐学院都是世界顶级艺术院校。在圣彼得堡每年都有上百场大型音乐会。世界名画《伏尔加河上的纤夫》就珍藏在圣彼得堡国家博物馆。我在圣彼得堡购票看了一场俄罗斯民族歌舞表演。尽管这是一场专为外国旅游者设计的商业演出，说不上有多高水准，但足够欢快，足够活泼，也没有通常的俗气。从我有限的接触来看，俄罗斯普通人的高素质、浓郁的文化素养与强大的国家认同感，令我和我的同事们很钦佩。当然，在圣彼得堡的街头巷尾，也时常能碰到醉汉。喝剩的酒瓶随处可见。在俄经商的同胞告诉我，"在这里没有什么事是一瓶伏特加解决不了的。如果有，就两瓶"。据说俄国化学家门捷列夫正是在圣彼得堡，确定了最完美并被沿用至今的伏特加配方。至于有人说圣彼得堡社会治安不好，我们倒没觉得。

圣彼得堡简直就是一座建筑博物馆。为了保护中世纪建筑风貌，她禁止高大建筑，全市最高的建筑是 122.5 米的彼得保罗大教堂。尤其令人惊诧的是，据史料记载，"二战"中，这座城市有三千多座建筑毁于战火，后来被一一修复，修旧如旧，毫无年代的违和感。

不得不承认，苏联解体后，大伤元气。俄罗斯的光荣多是历史的光荣，圣彼得堡的辉煌也多是昔日的辉煌。今天的俄罗斯，仍没有从解体改制的阴霾中走出来。大小商店中，商品单调且粗糙。交通设施陈旧落后，物价与收入不成比例，贫富差别再次拉大。记得 20 世纪 70 年代初在电影《列宁在 1918》中，看到苏联红军士兵一边嚼着烧鸡，一边在奢华的大剧院看《天鹅湖》，我和我的战友们羡慕不已。一位战友曾说了一句"看人家，啃着鸡腿，看着大腿，真幸福"，被指导员一顿臭批。那时，我们每天的伙食费是四角五分，一周只能吃一顿细粮、一顿肉菜。而今，俄罗斯人开始羡慕起了中国经济的高速发展，每当交谈至此，那些高傲的俄罗斯同行心里总是酸溜溜的。但从根本上说，苏联解体后俄罗斯一直想融入西方，但西方却不容他们，这让斯拉夫人很尴尬。是何原因呢？众说纷纭。这个题目很大，结果也有待观察。不过研究这个问题，使我们对把全盘西化作为解决中国问题的灵丹妙药，有了更深的警惕。

岁月这些有情也无情的变化，让人唏嘘不已。四天的访问就要结束了，我料想自己不大可能再有机会来这里了，这可能是第一次，也是最后一次了。临行前的晚上，我漫步在幽静的涅瓦河畔，看到一对对情侣在时隐时现的灯光下做着亲昵的举动，类似七八十年代的上海外滩。也有醉汉拎着啤酒瓶子，东倒西歪地踟蹰在街头。但此时我的心绪并不宁静，我在想这座城市和这个国家最终会走向何方真的难以预料。我曾看过俄罗斯著名政治学者、狂热的民族主义者、"欧亚主义思想"的始作俑者和集大成者杜金的一些文章，令我大吃一惊。他主张建立所谓的"俄罗斯世界"，在他的主张中，中国充其量是一个被控制的角色。可见尽管力不从心，但帝国的雄心从未泯灭啊。在修改这篇笔记时，俄乌战事爆发了。

奥地利掠影

　　那年在德国培训，利用休息日到奥地利转了两天。过去多年了，有些情景已经忘记了，有些则像底片，存储在大脑中。当时可选择的邻近国家还有荷兰和瑞士，这两个风光旖旎的国度也一直令我神往，可与自然风光相较，我更喜欢人文景观，因此就有了这趟奥地利之旅。

　　众所周知，英、法、德、俄是欧洲主要国家。可还有另一种说法，"一部奥地利史，就是半部欧洲史"。我大致翻过欧洲史，此说不无道理。

　　我们到奥地利的季节是初冬。当我们乘着德国警方提供的奔驰大巴进入奥地利境内时已临近黄昏，天上落下一片片洁白的雪花，仿佛进入了童话的世界。

　　第一站是靠近德国边境的古城萨尔茨堡。萨尔茨堡是欧洲名城，分新城与老城两部分。以巴洛克建筑为主的老城进入了世界文化遗产名录。萨尔茨堡与德国的海德堡相似，很像中世纪的城堡。与法兰克福、柏林这些大城市相比，我更喜欢静谧古朴的欧洲小城。那一座座壁垒森严的城堡，把我们带入了中世纪。在老欧洲，每一座城堡、每一座教堂、每一座庄园都藏着故事，简·爱的故事、苔丝的故事、哈利·波特的故事都发生在那儿。

"山不在高，有仙则名。"萨尔茨堡的仙是莫扎特，正是这位音乐"大仙"，让只有十几万人口的小城成为名扬天下的音乐圣地，一年四季朝拜者络绎不绝。

莫扎特故居在萨尔茨河对岸的粮食胡同，莫扎特1756年1月27日就出生在这条胡同的9号。在他不到三十六年的短暂生命中，超过一半的岁月是在这里度过的。

说实话，我很喜欢音乐，既喜欢我们的民族音乐，也喜欢西方的交响音乐。我所居住的城市哈尔滨，曾被联合国教科文组织授予"音乐之城"的称号。但我真的是不懂其理。走在萨尔茨河的古老石桥上，边欣赏异域风情，边想起昨晚做功课时读过的《莫扎特传略》。这个莫扎特还真是了得，八岁就创作了第一支交响乐，十岁创作了第一部歌剧。而在十四至十六岁间，他的三部歌剧就在意大利的米兰上演。他只活了三十多年，但他献给人类二十二部歌剧，四十九部交响乐，二十九部钢琴协奏曲，六十七部合唱曲、咏叹调和独唱歌曲，共完成七百五十四件作品，简直不可思议。

莫扎特故居自1917年起就被辟为莫扎特纪念馆，门票十一欧元。但也有资料说，真正的故居已毁于"二战"战火，这座故居是复制的。据说"二战"时这里曾遭到盟军猛烈轰炸，老城毁了百分之四十五。

故居里保存着莫扎特少年时创作的乐谱、用过的钢琴，还有一个玻璃柜里珍藏着一小撮他金黄色的头发。

当时我想问工作人员，莫扎特已离世两个多世纪了，这些遗物是原件吗？但看着一群群虔诚的参观者，我不忍

191

发问。

尽管生命短暂，但莫扎特的仙气还是留在了萨尔茨堡。一百多年后，这里又诞生了一位世界级的音乐家和指挥大师——冯·卡拉扬。舒伯特、施特劳斯等音乐家也曾在这里创作出脍炙人口的经典。听说萨尔茨堡及其周边是史上最成功的好莱坞电影之一《音乐之声》外景地，我对这部片子没什么印象，洋腔洋调的主题曲也不觉得有多好听。据说《音乐之声》在当地也不太被认可。由此可见，欧美文化还是有差别的，尤其是在老欧洲。

第二站来到了维也纳。萨尔茨堡距维也纳二百九十四公里，我们乘大巴沿着阿尔卑斯山脉前行。奥地利多山和丘陵，山多被森林覆盖，奥地利国歌的第一句就是"群山巍峨"。夏季登山、冬季滑雪是奥地利人的最爱。奥地利运动员是世界高山滑雪的金牌大户，沿途雪道是处可见。

中国人一提起维也纳，往往会想起金色大厅。的确，一年一度在金色大厅举办的维也纳新年音乐会，是世界上听众最多的音乐会。国内一流乐团、顶尖演员，也以唱（奏）响金色大厅为荣。

当晚，我和我的同事以一百美元的票价，在金色大厅奢侈了一回。事先，陪同人员告诉我们到金色大厅看演出要着正装，而且最好是深色的。所谓正装就是西装。这令我颇为不解，不知当年的中山装，后来的毛式服装，从何年何月起退出了正装的行列。我穿西装也有几十年了，至今不会打领带，弄个"易拉得"，每次都有被套上枷锁的感觉。

那次演出的是世界著名乐团以色列爱乐乐团，指挥是大名鼎鼎的维也纳爱乐乐团名誉指挥，五次执棒维也纳新年音乐会的祖宾·梅塔。

建于1867年的金色大厅，没有想象中的那般富丽堂皇，但据说这里的音响效果是无与伦比的。我曾在参观新落成的国家大剧院歌剧大厅时吼过一嗓子，试试不用麦克风的音响效果。在这儿，我也想喊一嗓子，两相比较一下。可在老外的地界，只能矜持了。

我注意观察了一下，来听交响音乐会的多是中老年人。看来在欧洲，古典音乐也愈来愈面临中国京剧的窘况。说老实话，整场音乐会，除了加演的《拉德斯基进行曲》外，我一支也听不懂。听不懂，出于礼节，还要认真鼓掌，怕鼓得不合时宜，每次都要随着老外的节拍，困了也不敢闭眼，怕丢国人的颜面。送我们的大巴司机是位中年德国人，我问他为什么年轻人少，他回答得倒是爽快："年轻人都去歌厅和酒吧了。"这位司机很健谈，他调侃说希特勒掌权的时候，奥地利人自豪地称"元首"是光荣的奥地利人；希特勒畏罪自杀了，又推说他是德国人。其实这个疯子是地地道道的奥地利人。

不难理解，每个民族都认为自己的民族是最优秀的民族。其实每个民族都有流芳千古的巨星，也有遗臭万年的罪人，何况德国和奥地利同属德意志民族，都讲德语。希特勒给世界造的孽，德国一直在反省。这一点比我们那个邻居做得好。

改革开放后，给中国学术界、文学界带来强烈冲击的弗洛伊德、卡夫卡、茨威格等也都是奥地利人，可惜这次没有时间去拜谒这些思想和文学巨匠了。

193

在奥地利，无论是餐馆还是剧场，很少听到大声喧哗，更听不见争吵声。作为永久中立国，奥地利在国际舞台上也很低调。这个酷爱音乐的民族，大概把想说的话都变成了美妙的音符。

记得当时还去参观了位于维也纳西南部的美泉宫。那里曾是奥地利帝国、奥匈帝国和哈布斯堡王朝的皇宫。陪同人员说美泉宫的一位女王的母亲号称"欧洲岳母"，我至今还记得。这里从一个侧面佐证了"一部奥地利史，半部欧洲史"之言不虚。

维也纳是继纽约、日内瓦外的第三个联合国城市，石油输出国组织、欧安会、国际原子能机构等都设于此。我们路过了国际原子能机构大楼，很是气派。听说有些国际组织是可以有限度开放参观的，这次也只能留下遗憾了。

东京散记

一

　　每次外出旅行，我总是怀着一种期待。在北京飞往东京的航班上，我一直在问自己，退休后，想去的地方很多，为什么首选东京？中日间剪不断理还乱的历史纠葛，发展中的合作与冲突，让许多中国人对日本充满复杂感情。百闻不如一见，我想去看一看。看一看戊戌变法失败后，康有为、梁启超狼狈出逃的流亡地；看一看孙中山先生和他创立的同盟会的根据地；看一看鲁迅、李大钊、周恩来和一批优秀的中国青年求学的地方；看一看小平同志在改革开放之初，乘坐过的"新干线"；当然，也想在日本本土看看日本人，感受一下他们生存的自然与人文环境，在中日间做一番对比。

　　有了这么多想法，我和妻子便没采取跟旅游团走马观花的方式，而是选择了自由行。遗憾的是，我们既不会日语，又不会英语，便在当地请了一位华人向导兼司机。小伙子是沈阳人，东北老乡，有问必答，有求必应——当然，

195

是要付费的。

二

每一个时代的中国人对日本的看法都不尽相同，都有时代的烙印。这些烙印，有些来自血与火，有些来自书本，有些来自影视动漫。不可否认，日本制造也深深地影响了相当多的中国人。

一下飞机，我就进入了一个既熟悉又陌生的境况。对东京说熟悉，几乎每一个地标，脑海里都能搜索出记忆的碎片；说陌生，记忆与现实、历史与今天有着很大的反差。

在成田机场，一批又一批中国旅行者，使我想起中日邦交正常化后，在中国旅游城市经常看到的一个又一个日本旅游团。据报载，2018 年中国到日本的旅游人数破八百万，2019 年破九百万。如果不是新冠疫情影响，数据可能早就破千万了。

日本是一个注重细节的国度，我也注意从细节上观察日本、观察日本人。日本的大众宾馆功能齐全，但空间狭窄，使人有压抑感。日本人不论男女老少，衣着都很素气，基本是灰色、咖啡色、黑白色，很少穿红戴绿。在东京，我发现大街小巷电线杆林立，电线乱拉，觉得不可思议。向导告诉我，这是防震减灾的需要。他指着在不少处悬挂的国内已很少见的公用电话说，保留这个，也是为了防震减灾。我似懂非懂，但意思明白了。

东京人的步履匆忙，许多白发人仍在工作，甚至干着力工。川端康成在长篇小说《东京人》中写道："住在东

196

京的人，都是没有故乡的人。"当时我不太理解，到了这里，我还是搞不懂。联系他另一段"没有一座城市比东京更擅长兼容"的表述，似乎又有些懂了。日本人彬彬有礼是有名的。有时我很难把在南京比赛杀人的日本兵与在东京街头满脸堆笑、点头哈腰的日本人联系在一起，就像我无论如何也想象不到严谨理性的德国人，竟让一个疯子左右。人类啊，真的不能太高估了自己。

向导一再向我们推荐东京美食，江户前寿司、和牛等等，可惜我不喜日餐，日本拉面也是。不过，日本的大米饭口感还不错，与东北黑土地大米各有千秋。我特意转了不同类型的超市，东京副食品价格很高，与国内不同的是，进口产品价格一般都低于本地产品，农副产品亦是。中国是小商品生产和出口大国，但与日本小商品相比，无论外观设计还是实用性，都还有差距。不过在中国家电市场，国货销量已完胜日产。

樱花、新干线、富士山，号称日本三大国家象征。赏樱花不是季节，新干线早就让中国的高铁甩在了后面，于是我们去了富士山。那天晴空万里，我们绕着山转圈，从不同角度观察，给我的感觉没有什么大的区别，怎么看富士山都像个白帽子。我希望向导带我们到山脚下，可他说富士山只能远观，只得作罢。查资料方知，在中国只能算小丘的富士山竟是日本第一高峰，有"不二之山""不死之峰"的美称，对富士山的崇拜符合大和民族万物有灵、敬畏自然的民族性。

与欧洲相比，日本的城市建筑没什么特色，所谓"世界第一高"的东京塔，与巴黎的埃菲尔铁塔相较，就像个铁管立在那儿。我喜欢日本的农村，整洁清爽，静谧安详。半个多世纪的时间里，日本农村从初期较大的城乡差距，发展到城乡一体化，再到如今更高层次的追求农村生活魅力，谋求可持续发展。如果说差距，中日间最大的差距在农村。

三

中日间的文化交流，可谓你中有我，我中有你。这次到东京，我执意去看了三个地方：琳琅阁等三家老字号汉学书店、东京国立美术馆、二玄社。

三家汉学书店位于东京千代田区一带，是日本中心的中心，除了皇宫、国会之外，各个著名大学、图书馆、博物馆云集于此。位于东京大学南面的琳琅阁书店是东京最老牌的汉学书店，许多中国著名学者，如罗振玉、王国维、郭沫若等都在文章中提及这家书店，称这里"多有中国难得之书"。当然也有赝品。罗振玉曾兴高采烈从这儿买了南朝"赵人李逻序"注的《千字文》一册，后证实是伪书。20世纪，这里的中国书种类丰富，价格低廉，随着中国留学生、访问学者日益增多，加上书画贩子也来了，"群趋东邻购国史"，书价水涨船高。琳琅阁书店名气很大，店面很小，书堆得满满的，两个店员都戴着眼镜，文质彬彬的，像个学究。我相中了几册碑拓，无奈价格太高，只好作罢。我询问了进货渠道和销售情况，向导告诉说店家不愿意谈。那一条街类似的旧书店还有多家，经营汉语书的亦不少。据介绍，日本研习书法的人不少，中国的书法碑帖销路很广。书道，在日本是很受推崇的，但对日本的书法，我实在不敢恭维，在我看来，越来越像美术字了。

二玄社专门从事书画类图书出版，尤其善于复制各大博物馆馆藏中国国宝级书画。其能力之精微，制作水平之高超，被启功先生誉为"下真迹一等"。二玄社的东西贵得吓人。若干年前，我曾在北京琉璃厂二玄社代理商处看中了一幅伊秉绶隶书联，"三千余年上下古，一十七家文字奇"，内容好，写得也苍劲有力，制作更是没的说。几经讨价，花了一千五百元。不过这次到了二玄社旗舰店，有些失望，觉得有些衰落，后来听说，在中国国内的几家代理也关张了。我曾询问二玄社名字来历，不得其解。也有人说"二玄"指的是晋人张玄与谢玄。

东京国立美术馆倒是值得一观。近些年国内建了许多博物馆、美术馆，外观都很漂亮，但没有更多让人眼前一亮的展品。要我说，形式与内容的比例严重失调。但东京这家美术馆属于国家级的，门面不大，里面的铺陈也显简洁，但藏品，尤其是中国古代书画部分，令人大开眼界。我有幸看到了李白、范仲淹的真迹。当时想拍下来留作纪念，工作人员疾步赶来，张开双臂予以制止。我不知道这些国宝是如何来到日本的，但对他们对中国国宝的尊重和保护，还是投去赞许的目光。

五天的行旅即将结束，傍晚，我和妻子坐在东京湾远眺灯火阑珊。日本是第一个进入发达国家行列的亚洲国家。20世纪80年代初，我曾读过国内风靡一时的日本前首相吉田茂写的小册子《激荡的百年史》。书中提及日本明治维新的三大口号："富国强兵，殖产兴业，文明开化。"那个年代，日本的电影和汽车、电器也给长期闭关锁国的中国以启蒙。中日两国一衣带水，千年来，互相学习，取长补短。虽然日本侵华的血腥历史也是每个中国人不能忘却的，但是中国与日本的关系只能建立在国家战略目标利益的基础上，而很难建立在历史认同的基础上。因为中国的周边国家，没有哪个国家能与中国达成真正的历史认同，从历史认同来处理对外关系，等于缘木求鱼。当然，这只是我的谬见。

印象韩国

国人对朝鲜半岛有着复杂的情感。从韩国归来，总有人问我韩国到底怎么样。其实，用一两句话概括韩国很难，而在五天的公务访问中，难免有许多限制，可过去十余年了，有些从脑海中蹦出来的印象竟然还是那样清晰，闲暇之余就把这些零散的印象整理出来了。

先说说对韩国同行的印象。韩国的警察很热情，似乎也有些特权。我们从仁川机场一下飞机，京畿道警察厅外事课长来迎接，并由警车开道，使我们在首尔拥堵的城市公路上，一路畅通无阻。

按照国内规定，我们这个级别的访问团是不允许用警车的。我相信在韩国也是不够级别的。但东道主为什么要这么做，我没好问，姑且客随主便。开道的警车是两台摩托，骑手很潇洒很文明，只用手势，从不鸣笛，更不用扩音麦克大声吆喝。

当晚，在停泊汉江的一条游船上用了晚餐。推杯换盏之际，借着暮色，望着奔涌的汉江，蓦然想起当年父亲的老部队——志愿军 39 军强渡汉江、攻占韩国首都的故事。我想把这段故事讲给今天的韩国同行、昔日的对手听，可在把酒言欢的气氛中，最终没有说出口。

第二天上午，我们正式拜会了京畿道警察厅长。据说他在韩国警界的地位，在国家警察厅长官和首尔警察大学校长之后，居第三号。我注意到，在会见厅，挂着韩日争议领土独岛（日本称竹岛）的大幅照片。陪同会见的韩方外事课长告诉我："那是我们韩国的领土，日本人休想。"他还个别对我说："你们不要跟日本人打交道，他们靠不住。"

京畿道警察厅长很有意思，他瘦瘦高高的个子，不大像韩国人，却对我们说："你们一个个大个子，不大像中国人。"可能在他心目中，中国人都是矮个子。其实，不论在韩国还是日本，我一个突出感觉是，在东亚，中国人的身高最高。按照惯例，我们向韩方赠送了礼品——黑龙江产的地方名酒富裕老窖。韩方向我们回赠了陶瓷筷子托。当时我注意到厅长瞪了外事课长一眼，脸色有些阴沉。第二天，韩方又向我方每人赠送一份化妆品，并解释说，昨天被厅长训斥太小气了。

一天，外事课长陪同我们游览市容。我问他，韩国警察遇到乞讨人员怎么处置，他告诉我，在韩国没有乞讨者。可话音刚落，对面就走过来一个残疾乞讨者，搞得他很尴尬。紧接着又走来一个袒胸露背的韩国姑娘，旁若无人地搂着一个西方老男人，气得课长爆出粗口。

总的感觉，韩国同行素质还是很高的，对中方也很友好。陪同我们的韩方翻译是首尔警察大学毕业，知识面很宽，中文也很地道。他告诉我喜欢看中国电视剧。我问他喜欢哪一部，令人意外的是，他说喜欢《长征》《康熙王朝》《三国演义》。还有一位同行，把女儿送到北京大学留学。我问他有什么困难可以帮忙，他说年轻人要让她自己学会解决问题。

在对口交流中，韩方介绍了他们注意与媒体沟通，改善警民关系，提高民众满意度的努力。我问在韩国年轻人愿意从警吗，他们告诉我，韩国警察属于一般公务员，在就业难的大背景下，待遇相对稳定的警察是许多年轻人的选择。首尔警察大学的录取分数线在韩国大学中排在第三位。

在欢送晚宴上，我一支接一支地吸烟，一直陪同我们却从不多话的一个外事课的年轻女警，在向我们敬酒时说："希望陈厅长少吸些烟，那样对身体好。"说这话时她脸红了。对于她的好意，我心领了。她让我想起了国际警界配合执法时常讲的一句话："天下警察是一家。"

韩国是联合国认定的亚洲少数的发达国家之一。京畿道在韩国属于发达地区，LG、起亚、三星等世界级的大企业均在此处。道的口号是"树立全球化精神，京畿道奔向世界"。从市容市貌看，这里与我们的珠三角、长三角地区大同小异。但农村却大大优于我们。韩国的新农村建设曾是我们的榜样。主人热情地邀请我们参观了三星，这个世界上最大的信息技术公司。我想看看生产车间的流水线，未能如愿，厂方只让我们参观了总部大楼和展馆。在接待厅，厂方陪同人员问我们谁在使用三星产品，有同事拿出三星手机，赢得韩方人员一片掌声并以电子相框相赠。

在考察重大赛事安保时，我们来到水原体育场，中国男足的世界杯首秀就是在这里。遗憾的是，中国男足一战哥斯达黎加输二球，二战巴西输四球，三战土耳其输三球，一球未进，铩羽而归。一随行的韩国同行大吹韩国男足在那次世界杯的表现，对中国男足则有些不屑。我调侃说："是不是狗肉炖人参吃的？"大概是为了打圆场，那位韩国年轻的女警察说她喜欢中国队的杨晨，儒雅有风度。在那年的首场比赛中，杨晨曾一球击中对方门框，险些改写中国足球的历史。

我们最后一站是济州岛。济州岛是因火山活动而形成的岛屿，韩国把她比作夏威夷，是旅游胜地。在海边，采集海螺、鲍鱼的海女引起我们的兴趣。她们大约四五十岁的年纪，穿着黑色胶皮潜水服，戴着防水镜。我想同几位出水的海女交谈，她们不想说什么，只好作罢。

在岛上参观了一座私人花木园林，给我留下了深刻的印象。主人是一位古稀老人，放弃大城市的优渥生活，只身一人带着毕生积蓄，来到岛上买了一块荒地，几十年如一日，建起了一座公益园林。看到中国朋友，他沏茶倒水。临别时，老人向我们赠送一册他的园林专著，文本是韩文，但赠言却是工工整整的汉文。在韩国，许多老人懂汉语，会写汉字，在大街小巷是处可见汉字，这一点与日本相似。

在韩国，我很想到三八线去，也想去首尔战争博物馆，还想去巨济岛美军关押志愿军战俘的遗址，由于种种原因，没能成行。我知道，京畿道距三八线只有不到一个小时的车程，美军的基地就驻在我们下榻的宾馆附近。同是尚未统一的国家，我们感同身受。

写这篇文字的时候，惊悉首尔梨泰院发生严重踩踏，造成重大人员伤亡的事故。凭直觉，警方是有重要责任的。警察的责任干系人命，容不得一点马虎和懈怠。

乞力马扎罗高原瞻望

海明威沉郁的笔，带我们走进了神奇的乞力马扎罗高原。

这片立于非洲之巅的沃土，是哺乳动物的伊甸园。那只豹子的干尸和累累的骨殖，也小心翼翼地提醒着我们，丛林法则依然如宪法，主宰着这片苍凉的原野。

理性总是建筑在温饱之上，规则和潜规则都青睐强者。饥饿从来都是兽性的发动机，雌性从来都能激发雄性的荷尔蒙。在动物世界，你经常可以看到这样的场景：饥渴让一头健硕的野牛撞入了狮子的领地，对王的无视，让恼羞成怒的狮子祭出了牙与爪。据说，一只非洲狮的咬合力有一千磅。

傲慢，让狮子一次次低估食草动物生命力的顽强。被咬住脖子的野牛，不肯垂下倔强的头。谁都知道，一旦屈膝，食肉动物的嗜血本性将无情释放。

我曾惊叹，狮子攻击点的选择总是那般精准。它总是死死地咬住对手的脖子，然后把对手放倒。而对手的脖子一旦被咬住，摔倒只是时间问题。

长颈鹿、斑马和鸵鸟，惊愕地注视着眼前这一切。秃鹫盘旋在空中，鬣狗潜伏于沙丘，等待分食残羹。当然，腐肉最好。至于谁先倒下，它们并不介意。

狮子生来就是王者，野牛则以仁厚立世。

曾几何时，总有一种声音，让野牛放弃那唯一昂扬的犄角。因为它既无犀牛角的名贵，也无鹿角的风姿绰约。今天，那副成吉思汗弯刀般的犄角恰恰是对手最忌惮的自卫利器。野牛曾想，乞力马扎罗高原足够辽阔，双方可以商谈解决争执，可狮子不能容忍野牛，就像野牛不能理解丛林之王何以失去了往日优雅的绅士风度。

对抗是战略性的，缓和是战术性的。强大的对手更能激发战斗的勇气。制胜需要勇气和力量，然而更需要智慧和谋略。

沉睡的乞力马扎罗火山被唤醒了。

战斗笃定惨烈且持久。狮子和野牛都怀着胜利的渴望。谁都知晓，倒下，意味着什么！

每个人心中都有一片高原

一位哲人留下一句名言："不到长城非好汉。"借助哲人的句式，我要说，不到世界屋脊也算不得好汉。我曾梦游拉萨城里的布达拉宫，也曾梦中登顶8848米的珠穆朗玛，渴望收藏承载着亿万年沧海桑田的化石，渴望破译古老民族生生不息的密码。

第一次上高原是从成都双流机场乘川航飞机飞去的，其实我更想乘火车或乘汽车翻越唐古拉山。

尽管有心理准备，但当飞机降落在世界海拔最高的贡嘎机场，乘车前往拉萨，那里不同凡响的地形地貌，独具特色的人文景观，还是让我心头一震。

青藏高原的神奇，写在一座座雪峰上。千万别小看那雪峰，那是滋养中华民族的固体水库，我们的母亲河长江黄河皆发源于此。青藏高原的神奇，也写在幢幢庙宇里。在拉萨我们先后去了大昭寺、哲蚌寺、罗布林卡，最吸引我们的还是布达拉宫。

到西藏不去布达拉宫，等于没到西藏。可进了布达拉宫始终有一种压抑感。

去布达拉宫那天，我的同事因高原反应，头疼难忍，躺在床上"放挺"了。后经当地同行反复动员，并答应用车一直把我们送上去，方才动身。

布达拉宫外观气势恢宏，里面却显得有些狭窄幽暗，但佛像则十分光亮，据说是为了表现"举世浑暗，唯有佛光"的思想。宫里珍宝无数，大多都与藏传佛教有关，没有藏民族历史文化知识和宗教知识根本看不懂。据说这里还保存有大量的经书以及文学、历史、地理、哲学、医学、天文历算等方面的典籍。

在青藏高原，我一直在近距离地观察藏族同胞。在他们一张张高原红的脸上，超然和淡然是主基调。公务人员与我们交流无障碍。大街小巷年轻一代的小伙子和姑娘们也是很时尚的。在拉萨我们看了一场原汁原味的藏族歌舞，藏族同胞能歌善舞名不虚传。最令我感动的是在大昭寺长叩不起的藏族老阿妈。我敢说，生活在高原的藏族同胞是全世界最虔诚的信众。清澈的纳木错湖，像水晶般纯净，比湖水还纯净的是高原孩子的眼神。天堂不是地理概念，朝圣者用肉身无法丈量尘世到天堂的距离，一次次五体投地，砥砺的是灵魂。藏传佛教对人文化心理结构的影响，主要是"三世因果"说。前生的善恶行为，决定现世的贫富穷达；今生的善恶行为，又必然导致来生的祸福报应。

我真想去日喀则，去雪山，去看珠穆朗玛峰，可又不忍把红尘的履痕留在雪莲般圣洁的山峦之上。只是揣着向往，欣赏那莽莽高原上的旭日东升；只是带着些许醉意，聆听那悠远而厚重的法号声声。

我为我们的祖国有世界最高的高原、最高的高峰而自豪。其实，每个人心中都有一片高原，每个民族都有一座安放灵魂的圣殿。最高的山不是珠穆朗玛，比珠穆朗玛还高的山，在虔诚的仰望中。尊重自然就是尊重生命，尊重他人就是尊重自己。感谢你，神奇的青藏高原，为人类留下一片净土。感谢你，亲爱的藏族兄弟姐妹，让我躁动的心，在雪域高原得到洗礼！

北大红楼的魅力

　　癸卯年，解除了疫情的羁绊，又逢春天暖阳，重来暌违三年的北京，心情大悦。这日，在位于中国美术馆后街的三联书店选中几本心仪的书后，沿五四大街，直奔北大红楼而去。

　　十几年前，我曾来过北大红楼，回来后，心绪难以平复，写了一篇《北大红楼感怀》。发表后，引发了许多熟悉和不熟悉的朋友的兴趣。

　　其实，在高楼大厦比肩接踵、红墙碧瓦高深莫测的北京城，坐落在西城五四大街 29 号的老北大红楼并不打眼，且历经百年磨洗，已显得有些陈旧。可在我心中，无论世事怎样变幻，作为新文化运动的策源地，五四运动的指挥部，我们党初创时期的思想田园和干部学校，红楼都是独一无二的历史坐标。这次听说北大红楼二楼和三楼都已开放，我急切地想再来看看。

　　一部电视连续剧《觉醒年代》，让年轻的一代认识和重新认识了"红楼"那一代人，也让日渐冷落的红楼又热络起来。尽管已是午后时分，等待入场的观者仍然很多，这同十几年前的景象大相径庭。参观红楼需预约，庆幸的是，六十岁以上的老人可凭身份证不受限制。

尽管我们这个古老的民族多灾多难，可历史，总是在一些特殊的年代给人们以汲取智慧、继续前行的力量。春秋战国诸子百家争鸣是这样的年代，新文化运动和五四运动时期也是这样的年代。说她是启蒙年代也好，说她是觉醒年代也好，这两个时代创造的思想与精神，一直在深刻地影响着我们的国家与民族。

站在红楼大门入口处，我仔细端详式样有些老旧的大门。说是大门，与当下一些学府的宏伟大楼、阔气大厅比起来，显得太微不足道了。可正是在蔡元培先生"思想自由，兼容并包"的精神引领下，这座敞开的门，摒弃了门户之见的门，把陈独秀、李大钊、胡适、鲁迅、钱玄同、辜鸿铭、黄侃、刘师培等势同水火的一代精英，聚合在这座楼里，也让毛泽东、邓中夏、傅斯年、罗家伦、张国焘、刘仁静、高君宇等求贤若渴的青年趋之若鹜。

试问，近代以降，中国有哪座大楼如红楼，聚天下英才于一炉？有哪所大学如北大，思想和学术交锋如此激烈，对中国走向产生的影响如此深刻？

红楼是历史的现场，是一个可以触摸到的历史实体。走在红楼略显狭窄的廊道上，我仿佛与前辈们的脚步重合了。

一楼有三个房间格外引人注目，一是时任北大图书馆主任的李大钊先生的办公室；二是毛泽东同志工作过的第二阅览室；三是鲁迅先生讲授《中国小说史略》的课堂。据当年的图书馆的工作人员、我党早期党员张申府回忆，李大钊先生的名作《庶民的胜利》《我的社会主义观》就是在主任办公室写作的。一些进步学生经常来这里向大钊先生请教问题，使这里成为北大乃至北京地区研究传播马克思主义的中心。

我第一次参观红楼时，记得二楼是国家文物局的办公室，不对外开放，这次开放并恢复了原貌。重要的有蔡元培校长办公室。值得思考的是，一直以来，蔡元培受到国内国外及各党各派的一致推崇。美国哲学家杜威曾说："哪怕拿全世界的大学校长做比较，以一个校长身份而能领导一所大学对一个民族、一个时代起到转折作用的，除蔡元培外，找不出第二个。"蔡先生去世时，毛泽东亲笔撰联"学界泰斗，人世楷模"给予至高评价。我想追问历史，也追问先生们，蔡先生是怎么做到的？

很长一个时期，陈独秀、胡适在民众心目中的形象不那么好。看了《觉醒年代》，许多人恍然大悟，原来陈、胡二位先生曾经很了不起，也很可爱。

我在蔡先生办公室的墙上看到一张文科教员表，除上述提及的名字，其他的名字也是如雷贯耳，如教伦理学的杨昌济，教欧洲文学史的周作人，还有刘半农、沈尹默、梁漱溟等，还有不少外籍教员，可谓名流云集，学派林立。

我注意到，北大的教员们都很年轻，绝大多数都在三十岁左右，其中胡适、刘半农二十七岁，梁漱溟仅二十四岁。

红楼那代人才华横溢，人才辈出，他们中许多人的著述至今仍置于我的案头。但更让我景仰的是他们的家国情怀，天下意识，自由包容的气度和改造社会的雄心。尽管道路与主义之争至今仍不绝于耳，但先生们上下求索的精神永远值得尊重、值得发扬。

1919 年 5 月，二十二岁的北大学生罗家伦在其起草的《北京学界全体宣言》中，发出了"中国的土地可以征服，而不可以断送；中国的人民可以杀戮，而不可以低头""外争主权，内惩国贼"的呐喊。据史料，"五四运动"的命名也是由罗家伦最早提出来的。

1920 年 10 月，在北大红楼李大钊办公室，李大钊、张申府、张国焘三人秘密成立共产主义北京小组。次月，小组举行会议，决定命名为北京支部，李大钊被推选为书记。这是北方的第一个支部，有力地推动了马克思主义在北方的传播。这也是继陈独秀同年 8 月在上海成立中国共产党发起组之后的第二个中共早期组织，史称"南陈北李，相约建党"。有诗赞曰：

> 北大红楼两巨人，
> 纷传北李与南陈。
> 孤松独秀如椽笔，
> 日月双悬照古今。

在二位先生的影响下，党的一大的十三名代表，有五位是北大的学生和校友。党的一大时期的五十八名党员，有二十四人或直接在北大入党，或在北大学习工作过。至今，西方一些研究中共党史的专家学者仍坚持认为中国共产党是 1920 年成立的。

毛泽东与红楼结缘于 1918 年 9 月。北大红楼是青年毛泽东新的人生道路的起点。他曾多次深情回忆在红楼度过的时光，视陈独秀、李大钊为启蒙老师。三十多年后，毛泽东率新生政权入主北京城，他定居的中南海离这里很近。

在《觉醒年代》中，陈独秀的儿子陈延年、陈乔年两个英俊青年走向刑场，慷慨赴死前，那深情的回眸，让多少人的泪水夺眶。

当年在北大红楼任教和受教的那代人都已作古，但他们的魂却留在红楼。你在红楼的每一个角落仿佛都能感受到他们的温度，你在红楼的每一间课堂仿佛都能聆听到他们的声音。红楼就似一部厚重的历史教科书，每次阅读，都有醍醐灌顶之感。

这，正是北大红楼的魅力所在！

中国现代文学馆记

  坐落于朝阳区芍药居的中国现代文学馆，在高楼大厦林立的北京城，显得有些孤寂，寥寥几位看客，也让这里多了一些清冷。不过这倒与当下文学式微的窘况相匹配。

  "我们的新文学是表现我国人民心灵美的丰富矿藏，是塑造青年灵魂的工厂，是培养革命战士的学校。"巴金先生这句自信满满的话，庄重地刻在文学馆门口的巨石影壁上，今天重读，别有一番滋味。我是 20 世纪 50 年代出生的，文学一直是我们这代人心中的神圣，可以说，从文学名著中汲取的营养，不亚于学校给我们灌注的那些教科书。那时，许多人都揣着文学梦，有青少年，也有白头翁。正如巴金先生所言，那时"我们有一个多么丰富的文学宝库，那就是多少作家留下来的著作，它们支持我们、教育我们、鼓励我们，使自己变得更善良、更纯洁，对别人更有用"。

  现代文学馆的主体，是设在 C 厅的"中国现当代文学展"。这个展览分为"20 世纪文学革命的前奏""五四文学革命""左翼和进步文学的崛起""战火洗礼中的文学""社会主义新中国文学""新时期文学的繁荣发展""迈入 21 世纪的文学"七大主题，展出作家达两千多人，手稿原件和初版图书六百多件。尽管大多有所了解，但经过系统回溯，还是觉得不虚此行。

不得不说，我们的现当代文学是与时代、与政治紧紧地捆绑在一起的。沿着文学的步履回溯，中国现当代作家在社会中扮演的多元角色，留下的是是非非、恩恩怨怨，至今公说公理，婆说婆理，扯不断，理还乱。但这一时期文学所产生的巨大影响力和生发的巨大作用力，却是空前绝后的，至少到目前为止可以这样说。

参观中，有幸见到那些曾经让我彻夜难眠的小说手稿和最初的版本，令我兴奋不已。我读过的第一本长篇小说是刘知侠的《铁道游击队》。起初读的是小人儿书，后来又看了电影，到了小学六年级，磕磕巴巴读起了原著。到了晚上九点，妈妈督促我们熄灯睡觉，我就在被窝里打着手电看。小说向我打开的世界是那么的丰富、那么的美妙。对比展品，我发现我读的《铁道游击队》正是上海新文艺出版社1954年1月的初版。

就我个人短浅的阅读经历而言，我觉得还是读原著过瘾。我有这样的感觉，看影视和读图，固然直观，但被动，读书却把主动权掌握在自己手里。时至今日，读文学名著、原著，仍是我生活中不可或缺的部分。

文学馆最有价值的藏品是作家的手稿。作家的思想和情感，都浓缩于字里行间。赏读作家手稿，仿佛能触摸到作家的体温和脉动。观诗人郭小川的手稿，更容易理解"好文章是改出来的"道理。而徐光耀先生的中篇小说《小兵张嘎》的手稿，写在八开大稿纸上，通篇一字不苟，干净整洁。这与先生笔下活灵活现、渗透着乡土气息的人物形成强烈对比。郭沫若先生的手稿则件件都是精美的书法艺术品。

离开中国现当代文学史展馆，又来到被冠名为"不着一字，尽显风流"的作家书房展。这个展览尽管略显简单，但很别致。如果这些知名作家的书房是原样照搬的话，那么就有一个共同的特点——简朴。我曾从影像中看过金庸的书房，也到故居看过巴金的书房，那都是很有气势的。当然，经济是基础，金庸的稿酬是天文数字，巴老除著作等身，长销不衰外，还一直担负着高级领导职务。查阅资料我了解到，现代文学馆是巴老最早倡议的，他还带头捐赠了十五万元稿费，这在那个年代，无疑是一笔巨款。

与中国的国情相适应，相较于西方作家的书房，中国作家的书房大都具有简约、含蓄、内敛的共同点。当然也有凸显个人性情的。比如诗人艾青的书房，正面挂着他1982年为第三位妻子高瑛画的素描，桌上摆着高瑛的照片，书柜上挂着他和高瑛的亲密合影，不掩饰的爱弥漫着小小的书斋。在另一个作家书画展厅中有艾青的书作"上帝与魔鬼都是人的化身"，也是写给高瑛的。

现代文学馆毕竟是国家级的文学殿堂，与遍布城乡街陌的低档次，甚至丑陋不堪的雕塑相比，坐落在院内的鲁迅、巴金、叶圣陶、老舍、茅盾、曹禺、艾青、冰心等作家的雕像，则别具风格。我最喜欢赵树理的雕像，后面还跟着一位骑着小毛驴的姑娘，应该是《小二黑结婚》中的女主小芹，腰间挎的小土筐里装的一定是"山药蛋"。赵树理被誉为描写农民的"铁笔""圣手"，是山药蛋文学流派的代表人物。在当代，像他那样深入乡土了解农民的作家

217

已鲜见。不知是城乡一体化后的农民变了，还是作家已远离了乡土？

我曾多次去中国现代文学馆和中国美术馆参观。两相比较，中国美术馆参观者络绎不绝，新展迭出；而现代文学馆的门庭，却日复一日、年复一年地冷落。我担忧随着岁月流逝，那些文学巨匠呕心沥血的作品，最终只能在这里束之高阁了。

就文学式微的问题，我曾请教过一些作家和评论家朋友，莫衷一是。当代作家的文学创作，在市场、互联网和另外一些因素的多重夹击下，步履蹒跚。不过，这个问题有点大，我没有能力过多置喙，这也不是一篇短文所能论及的。

在现代文学馆的院子里，有一个著名的"逗号石"，我慕名专门找到这块来自房山、被誉为文学馆"馆徽"的奇石，仔细端详。文学馆副馆长、作家李洱称，逗号属于现代文学，我们第一次用逗号是1920年，之前都以"之、乎、者、也"表示断句与停顿。逗号代表永无止境，也代表文学没有尽头。

文学似大海，潮起为了向前；潮落，后退一步，还是为了向前。从我来讲，尽管时下网上阅读方便快捷，各种信息铺天盖地，但我还是喜欢读经典，读文本，买纸质书，也时常提起笔来，把所思所感留下来，聊以自悦，也愿悦人。

大学校园行记

或许是为了弥补从未读过正规大学的缺憾吧，我有游览大学校园的偏好。现在回过头来想一下，国内国外的大学真还是去过不少，多数走马观花，也有流连忘返。国内大学给我印象比较深的当然是北大、清华，校园最美的当数厦门大学和武汉大学。

北京大学我先去的是红楼。谁能想到，这座在京城不起眼的红砖房，曾是改变中国命运的新文化运动和五四运动的发祥地。陈独秀、李大钊、胡适、鲁迅、毛泽东等一代人杰曾齐聚这里。在我看来，这里是圣地，是圣人之地，也是新文化、新思想的策源之地。

游览与颐和园毗邻的北大校园则费了一番周折。开始我大摇大摆，从那座门楣上挂着毛泽东手书"北京大学"匾额的正西门进，被保安拦阻，查验证件，只得悻悻而退。这时一位中年人凑过来悄声说："五十元，我保你进去。"我说："五十太贵了，我去厦大才二十。""厦大怎能跟北大比！"交钱后，他给我一张北大校友卡，说："你花白头发，戴着眼镜，斜背着包，一看就是知识分子，到时从南门拿证晃一下就进去了。"这法子虽然有失斯文，但的确管用。看来，孔方兄也能攻破最高学府的大门。

那天是周末，走进宁静的校园，心情豁然开朗。未名湖，这个一次次出现在北大学者学子的笔下的景致就呈现在我眼前。望着不远处的博雅塔，脑海中的北大和现实中的北大，在眼前聚焦。

回溯百年沧桑，有三所学校影响至深且巨，一是黄埔军校，一是抗日军政大学，再就是北京大学。而北大贯穿百年，无可比拟。

北大校园弥漫着令人陶醉的人文气息。蔡元培、陈独秀、李大钊、鲁迅和塞万提斯、斯诺等先生的雕像，遍布校园，仿佛把他们的魂留在了北大。我注意到，北大有司徒雷登的纪念石，却没有胡适的。听说李敖先生来北大演讲，希望捐三十五万元，为胡适立像，结果也是不了了之。纪念建党百年热播的电视剧《觉醒年代》，胡适之的形象还是很可爱的。

北大校园太大了，走了三个小时，按图索骥，有些地方还是没找到，比如冯友兰先生故居、三角地……看天色已晚，只好作别。在中关村图书大厦，我买了北大才女张曼菱写的《北大回忆》一书，张曼菱情理相融的动人回忆，多少弥补了一些缺憾。

清华大学去过两次，都是公干，来去匆匆，但还是抽空拜谒了王静安先生纪念碑。这块碑之所以被列为"清华十二景"之首，不是因为美丽的景色，而是它的精神底色——中国文人的精神底色。

作为后学的我肃立于碑前，一遍遍诵读陈寅恪先生撰写的字字千钧、脍炙人口的碑文："来世不可知者也，先生之著述，或有时而不章；先生之学说，或有时而可商。惟此独立之精神，自由之思想，历千万祀，与天壤而同久，共三光而永光。"我注意到，碑文上的这段话已经被后人抚摩得变色了。诵文思人，高山仰止，景行行止，虽不能至，心向往之。

纪念碑由建筑大师梁思成设计，简约而大气。原北洋政府司法部长、清华研究院导师林志钧书丹，西泠印社第二任社长马衡篆额。在我看来，这座纪念碑就是中国大学之魂。

武大和厦大都自称是中国最美的校园，这等名校也不能免俗，对争"之最"，上吉尼斯纪录，总是兴趣盎然。依我看，谁最美，得分季节，碰上桑拿天，只能在空调间度日，美从何来？武大与厦大的建筑，中式风格与欧式传统相互结合，相互映衬，和周边环境相互呼应，给人印象深刻。有人笑称厦大建筑风格是"穿西装，戴斗笠"。

在哈尔滨工业大学，刻在一块大石头上的校训吸引了我："规格严格，功夫到家。"许多大学校训千篇一律，内容多有重复，而哈工大校训则直白、严谨、踏实，与这所"工程师的摇篮"很是契合。经询，这是哈工大新中国成立后的首任校长、毕业于清华的老革命家李昌所拟。这些年，东北经济不景气，哈工大却秉持校训精神，凭强大实力，一直雄居理工名校之巅。

我们看到，大学扩招后，大兴土木，而新的建筑千篇一律，让人感觉中国人的建筑审美退步了不是一星半点。难怪美术大师吴冠中先生生前曾一针见血地指出：美盲比文盲更可怕。至于说大学校园人文气息淡化，市场味愈发浓郁，则更叫人忧虑。

国外大学我也去了几所。谢菲尔德大学是英国六所红砖大学之一。与国内大学不同的是，谢菲尔德大学并不是一所校园型大学，学校建筑分布在谢菲尔德城内各个地方，有时，要走过城市的几条街去学校的另一栋教学楼上课。中国留学生戏称谢菲尔德为"谢村"——世界最大的村，学生自称为村民。

国外大学给我印象最深的是德国的海德堡大学。这所大学坐落在以古堡和内卡河闻名的文化名城海德堡。这所大学建于1386年，是最古老的大学之一。黑格尔、费尔巴哈、马克思、韦伯等曾在这里求学任教。我在一所爬满青藤的老建筑外流连，突然发现门口挂着一个标牌，记载着黑格尔当年曾在二楼居住。我沿着木楼梯拾级而上，可惜不对外开放。

在海德堡大学有一所学生监狱旧址供游人参观。这所建于1712年的牢房是用来惩治捣蛋鬼的。对违纪学生一般关二到四小时，白天听课，下课后蹲禁闭。学生戏称这里是"皇宫"，墙上留下了许多诗文，看来，那些捣蛋鬼都很有才华。

海德堡古香古色，很有点中世纪的味道。歌德曾为海德堡动情，留下了"我把心遗失在海德堡"的诗句。

大学生群体是海德堡小城令人瞩目的一族，不知是海德堡滋养了海大，还是海大滋养了海德堡，或是二者兼而有之。总之，谈海德堡绕不开海大，谈海大也绕不开海德堡。据介绍，"二战"盟军地毯式轰炸德国，偏偏绕过了海德堡，有人说是因为盟军统帅艾森豪威尔网开一面，也有

222

人说是因为美军准备把司令部设在这里。真实情况如何，我没做过考证。

　　每次游览大学，特别是名校，经常遇到家长带着孩子参观。让下一代读大学、进名校，是天下父母之愿，为此，是不惜代价的。大学，在普通人心目中是崇高的。大学和大学生的走向，干系着家国未来，走过一些大学后，这种认识更强化了。真希望像红色旅游一样，大学校园游也热起来。

京城逛书店琐记

老习惯，每到一地，必逛书店，到京城尤是。在我看来，北京这块地方，与政治文化中心相匹配，书店的数量最多，也最具特色。每次光顾，总有斩获。斩获的既有心仪的书，也有人文"风景"。清代藏书家孙庆增在其《藏书纪要》中称，买书是"最美事最韵事最乐事"。对于美事韵事乐事，想来读书人都有体会。当然，孙庆增也说了买书亦是最难事，那是从收藏角度上讲的，包括知有书而无力购求、好书难遇、真伪难辨，云云。

北京城到底有多少书店，我说不清楚，我只讲我去过并喜欢的书店。

西单图书大厦

过去常去的是西单图书大厦、王府井书店和中关村图书大厦，这些年去得少了些，但有些温馨却存在了记忆中。

20 世纪 80 年代末，在王府井书店，惊喜地发现有售我的第一部作品《将星之路》。我问营业员进了多少册，卖出去多少册，尽管数字不那么令人鼓舞，但这件事对我产生的激励却是恒久的。这以后，在首都机场书店，看到我的随笔集《纸上声》摆在货架上，已没了早先那份激动。

西单图书大厦无疑是京城，恐怕也是全国规模最大的书店，什么时候进去都是人头攒动。在我眼中，那里最独特的景致有四：一是一楼大厅正面的布置似红色的海洋；二是人们像逛大型商超一般，推着购物车选书，买书像买白菜一样；三是角角落落，是处可见席地而坐的读书人；四是黄牛跟屁，形同骚扰，不胜其烦。

中国书店

京城的读书人和到京城来的读书人，罕有不逛琉璃厂的。那里吸引人的，除了三百年的老字号荣宝斋，就是经营古旧书籍的中国书店。当年，鲁迅先生是琉璃厂的常客。据 1916 年 5 月至 7 月的鲁迅日记记载，先生三个月内竟来琉璃厂二十六次。先生爱书也喜收藏，留下的手稿，每一页都是书法珍品。

不知新华书店、中国书店这些响亮的名号是谁起的，真是高端大气。可我到过的中国书店的陈设却很旧式，尤其是琉璃厂这家，真是"满眼是书"的旧书店。旧书按质论价，通常价格不菲，大大超过原定价，看来好书也有保值增值的功用。古籍善本就更是天价了。

中国书店也收旧书。记得有一次在中国书店买了一本北大白姓教授写的关于版本学的旧书，拿回来一看，书里竟夹着他弟子给他的一封信。大致记得信是毛笔书写，内容是对老师批评意见的反馈。还是一次在中国书店买的一本旧画册里，竟夹着 20 世纪 60 年代成都杜甫草堂写给著名画家刘继卣先生的约稿信，一笔工整的小行楷颇见古意。现中国书店在售的古籍大多是清的，鲜有明版的，从未见过宋元版的，五位数以上的价格，只能隔着橱窗欣赏。那浸润着古香古色的线装书且不论内容，仅制作就像一件艺术品。

三联书店

三联书店是文人学者的精神家园，也是普罗大众提高阅读品位的必选书店。正是在这个书店，让我（在书中）结识了李泽厚、刘再复、刘梦溪、钱理群、逄先知、陈平原、陈晋等当代文史大家，也读到了王鼎钧、董桥等港台名家的散文。我从三联书店还买过旅美史家余英时的书，不乏新知，但偏见也真是不浅。

与大书店比，三联书店更像图书馆的阅览室，临窗处摆放着桌椅，旋转的楼梯一侧安放着海绵垫。三联书店二十四小时不打烊，全年无休，这恐怕在全国也是独此一家。有一次我早晨 6 点来店，此时临窗的座位上已有了早行人。

近日去三联书店，买了刘梦溪先生 2022 年 1 月在三联书店出版的六十万字的精装新作《八十梦忆》，一百九十八元，贵是贵了些（会员打九折），但值。我很喜欢刘先生的文笔。全书共十三章，每章都用词牌名称作为标题，如《忆少年》《念故人》《望远行》《长相思》，等等。

光是这些富含诗意的题目就够吸引人的了。先生的书有深意亦有深情。他说："什么叫人文学科？人文学科一定有人文关怀在里边。关怀，能没有感情吗？为了出书而出书，为写文章而写文章，博取少许的虚名，赚一点点小利，此外不知有他人，不知有世界，更不知有家国天下，那叫什么'人文'啊！我看那是有'文'无'人'。"

三联书店还售有期刊，凡入三联法眼的，品位皆不俗。一次我在三联书店翻阅《藏画导刊》（二月书坊文化传播有限公司主办），印象不错，故连买了几期。一天浏览时发现我发在《黑龙江日报》"天鹅副刊"的散文《梁启超教子》被转载。此时我既高兴又恼火。高兴的是一个业余作者的小文竟入三联大雅之堂；恼火的是转载我的作品竟不告知。之前，中国作家网也曾转载，同样无人告知，知识产权意识之淡薄，可见一斑。

三联书店之所以成为出版和发行的一面旗帜，与出版家经营有道不无关系。著名的出版家邹韬奋先生自不必言，曾经的老总范用、沈昌文也皆是业界赫赫有名的"大佬"。他们的书和写他们的书我读过许多，饶有兴味。

与三联书店毗邻的涵芬楼和灿然书店属商务印书馆，与三联书店风格大致相同，可互补。

鲁博书屋

在北京逛书店还有一些地方不能忽视，那就是一些博物馆、纪念馆附属的书店。设在鲁迅博物馆内的鲁博书屋就很有特色。据说刚开店时取名为鲁迅书屋，后涉及侵犯姓名权，受到鲁迅之子周海婴的质疑，更为现名。

鲁博书屋当然以经营各种版本的鲁迅著作和研究鲁迅

的作品为主打。尤其令人惊喜的是这里经常代售作家的毛边书和签名书。我在这里先后买过书评家谢其章的签名本和青年作者李广宇的毛边本。早些年经店主董女士推荐，还在这里入手了一套北京信札收藏家方继孝编撰的民国时期文人学者、梨园名家和政坛、文坛名宿的信札手稿集，闲来翻翻，颇为赏心悦目。

店家告诉我，经典是不愁销路的。鲁迅的书是常销书，也是畅销书，据有关部门统计，鲁迅著作全国全年销量约有三百万册，是稳定的亿元市场。我在这里曾买过上下两册品相尚佳的民国版的《中国小说史略》。鲁迅对传统中国的认识和分析之深刻，迄今无出其右者。

鲁博书屋还经营一些文创产品，我在那儿买过模仿鲁迅著作封面做封皮的白纸笔记本，想沾沾大先生的仙气。我还留有鲁博书屋的微信，她们经常向我介绍新书。

万圣书园

这些年，一方面一些老书店陷入窘境，一方面有特色的独立书店在崛起。位于北大东门外教师楼下的万圣书园就是京城书店的后起之秀。它的主人刘苏里曾为中国政法大学的教授，自称万圣书园是一个"卖书人站在买书人的立场开的一家店"，特色是"不仅卖书，还卖文化和思想，在做商业的同时也表达着社会关怀和文化批判"。据称，万圣书园的销售排行榜历来为学术界重视，成为外界了解学术热点的风向标。我注意到，京城几家重要的书店都设有各类图书销量的排行榜，尽管对有些数据我持保留态度，但我承认类似的排行对作者和读者还是有参考价值的。我不知道他们为何起了这么个洋名，又强调"书园"，而非书苑、书院、书店或书局。有文章称万圣节是刘苏里的生日，也有说喻"一万个圣人是万圣书架上的作者"。

找到万圣书园于我来说似发现了新大陆，其实是我孤陋寡闻，人家万圣书园已经创办二十几年，三易其址。这家书店的门脸实在是不起眼，可走入店内，仿佛一叶小舟驶入了海洋。我这样说并不是因为店面有多大，而是于密匝匝的书中徜徉，给人的视觉冲击力就是这样的。这种感觉很特殊，难以描摹。在收款处上方挂着这样一条繁体大字标语："通过阅读获得解放。"一只购书布袋，上面印着学者李洪林的手书"读书无禁区"，挂在显要处。

作为学术书店和学人办的书店，文人学者是这里的常客。2018年第一次去，在这里看到西装革履的香港文化人梁文道，他选了一大摞书，一些大学生围着他要签名。据说梁文道每次来北京必到万圣书园，他主持的读书栏目《开卷八分钟》多次推介万圣书园。第二次去时，看到了著名历史学家、人大教授杨奎松。当时我想趋前向老师请教，可看他专注于选书，实在不好意思打扰。在这里我曾选过吴思的《潜规则：中国历史中的真实游戏》、叶灵凤的《读书随笔》、邵燕祥的诗集《日神在左，酒神在右》等。

与京城的大部分书店比，这里找不到育儿经，成功术，厚黑学，高考、公考指南之类的书，在售书方面绝对是阳春白雪。据店家介绍，万圣存书量达三十余万册，可有一半以上品种一年甚至两年才能卖掉一本。与他们类似的书店都黄掉了，我不知道他们是怎么坚持下来的。仅这份二十几年的坚守，就值得每一位读书人尊重。我注意到，走出万圣者，没有空手而归的。

豆瓣书店

在万圣书园的斜对过，有一家名为"豆瓣"的书店，别看店小，名气却不小。我问店员为何叫豆瓣，她说店主人小夫妻去工商注册时，准备了五个名字，前四个都有重名，于是就只剩"豆瓣"，结果人见人爱。这是一家专售旧书的书店，拥有三千多固定顾客，每天二千流水，收支平衡。

古乐府有云："衣不如新，人不如故。"书却无新旧之分，投缘就是好书。我问了一下旧书的来源。原来他们把眼睛盯在出版社的库存书和书店的退书上，经常到北京各出版社去搜罗好书。店主告诉我，他们收书不看是否畅销，更不看品相，而是看它们是否足够经典。在此之上，"人无我有，人有我独"。

这种经营书店的理念别具一格。我听说日本最大的书店就是特价书店。当下，一方面书价越来越高，吓退了好多工薪阶层的购书欲望，更遑论穷学生了；另一方面大量的可读书却找不到销售渠道。这的确值得政策的制定者们思考。

据介绍，豆瓣书店初始曾在武汉大学、四川大学、西南大学外都有分店，小夫妻曾想把豆瓣建在更多大学旁边，可现在只剩下武大一家分店了。

豆瓣书店的书架上写有这样一份提示："带塑封都可

拆，拆开不买没关系。"这不禁使我想起在某些书店，看到书名和作者名想买，可又不知内容如何，与店员沟通，欲开封，得到的回答大都是"不"或白眼。

在豆瓣书店，我选了一本秦晖的书《传统十论》，打六折。

码字人书店

在西城和平里一个拐弯抹角的旧厂区里，有一家叫"码字人"的书店。"码字人"，顾名思义，也是一家文化书店，主打戏剧、电影、诗歌主题。书店为"码字人"设置了二十多个阅读写作的卡位，我看到几位年轻人或在电脑笔记本上"码字"，或在阅读。

码字人书店不大，设计得很有文艺范儿。他们还经常在线下线上举办活动。我加了他们的微信，看到他们刚刚在店里举办了《钟放诗选》纪念诗会。钟放，是一位去世时年仅二十七岁的诗人。与会者有诗人、出版人、钟放家人、诗歌爱好者，人不多，但都很动情。

逛书店不一定非买书，"随便翻翻"也好，走走看看也能发现别样风景。不可否认，当下不是一个对书店特别是实体书店友好的时代。但是，书店毕竟是一个民族的精神高地，一个国家的文化标尺，马虎不得，怠慢不得。让我们放下现代性的傲慢，向书店走去，向经典致敬，让书香恒久。

故事新读 (三则)

孟姜女之哭

哭，痛哭，乃人类表达情感的重要方式。哭，痛哭，也曾演绎了许多流传千古的故事。位于山海关城头约六公里的望夫石村山下，有一座虽不起眼，名气却很大的寺庙——孟姜女庙，就是由哭而成就的。

为一村妇立庙，在男权至上的古代华夏并不多见。孟姜女庙也称贞女祠，相传是宋前所立，明万历年间重修，至今香火不绝。

孟姜女哭倒长城的故事家喻户晓，虽然是杜撰的，但却能流传千年，个中的道理颇为耐人寻味。

提起孟姜女，首先让人想到的不是她千里迢迢苦寻的可怜夫君万喜良，而是万里长城的始作俑者秦始皇。庙的正殿有一副对联，点明了建庙的主旨："秦皇安在哉，万里长城筑怨；姜女未亡也，千秋片石铭贞。"

秦朝虽然短命，但在中国历史上的存在感却非常强。秦始皇尽管争议不绝，骂声不断，但毕竟是于中华民族有天功之人。请注意，这里说的不是功，也不是大功，而是"天功"。他扫灭六国，统一海内；创始帝制，加强中央统治；废除分封制，改行郡县制；书同文，车同轨，行同轮，统一货币，等等。自秦皇始，分封制彻底退出历史舞台，中央集权统治开始为历代王朝所推崇，就此延续长达两千余年。明代思想家李贽称秦始皇为"千古一帝"。据史料载，从秦始皇至末代皇帝溥仪，两千一百三十年间，中国历史共有四百九十四位皇帝，庸才昏君占多数，有所作为的屈指可数，建"天功"的更是凤毛麟角。英雄相惜，毛泽东曾多次为秦皇正名，并以诗赞曰："劝君少骂秦始皇，焚坑事业要商量。祖龙魂死秦犹在，孔学名高实秕糠。百代都行秦政法，十批不是好文章。熟读唐人封建论，莫从子厚返文王。"

至于"焚书坑儒"、修建万里长城、建造阿房宫等"逆行"与"天功"相比，或可以说是小节难掩大德吧。其实，从世界史上观，又有哪个开疆拓土的帝王是温良恭俭让的君子？

不过，无论从哪个角度上论，孟姜女庙都是有镜鉴意义的。从唯物史上观，孟姜女在长城脚下的痛哭，是哭一个男人，也是哭天下的男人。与山海关等高的孟姜女庙是为了纪念一个不幸的女人，也是为了鞭笞天下的男人。她告诉后人，没有女人眼泪征服不了的男人，没有老百姓苦难攻不破的城池。

由此，阿房宫被焚，秦二世而亡，可视为秦始皇留给后人的又一笔"财富"。在这个意义上说，《过秦论》《阿房宫赋》是蘸着孟姜女的泪水写就的。唐太宗说："以铜为鉴，可正衣冠；以人为鉴，可明得失；以史为鉴，可知兴替。"国人常常引用。英国历史学家汤因比说："人类历史的最大教训就是不吸取教训。"

漂母饭信

如果说孟姜女哭长城是民间传说，"漂母饭信"的故事则上了司马迁的信史——《史记·淮阴侯列传》。

作为军人，我曾研习过韩信创造的"明修栈道，暗度陈仓"的陈仓之战、以少胜多的井陉"背水之战"和潍水之战，以及"十面埋伏"的垓下决战等经典战例，对韩信这位古代的杰出军事家多有领教。然而给青少年时代的我印象最深的却是忍"胯下之辱"、不忘漂母的成长故事。我们真应该感谢太史公，给我们留下了如此生动的草根逆袭的故事。正是有了漂母和泼皮一正一反两位老师，才最终成就了一代名将韩信。

漂母祠位于江苏省淮安市淮安区城西古运河畔。祠中历代帝王将相、文人墨客，留下众多联语诗词，从不同角度诠释漂母饭信的故事："姓字隐同黄石远，英雄识在鄮侯先。""一饭感韩信，巾帼丛中早把黄金轻粪土；千古拜遗庙，淮流堤畔有谁青眼识英雄。""纷纷天下奇男子，不及淮阴一妇人。"

拜别漂母祠，颇为感慨，也诌了几句凑趣：

究竟谁成就了汉业
尚可商榷
漂母饭信让少年铭心刻骨

234

却不容争辩

在漂母祠品味人生

方觉"正能量"

不是大词大话

而是一粥一饭

再谒萧红故园

有人说，黑土地的百年文脉，主要靠三个女人支撑着：萧红、游寿、迟子建。此说虽有些偏颇，但也并非没有道理。无论从哪个角度论，中国女性都不输男性，何况在黑土地。

三人中影响最大的无疑是萧红。作为同乡，我曾一次次走进萧红故园，也曾写下一首诗：

我知道，这里的每块砖石都是赝品

故居已嗅不到主人的气息

锈迹斑驳的故事也让人演绎成

一个女人和三个男人的风流

可我，还是一次次，走近你

呼兰河畔

渴望从微澜中寻觅倒影

我知道，生死场缚不住你高傲的心

那不屈的魂，在字里行间

放飞

我觉得，萧红是人，是年轻的女人，我们无须用她和我们普通人一样的东西来证明什么，研究萧红，需要老老实实进入萧红的文本，进入她的精神世界、文学世界，那才是对文学、对一位作家的真正尊重，那里也才是萧红的价值所在。我看到一位评论家是这样评萧红的："萧红之所以是萧红，在于在那个家国破碎的时代，作为从东北逃亡出来的作家，没有停留于对个人遭遇的控诉和对女性弱者形象的描摹，而是以一种勇猛、怒吼式的文学，向世界发出一位作家的呐喊。"鲁迅先生言，《生死场》给人"以坚强和挣扎的力气"，我深以为然。

在诗的结尾，我写下这样的感慨：

> 每一次读萧红
> 我都深深感叹
> 盛产苞米大豆的黑土地
> 竟生产出如此绚丽的奇葩
> 一条名不见经传的河
> 与你的名字连在一起
> 才汇入了奔流不息的文学大川
> 你告诉后人
> 使生命得以延续的
> 不仅仅是血缘

清人孙宝瑄有言："以新眼读旧书，旧书皆新；以旧眼读新书，新书皆旧。"以上所写的三个女人，千百年来，在文人墨客笔下，自有面貌，作为后学，寥寥几笔，以偏概全，见笑见笑。

探访旅顺苏联红军陵园

典雅、秀美的旅顺，被称为大连的"后花园"。旅顺还有一个特点就是塔多、碑多。凡塔、碑多的地方故事也多。塔和碑镌刻着荣耀，背负着苦难，也隐藏着鲜为人知的秘密。你看清地表的风景容易，但要看透历史的真相很难。

一

循着碑和塔，我走进了坐落在水师营三里桥西山脚下的苏联红军烈士陵园。这片陵园很有故事，说是苏联红军烈士陵园，实际上葬于墓地的主要是日俄战争期间沙俄战殁者，还有随沙俄来到旅顺的外籍传教士。据陵园管理人员介绍，这里是中国最大的外国人墓地。

叫人匪夷所思的是，1907 年 10 月，日俄战争的战胜者日本当局竟在这里为在旅顺争夺战中阵亡的沙俄官兵修建了一座欧式"旅顺阵殁露兵将卒之碑"（当时日本把俄国称为露西亚国，所以沙俄士兵也就被称为露兵）。这座碑碑前的雪花石柱上刻有"这里是在保卫阿尔杜尔港（沙俄对旅顺之称）的战争中阵亡的俄罗斯士兵的遗骸"。同时，日本当局还允许沙俄政府在墓地中心竖立一座带有东正教标记的高六米的日俄战争纪念碑。纪念碑的俄文铭文是"为了沙皇、祖国和信仰而英勇献身的旅顺口的保卫者永垂不朽"。

写到这儿，我真是无语。我们这两个邻居在中国领土上，从来没拿自己当外人。沙皇尼古拉二世称远东地区是"黄色俄罗斯疆土"。日本某些人一直觊觎东北，称"满洲是日本的生命线"。

据介绍，1945年9月6日，苏联远东军总司令华西列夫斯基等六名元帅率远东红军将领一百二十七人，在这里跪拜他们的先人。也有的史料记载是"视察"或"考察"，决定在这里安葬苏联红军牺牲官兵。苏联解体后，俄罗斯两位前总统，一位前总理，众多的政要、将军来此祭奠。

1894年中国甲午兵败，1897年12月24日，沙俄不费一枪一弹就将飘扬着双头鹰旗的舰队开进了旅顺港，又在黄金山升旗鸣炮举行了占领仪式。1904年日俄战争爆发，旅顺沦陷于日本统治长达四十年。

我有时挺感慨沙俄和日本人的自负和自信。他们占领东北时，真没有临时观念，想长期做主子。你看他们在旅顺建的博物馆和监狱，那质量，岂止是百年大计！历史不是教科书，也不是香槟酒。莫斯科不相信眼泪，东京不相信眼泪，百年旅顺口，最憋屈的是中国人，眼泪只能咽到肚子里。

小平同志曾讲过一句沉甸甸的话，近代以来，沙俄强占中国领土最多，日本杀中国人最多。

二

当然，苏联红军在反法西斯战争中付出的巨大牺牲和做出的贡献也是不容置疑的。1945 年 8 月 9 日，苏联红军从四千四百公里中苏中蒙边境线同时向日本关东军发起全线攻击。8 月 22 日解放了旅顺大连地区。

据史料，苏联红军三个方面军在东北各战场共阵亡三万三千名，在旅顺安葬的有两千零三十人，包括上校一名、中校九名、少校三十二名、大尉七十七名、上尉一百三十七名、中尉七十一名、少尉二十九名。士兵的遗骨则是合并丛葬，最多一座墓葬有五十人之多。墓碑背面的铸铜铭文记录了他们的姓名与生卒年月，最小的烈士仅十八岁。

俄罗斯是很珍视传统、讲究传承的国度。我曾去过俄罗斯，不论是远东还是欧洲本土，从彼得大帝、库图佐夫，到列宁、斯大林、朱可夫，都有其历史地位。参加过卫国战争的老战士和烈士，处处受到尊重和礼遇。不得不承认，这方面我们做得不够，尽管近年有所进步。

在陵园中，我看到一座女兵墓碑，她叫赫德洛娃，生前是苏联红军战地医院的护士长，她的墓碑镶嵌着一块瓷像："你的明亮的眸子，永远闪烁在我们的记忆之中。"

为了纪念苏联红军，1953 年，大连老百姓自愿捐款七万万元（旧人民币），修建了"永恒的光荣"苏军纪念塔。这座塔，是遍布东北各地的苏军纪念塔中，最恢宏的一座。

三

硝烟刚刚散去，历史又给我们出了一道难题，朝鲜战争爆发了。中国做出这一决定的最终考量，是基于中国领导人对国家利益的全面权衡。尽管是逼上梁山，但历史已经证明了这一抉择的正确。

做出决策的是领袖，通路却是年轻的士兵用鲜血和生命打开的。正是他们，在这场完全不对称的战争中，让新生的共和国赢得了世界性的尊重，在人类战争史上给中国军人留下了堪称辉煌的一笔。作为曾经的军人，这些年，每当听到"向我开炮"的沙哑呼喊，每当看到志愿军烈士遗骸回国的悲壮场面，都不能自已。

在旅顺苏联红军烈士陵园，也长眠着二百零二位特殊的志愿军——苏联红军在抗美援朝战争中英勇牺牲的飞行员。说他们是志愿军，是因为他们牺牲时都穿着志愿军军服。在相当长的一个时期里，他们默默无闻，让一段不该忘却的历史尘封在渤海湾的一个角落里。

据旅顺苏联红军烈士陵园统计，共建有一百多座苏联红军飞行员墓，安葬着二百零二位飞行员烈士（有些是合葬）。

由于特殊的原因，苏联空军是秘密参战，飞行员着中朝军服，飞机喷涂中朝标记。

与埋葬在异国他乡的中国人民志愿军烈士一样，这些葬在旅顺的苏联红军飞行员，其中的很多人走向战场后，就与家人失去了联系。1999 年 7 月的一天，一位来自俄罗斯的中年妇女带着她的女儿来这里寻找她的父亲。1950
年，这位中年妇女的父亲——苏联空军大尉飞行员费多罗
维奇驾驶战机奔赴朝鲜战场，一别五十年杳无音信。多年
来，她四处奔走，多方查询，方获悉在朝鲜战场牺牲的苏
联红军飞行员大都葬于旅顺苏联红军烈士陵园。当母女俩
找到费多罗维奇的墓碑时，在墓前摆上两支橘黄色蜡烛，
一片散发着麦香的"列巴"，一杯伏特加酒，久久不肯离
去。工作人员告诉我，类似这样的故事，在这里经常发生。
女大学生柳德米娜与上尉飞行员特罗依洛夫相爱，约定
1952 年元旦结婚，元旦前一周，特罗依洛夫赴朝参战，
1952 年 2 月 9 日在空战中牺牲。2009 年 11 月 4 日，白发苍
苍的柳德米娜走进陵园，抱着未婚夫的墓碑泣不成声。

　　由于没有制空权，志愿军付出了巨大的牺牲！而近二
十万志愿军用生命，又让东亚这个火药桶维持了七十余年
的和平。我知道，这种计算方法太残酷了，可这就是血淋
淋的事实。

　　走出陵园，天色渐晚，我的心境也有些沉郁。这座百
年墓园，仿佛是一部尘封的近现代历史的教科书，抛开成
见，仔细阅读，会引发我们更多的思考。

老铁山岬记

　　谷雨时节，与友人相约旅顺口老铁山岬。与不远处的樱花园相比，这里要冷清了许多。山路弯弯，我们拾级而上，越向上攀爬，风越大，不觉气喘吁吁。但在这里看海，视野广阔，心绪也开朗起来，正应了"好风景都在奇绝处"的老话。

　　老铁山的地理位置很独特，坐落在辽东半岛最南端，也是整个东北陆地的最南端，在祖国"金鸡"版图居"嘴角"的位置。站在老铁山岬之巅，想起葡萄牙诗人卡蒙斯的名句："大地在此结束，沧海由此开始。"

　　岬者，是指突入海中的尖形陆地。老铁山岬居北纬38度43分37秒、东经121度8分26秒，与山东蓬莱成山头形成对角线，相距58.86海里。记得有一年冬季来这里，手机竟收到了山东信号。

　　山东半岛的胶东与辽东半岛的大连源远流长。史书上说，在遥远的古代，辽东半岛与山东半岛连成一片，都属于潮湿的胶辽古陆。庄子《逍遥游》有云："北冥有鱼，其名为鲲。鲲之大，不知其几千里也……"北冥说的就是胶辽古陆上的一个大湖。后来，这个大湖慢慢变成了海洋，即今天的渤海。辽东半岛是山东人走海路闯关东的第一站。在老大连人心中，胶东是海南家，而胶东人则亲切地称老大连人为"海南丢"。

2000年8月8日上午7时58分，北京体育大学教师张健就是从老铁山岬跃入渤海海峡，历时50小时22分，游程123.58公里，抵达山东半岛蓬莱附近八仙渡东沙滩的。如今，老铁山岬留有记述张健壮举的纪念碑。近些年老有议论，主张从这里修建跨越渤海海峡、直抵山东的海底隧道或跨海大桥，那样，大连到山东只要一个多小时的车程，真是令人期待。

老铁山岬屹立于渤海海峡要冲，是著名的黄海和渤海自然分界线北端的标志，故这里就有了"一山担双海"的美誉。据称，这种奇特的地理景观，在世界范围内也极鲜见。

站在老铁山巅，放眼望去，黄海海水较蓝，渤海海水略黄，形成一道泾渭分明的水流，即黄渤海分界线。这条分界线有时呈直线，有时呈"S"形，但只要天气晴朗，就能清晰地划分出两片海域来。与常人认知不同的是，黄海呈现的是蓝色，渤海呈现的却是黄色。个中的原因，有多种解释。

老铁山岬下的水道繁忙而湍急，在老铁山最高点建有一座亮了一百二十九年的航标灯塔。这座乳白色的灯塔虽然只有十四米高，从外观看，也无特殊之处，但它却是国际航标协会评出的一百座世界历史灯塔之一，也是全国重点文物保护单位，同时被列入了中国工业遗产保护名录。

老铁山灯塔1893年由英国人承建，而设计和内部构件却出自法国人之手。据说灯塔最独特的部分有二：一个是巨大的牛眼透镜，它完全由人工打磨的水晶制成，其光源烧的是煤油（后改电），两道旋转的光束则随着机械的传动时隐时现，照射二十五海里海面以外，为往来渤海海峡的国内外船舰导航；另一个是"水银悬浮运转系统"，至今仍具有极高的工艺价值。有书记载老铁山灯塔是洋务运动的产物。

建灯塔的初衷是为了保证北洋水师军舰的出行安全。自灯塔建成后，历经中日甲午战争、日俄战争，几易其主，后又沦落日本侵略者之手，经历了长达四十年的殖民统治。日本投降后，由苏联红军接管，直到 1955 年苏联红军撤离，方移交我人民海军。现由国家交通部管理，经多次现代化改造，继续发挥着重要作用。

旅顺口有一座博物馆，名动远东，它记载着这座滨海小城的历史。有荣耀，但更多的是屈辱与伤痛。其实，老铁山岬也是一座博物馆，沧海桑田变幻，历史云烟弥漫，阅读它，会让我们思考，在思考中自省，在自省中自强。从这个意义上说，希望更多的人走近它、亲近它。

邂逅戴笠公馆

　　历史是人塑造的，人也是历史塑造的。翻开国共斗法的隐蔽战线史，有一个人的名字是绕不过去的，这个人就是戴笠。戴笠，字雨农，浙江衢州人，国民党陆军中将，曾负责"军统"即"国民政府军事委员会调查统计局"。

　　那年在重庆，瞻仰了曾家岩五号八路军办事处旧址后，沿着中山四路缓缓步行，只见路旁一个不起眼的小院竟挂着一个黑色的牌子，上写"戴笠公馆旧址"。戴公馆卧在路旁两三米深的样子，显得隐秘而幽暗。公馆的主体建筑是一栋三层的中西结合砖混小楼，中间是灰绿的水泥墙，两端是黄色的水泥墙，门窗用紫红色木质材料装饰，不算宽的两面墙上爬满了黄绿色的藤蔓。这样的建筑在重庆和南京并不鲜见。遗憾的是，公馆并不对外开放。听说一层曾开放过，只摆了一些照片书画，大都文不对题。笠者，用竹或草编成的帽子，可以遮雨、遮阳光。在国共两党的历史上，戴笠是一个幽灵般的人物。对我党来说，戴笠是恶魔般的对手；对蒋介石来说，却是他倚重的干才。戴笠的死，至今悬疑重重。

　　历史上，国民党的军统，以及后来的保密局，恶行累累，臭名昭著。我少时读《红岩》，小萝卜头的死曾深深刺痛了我。我也曾读过台湾散文家王鼎钧先生的《文学江湖》，其中"匪谍是怎样炼成的""与特务共舞"两节，对国民党逃台初期大搞特务政治做了细腻而生动的揭露。

历史的硝烟渐渐淡去，如今国共两党审视历史的目光愈加客观。公正地说，大革命时，戴笠也曾是热血青年，两次报考黄埔军校。抗日战争时期，戴笠主持军统，以"匈奴未灭，何以家为""针尖不能两头尖"为训，规定战时特工不能结婚。军统特工当时一次次潜入敌占区，大量刺杀汉奸，如张敬尧、张啸林、傅筱庵等，还刺杀了日本天皇特使，有力地震慑了敌伪和亲日派。

沿着戴公馆旧址，我转了一圈又一圈。人去楼空，留下的故事，越来越加上了后人的理解。毕竟，那些血雨腥风、手足相残的日子已经远去。

这篇小文写罢，许久没有示人。在某种意义上讲，历史是一种意识形态，常常是各说各话。况且，我对戴笠缺乏深入的研究。游走于国共两党之间的章士钊先生在戴笠失事后曾撰一联："生为国家，死为国家，平生具侠义风，功罪盖棺犹未定；誉满天下，谤满天下，乱世行春秋事，是非留待后人评。"

听说位于南京玄武区的戴笠墓已被列为文物保护单位。我盼着戴公馆也早日开放，以本来面貌示人。我想，看了曾家岩五号公馆，再看戴公馆，一定会引发更多的思考。

丰都问鬼

戊戌年春游丰都，有感于李白在名山留下的"下笑世上士，沉魂北罗酆"句，也诌了四段：

一

敢言心中无鬼
只有如来观音
凡人都有一面是鬼
原本鬼是人的化身

二

人比鬼难缠
鬼比人可爱
世间少人杰
阴曹多鬼雄

三

奈何桥上独步

三生石前存照
问过大鬼小鬼
静候白无常领我

四

自知冥界趋近
今来名山问路
愿求阎罗王爷
盼与钟馗小倩为邻

　　这组诗发表在中国诗歌网，后收入诗集，出版社审稿时，不知何故给删了。

　　其实，不管承认与否，在中国传统文化中，一直并存着阴阳两界。正如一名山一联语云："白无常黑无常出入白天黑夜一贯无常；阴世界阳世界往来阴曹阳间两个世界。"

　　中国的鬼文化之悠久、之丰富、之富有想象力，令人叹为观止。丰都名山不虚鬼城封号，简直就是一部立体的中国鬼文化教科书。

　　中国鬼文化里面包含了太多的内容，有道教的冥界，有佛教的地狱，有俗家的鬼怪祖先。这些东西掺杂起来，形成了恐怖吓人（地狱刑罚和恶鬼）又鬼神庇佑、行善转世的独具特色的中国鬼文化。

　　孔夫子主张"敬鬼神而远之"。实际上，鬼文化有其可爱的一面，尤其是在一些脍炙人口的文学作品中，作者借鬼事言人事，以辛辣的笔锋揭露宗法礼教，冷对世态炎凉，代表作是吴承恩的《西游记》和蒲松龄的《聊斋志异》。

这两部名著将丰都地狱的鬼神和判官嘴脸描绘得淋漓尽致，也借此提醒人们，善有善报，恶有恶报，因果报应，生死轮回。身后过了奈何桥，进入鬼门关，在阎罗殿要接受审讯，生前没做过恶事，则送往三十三重天。鬼魂最向往的是居最高层的"自在天"，正所谓得大自在。如果生前作恶多端，则将被打入十八层地狱。我注意到，第十八层是"刀锯地狱"，死后"大"字捆绑，用锯锯毙。

中国有一句脍炙人口的民谚，"不做亏心事，不怕鬼叫门"。可扪心自问，有意无意，或多或少，或轻或重，有几人没做过亏心事？且不论大节，明知不对，违心拍掌，亏不亏心？路见不平，退避三舍，亏不亏心？拔一毛而利他人却一毛不拔的情况有多少回？因此，孔老夫子才告诫我们要"吾日三省吾身，为人谋而不忠乎，与朋友交而不信乎，传不习乎"。

历代名流多在丰都留痕。不知毛泽东视察长江三峡时，有没有到过丰都？史料和实地都没有查到记载。我知道，毛泽东把鬼文化引入革命和社会领域，积极倡导并指导文学家何其芳先生编撰了《不怕鬼的故事》。他告诫，世界上有人怕鬼，也有人不怕鬼。鬼是怕它好呢，还是不怕它好？中国的小说里有一些不怕鬼的故事。经验证明，鬼是怕不得的。越怕鬼就越有鬼，不怕鬼就没有鬼了。其实，老人家的一生就是不怕鬼、不信邪的一生。他还经常自比钟馗，也曾抱怨被人"借助"。看来，作为享有声望、权威的政治家，被人"借助"是宿命。

钟馗在中国鬼文化中是独树一帜的人物。他长了一张侠客的脸，以狰狞的面目示人。在他刚烈性格的背后，却拥有一颗疾恶如仇又极为善良的心。在他身上寄托着老百姓除恶扬善的期待。中国画大家都画过钟馗，我最喜欢溥儒和程十发先生笔下的钟馗。在丰都名山一寺庙有这样一副联："佛度有缘人，药医不死病。"

世上本无鬼，鬼是人造出来的，正所谓"名山有山山有名，鬼城无鬼鬼无城"。

游了丰都鬼城，回归人间世俗，舒缓心情，凭山远眺，三峡大坝蓄水后，老丰都城已沉入水下，名山三面临水，令人欣慰的是，历史遗存都被很好地保护下来，屹立于浩瀚的大江江畔，更显宏伟壮观。在大自然面前，人是渺小的。

西岛行琐记

　　西岛位于三亚西南 15 海里的海域，面积 2.86 平方公里。三亚以众多风光旖旎的海湾著名，最负盛名的是三亚湾、亚龙湾、海棠湾三大湾。而岛屿却很少，有些名气的是蜈支洲岛。与之相较，西岛则低调得多。

　　海岛对于一个海洋国家而言，战略意义重大。岛拥有领海、毗邻区和专属经济区。蓝色国土与黄色国土一样都是老祖宗留给我们的无价之宝。岛屿在人类文明的发展史上同样具有独特的地位。利用海岛的自然优势，可建立商港、渔港、军港、工业基地。风光秀丽、气候宜人的海岛也是人们向往的旅游度假胜地。

　　西岛也称西玳瑁洲，得名于附近海域盛产海龟。据说岛上还有猴子，不过两次登岛，既没见过海龟，也没遇见猴子。西岛海域有大量美丽的珊瑚。珊瑚生态系统也被称为"水下热带雨林"，具有保护海岸、维护生物多样性、维持渔业资源等功能。珊瑚礁类似火山岩状，在西岛建有海南唯一的珊瑚繁育研究站。西岛的植被繁茂，多为相思树、小叶桉、椰树，还有少量麻黄。灌木有相思豆、三角梅、仙人掌等。

西岛常住人口有六千多，当地渔民有三千多，主要从事渔业和旅游业。西岛的美食兼具海鲜和本岛土特产特色，有仙人掌鱼汤、海胆蒸蛋、木瓜鱼汤、烤鱿鱼、虾饼等。相比三亚其他景区，这里的餐饮并不算贵。饭店一般都不存食材，客人点餐后，店家方去集市购买，因此很新鲜。近年来，西岛开发了一些民宿，来这里住宿的，年轻人尤其是新人居多。旅游旺季，临海民宿价格上千。

新中国成立后，直至 20 世纪 80 年代中期，西岛一直是海防前线，全民皆兵。岛上渔民与驻军把西岛建成了海上要塞，现在岛上还有残存的阵地和工事，闻名遐迩的"八姐妹炮班"就创建在西岛。1964 年 6 月，美蒋叫嚣反攻大陆，派出两艘军舰游弋在西岛外海，进行情报搜集和威慑。我部队进入一级战备，"八姐妹炮班"同守岛官兵一同进入坑道，日夜坚守战位，最终迫敌宵遁。

叶剑英元帅曾两次登岛视察，并留下"持枪南岛最南方，苦练勤操固国防。不让敌机敌舰逞，目标发现即消亡"的诗句。今天，随着国防实力的增强，我们已把海防一线前置于西沙群岛以南，这里的驻军也早已调离，但对这段"六亿人民六亿兵，万里江山万里营"的历史，岛上的居民口口相传，引以为傲。

当年，八姐妹最大的十九岁，最小的十七岁，如今多是耄耋之年，除大姐苏日农去世外，其余都健在。海岛女民兵的故事，由军旅作家黎汝清写成长篇小说，后改编成电影《海霞》，产生了广泛的影响。

在西岛，一位从事烤鱿鱼的大嫂告诉我，1975 年江青曾来这里，还给女民兵拍过照。其中一张我有印象，拍的是一位戴着斗笠、背着五六式冲锋枪、面庞黝黑、英姿飒爽的南海女民兵。这张照片曾刊登在当年的《人民画报》上。

海岛女民兵的历史是光荣的，也是令人尊重的，不但给西岛带来荣耀，也带来了商机和发展。我看到，许多游人都在寻觅女民兵的故事，扩建中的西岛女民兵事迹展正在施工中。我觉得，西岛的人文历史和海洋文化与科普还大有潜力可挖，大有文章可做。

登上西岛制高点牛鼻岭，远眺南中国海，苍茫而妩媚。近处是一片片养鱼的网箱，远处是海上钻井平台，空中不时掠过一架架在三亚起落的客机。新冠疫情与这里远隔，岛上游人如织，沐浴着清爽的海风，徜徉在椰林道上，脸上都荡漾着笑容，那笑容是发自心底的。

西岛是值得常来的地方。不过，需要警惕的是，这里也染上了过度开发、过度商业化的通病。纠缠不休的揽客和推销，清澈的海岸线不时见到的漂浮物……

南海与包括西岛在内的南海诸岛都是上天赐予中华民族的，我们应倍加爱护，倍加珍惜。

三沙行， 三沙情

　　"一次三沙行，一生三沙情。"这是写在三沙军民通用机场候机厅里的话。

　　我是在渤海边长大的，平生乐水。我曾到过一些闻名的海岸、海滨。在山海关的老龙头目睹长城入海奇观，在荣成的成山头看过旭日从海面上升起，在辽东半岛最南端的老铁山岬观过海浪，在戛纳的地中海和夏威夷的太平洋中游过泳。经过岁月的磨洗，有些印象已经淡漠，也有些印象经过时间的酿造，轮廓反而更分明，意思也更浓郁了。这从记忆的 U 盘里时常浮现的画面，就是南海的三沙。

　　记得那年是随海警同事，乘每日一班的公务班机，由海口飞往西沙永兴岛的。是年，永兴岛已辟为新设的三沙市人民政府所在地，进而成为整个南中国海的经济、军事和行政中心。

　　在全国二百九十三个地级市中，三沙市面积最大，人口最少。其中海洋面积约二百万平方公里，陆地面积约二十多平方公里，有二百八十多个岛、沙洲、暗礁、暗沙。常住人口两千三百多人。登岛时，那里的城市功能已经很健全了。尤其让我意外的是，这里竟然建有一所学校，校园里电子阅览室、多功能报告厅、健身室、塑胶操场等应有尽有。孩子们的笑声和读书声，让这里充满了生机。

我入伍后，一直驻守在北纬43度以上的雪国。而对南海，这片面积最大的蓝色国土，始终心存向往。我国是海洋大国，也是世界上海岛数量最多的国家之一，达一万一千多个。永兴岛是一座由白色珊瑚、贝壳沙堆积在礁石平台上而形成的珊瑚岛，四周为沙堤所包围。踏上永兴，最耀眼的是炫目的白沙。白沙滩属生物沙滩，是热带珊瑚岛礁所特有的沙滩。白沙的"血统"高贵，基因是珊瑚与贝壳的结晶。漫步在细腻柔软的沙滩，聆听脚下的沙沙声，前所未有的安宁，使人少了些许杂念。白沙不似喋喋不休的海鸥，一生默默，如忠诚的水兵，日夜值守在南海之南。

蓝色的海，绿色的岛，白色的沙，守岛官兵和渔民古铜色的皮肤，构成南海的基本色调。在白沙滩与海水交融处，蓝宝石色的海水在阳光照耀下，闪着蓝白色亮光，随着海水深度逐渐变化，由梦幻的蓝、奇特的蓝、温馨的蓝，直至深沉的蓝，如此魔幻般的变化，让我们大饱眼福。

永兴岛周边水域的清澈也令人吃惊。据说三沙海水全年的透明度都高于二十米，一些地方的海水透明度竟能达到四十多米，中国海水透明度的极值四十七米就在南海，超过了马尔代夫。至于说自然资源之丰，战略位置之重，更是不可估量。

我曾读过普希金为十二月党人写的诗《致大海》，也读过郭小川、王久辛和海子写大海的诗。在我看来，大海的美既有外在的，更有内在的。你看，在这个戏剧化的舞台上，唯大海始终本色出演。潮起，向前；潮落，后退一步，还是为了向前。从不变通，更不绕道而行。不知你有没有过这样的感觉，很多不可一世的东西，在大海面前一下变小了，小得如一只贝壳，一粒白沙。很多细微的事情，融入了大海，一下就变得阔达了，阔成浩瀚，达成无垠。

西沙诸岛曾先后被日本人、法国人和越南人侵占。南海诸岛至今仍被多国瓜分。在永兴岛腹地，有一尊立于"中华民国三十五年十一月二十四日"的"海军收复西沙群岛纪念碑"，碑的正面刻有"卫我南疆"四个大字，立碑人是张君然。张是原国民政府海军司令部海事处上尉参谋，他1946年9月三下南海，四进西沙，于11月23日协同舰队副指挥官姚汝玉，乘"永兴号"驱逐舰登临永兴岛，使永兴岛重新回到了祖国的怀抱，岛名也因此而得。

我很想知道，当年作为一个级别并不高的军官，将自己的名字留在碑上是怎么想的。不论动因如何，我们都得感谢张君然当年登岛立碑并具名的远见。张君然1950年在香港起义，加入了中国人民解放军海军，退休后担任上海市长宁区政协委员，现老人已离世。

海拔15.9米的石岛是永兴岛，边上是西沙群岛乃至整个南海的制高点。在石岛突兀的礁石崖壁上，"祖国万岁"四个石刻大字赫然夺目。国人推崇人过留名，雁过留声。古往今来，浪迹天涯的文人墨客，在古刹名山留下无数石刻，有醒世恒言，也有无病呻吟。而这块镌刻在祖国最南端的石刻，却是一位守岛十六年的老兵在临近退伍这一年，任凭烈日海风，一人一斧一锤凿出来的。石刻没有留下姓名，也不知老兵现在何方，但每一位登岛者都会与石刻合影，因为这是中华儿女的共同心声，也是向守岛官兵的崇高敬礼。

1974 年 2 月 22 日，1988 年 3 月 14 日，我海军先后两次发起南海自卫反击作战，而这两次战略意义重大的作战现在却很少有人提及了。登岛前，我曾去三亚的一个偏僻角落，凭吊过西沙海战烈士陵园，有感而发，写了一首悼念长诗，发表在《中国诗人》，后被《海南国防》等多家媒体转载："孤寂的墓园/与喧闹的城市阻隔/海南是花的世界/陪伴十八位烈士的/却是丛生的杂草/我想问/天涯海角如织的游人/有多少还记得四十多年前那场收复西沙的海战/我想问/烈士们的亲人/你们现在过得可好？"

永兴岛西部有一片"将军林"很有名，这里的每一棵树上都写着栽种者的名字、职务，已有一百多位领导和将军在这里植树留名。我倒是觉得还应建一片"士兵林"，留下每位守岛士兵的名字。正是他们克服无数困难，长期经受高温、高盐、高湿对身体的侵蚀，日夜坚守。他们才是最可爱的人。

远处的战机机库、高耸的预警雷达、昂首天穹的发射架和士兵们一双双警觉的眼睛告诉我们，南海并不是太平之地，更不是温柔之乡。

我曾到过祖国的最北端——漠河的北极村，也曾到过祖国的最东端——抚远的乌苏镇。我知道，距永兴岛一千四百公里的曾母暗沙是祖国的最南端，我很想去那里看看。

杨万里有诗云，"南海端为四海魁"。19 世纪末，海权论的创立者——美国人马汉提出，海洋必然成为渴望获得财富和拥有实力的海上强国进行竞争和发生冲突的主要领域。夺取制海权的方法是舰队决战和海上封锁。毫无疑问，在这方面，我们是后醒者。然而，改变不合理的现状，并不是一蹴而就的事情，需要智慧、耐心和坚韧不拔的毅力。

离开永兴岛时南海起风了，风越刮越大，浪也越来越高，竟然把我的眼镜都吹掉了。面朝大海，我任想象融入宏阔波澜，任心弦追逐巨浪拍岸，那清澈，那白沙，那浩瀚，都深深地留在了我的记忆中。

故乡行追忆

　　个人履历，籍贯一栏，我一直填写河南（安阳）滑县桑村乡陈大召（音代）村。其实，那是我父亲的老家，我从未去过。但寻根问祖的念头，随着年龄增长，一日甚于一日。父亲在世时，也希望我有空回去看看，代双目失明的他，给爷爷和已故亲人们上炷香。

　　回乡前，我再次温习了老家的历史。作为国家级历史文化名城的安阳自不必说，仅一座殷墟、一片甲骨、一尊大鼎，足以名闻天下。居安阳最南的滑县同样历史悠久，文化灿烂，是华夏文明的主要发祥地之一。据《重修滑县志》记载：

　　　　滑县位于河南东北部，东滨黄河，西傍卫水，北依大伾，怀抱卫南粮仓，控据白马渡津，民物繁滋，文化灿烂。孔子适卫，即兴"庶矣"之叹；《吕氏春秋》，复"多君子"之称。滑县历史悠久，开化颇早。始为颛顼、帝喾之都，继为诸多王侯之国。秦设东郡，隋改滑州，逮至有明降州为县，历有封建，代有沿革。

259

滑县古迹遗存甚多，春秋卫国都城遗址，农民起义军瓦岗军点将台，齐国大夫晏子墓，北宋著名政治家、文学家、史学家欧阳修任滑县通判时的住所欧阳书院，都在县域内。滑县素有"豫北粮仓"之称，是全国闻名的产粮大县，盛产小麦、棉花、大豆等。道口烧鸡、老庙牛肉也名满天下。我自孩提时，就喜欢吃父亲做的手擀浇卤面、油炸面坨子等老家吃食，小时候还睡过老家捎来的土布做的褥子。

据《同治滑县志》，此地有"六大召"之称。在明永乐年间，姓陈的自山西洪洞县迁居于此，故以陈姓取村名"陈大召"。民间也有这样的传说：穆桂英破神州时，现今的马厂区域是部队养马的地方，大召区域是部队招兵的地方。相传负责招兵的人员姓陈，在此大招兵，所以叫陈大招，后改为陈大召。陈大召村地理位置很独特，距滑县政府五十公里，距濮阳市六十公里，距黄河大桥八公里，过黄河大桥即是山东菏泽的东明县。

滑县是黄泛区。父亲出身贫寒，幼年丧母，爷爷给地主当长工。1939年初，八路军115师一部到滑县一带活动，一支部队就住在陈大召村，那年父亲才十四岁，被部队迷住了，死缠烂打地加入了八路军冀鲁豫支队。父亲晚年时我曾问他："你那么小，又是独子，去参军爷爷舍得吗？"父亲说："那时吃不饱饭，上不起学，为了不饿死，只有这条路了，也算是'逼上梁山'吧。"父亲告诉我，他们同期参军的乡党有九位，两位一直在部队干到离休，一位在抗战胜利后开小差回到了家乡，还有六位先后牺牲在抗日、解放、抗美援朝战争中。

是人民军队改变了一个苦孩子的命运，也改变了中国大地上千千万万受苦受难的穷苦人的命运。皖南事变后，父亲所在部队在黄克诚的率领下，南下改编为新四军3师，解放战争挺进东北，成为东野主力2纵（39军）。父亲一直随这支劲旅南征北战，全国解放后又一直忙于工作，只在解放初成家后和70年代初爷爷病重时，回过两次家。乡亲们告诉我，父亲母亲很孝顺，每月按时给家寄钱。每次回来，第一次见面，都给老人跪下，还挨家挨户看望亲戚邻里。对家乡，父亲一直充满感情，三年困难时期，还给乡里捐过款。爷爷去世后，作为独子，父亲把老宅无偿交给了陈大召生产大队。

这次听说陈秀润的二儿子回来，村里乡亲们很高兴，早早等在村头，一下车，就领着我直奔祖上坟地，按着老家礼仪向祖先致敬。令我惊奇的是，在给爷爷立的碑上，竟然看到了我的名字。看来，尽管我年近花甲方才回乡祭祖，家乡却一直视我为乡党。想到从未为老家做过什么，也拿不出光宗耀祖的功德，真是惭愧，愧对祖宗。

老宅还在，说是当年给了五保户，现大门紧锁，主人的后人都出去打工了，只好扒着门缝瞧瞧。据说，每次回乡，包括第一次带着母亲回乡，父亲都谢绝县乡盛情，执意睡在老宅父亲身旁，早上为老人烧火，晚上给老人洗脚。

我听父亲讲过，在家乡还有一个一起参军的战友，后来他们随新四军3师挺进东北，那人担心离家越来越远，开小差跑了。离队前，他曾找到父亲，想劝说他一起跑。父亲不同意，但此时已是营级干部的父亲并未向这位老乡

261

所在单位举报。解放后，这位同乡在家务农，家里人口多，生活拮据，父亲每次回乡都接济他。这次我也想去看看老人家，却听说早已故去。

滑县在 2017 年方才摘掉了贫困县的帽子，但看来乡亲们并不算富裕，虽然住房大都砖瓦化了，村里的大小汽车也不是稀罕物了，但想要有点余钱，还得靠外出打工，村里的青壮年大多出去了。

在村里，我见到了来看望的桑村乡领导，寒暄了几句。她悄悄告诉我，有一名人要去邻村赵的老家，她要去陪。我连忙握别。我们家与赵家同属桑村乡，不是一村。在百度滑县名人专栏中，赫然写着这位前党的总书记的名字。听说赵家是大户人家，他仅在 20 世纪 60 年代初回来一次，还给村里买了一台手扶拖拉机。

临行前，村党支部朱书记送给我一罐老家的土、一大袋子花生。家乡的土我带着，花生留下了。滋养过父辈的家乡的土与我相伴，足矣。

此时，我很想把老家的情景讲给父亲听，那是他梦牵魂绕的地方……

父亲是 1925 年 3 月生人，明年是他百年诞辰，谨以此文献给父亲百年诞辰。

262

第四辑　那年风雪

好男儿，都有英雄梦，无声的方阵藏着不死的军魂。

一望成雪

一位老革命家说过，中国革命有三大艰苦：一是二万五千里长征；二是南方三年游击战争；三是东北抗联十四年抗战。

——题记

一只瘦骨嶙峋的虎

虽然我没经历过那样的艰苦，但作为抗日老兵的后代，作为一个在黑土地戍边三十四载的战士，我一直追寻着那一页页民族的悲壮，那些可歌可泣的前辈。

这一天，是属于军人的节日，我循着《义勇军进行曲》的旋律，走进根植于黑土的密林，去探望那些殁于大雪中的国殇壮士，那支叫杨靖宇、赵尚志，也叫李兆麟、赵一曼的队伍。

这是一支孤旅，骨骼在断裂中生长，在生长中断裂。风雪之后，还是风雪。

这是一支铁军，旗帜上满是弹洞，咀嚼着草根棉絮的胃，咀嚼着苦难，也咀嚼着骁勇与顽强。一只瘦骨嶙峋的

265

虎，踏破一片苍茫。

一枚中国抗日军人的头颅

你是我的同乡，血脉与黄河同源。你定格在1940年2月的风雪中。那年，雪冷得特别；那年，血热得炙手。为了春天，你留在了冬季。大雪飘飘，化作漫天的纸钱。我恨晚生，未能追随于你的旗下。赞美你的诗句很多，可诗句再动人也难以描摹你最后的悲壮。那悲壮，让一个民族有了高度。

我曾在梦中梦见你，活着的人已经老去，死去的人依然年轻。你峻拔的身姿似长白山的劲松挺直，你仰天的呼啸是完达山的朔风扶摇。你不屑侵略者的凶残，却为"血馒头"的分食者悲愤："我们中国人都投降了，还是中国吗？"那透着苦涩的嘶哑，让一个古老民族自省。

背叛，往往与诱惑相伴。节操，在有的人那里是可以变现的。而你，割舍了头颅，敞开了肺腑，倾一管滚烫，灌溉独立自由之花。那位被称作"良心"的老人说得真好，"生命最长久的人，并不是活的时间最多的人"。

杨靖宇，一枚中国抗日军人的头颅，即使被割下，一千年往后，十万年往后，也让人仰望。

马蹄声咽

我在开国百名杰出英烈中寻觅到了你的名字——赵尚志，一个威震敌胆的抗日将军，一个万民敬仰的民族英雄。

我在北风凛冽的深山老林看到了你的身影，胄甲褴褛，骨节粗粝，脚踩着雪，胸淌着血。在尘封的卷宗里我还发现了另一个你，背负着开除党籍的冤屈，蹲过"老大哥"的监狱。可你，视气节如松柏般高洁，奉使命如黑土般厚重。拼着白的骨、红的血，在冰天雪地中书写"抗联从此过，子孙不断头"的豪迈，留下了"小小满洲国，大大赵尚志"的传奇。

马蹄声咽，殁于风雪之中。老乡们说，你走后，雪，下得更急了。

一座城市和一个英雄

美丽的哈尔滨有一条大街叫兆麟，有一座公园叫兆麟。我想知道，每天川流不息的人们是否还记得你？我想知道，欢乐的孩子，度假的情侣，是否常去看看你？有人老想寻找背后的故事，可你没有，一切都袒露着，无论对亲人，还是敌人。

你也是一位诗人，你的诗，蘸着精神的膏血，写在露营的密林中。"火烤胸前暖，风吹背后寒"，深沉的诗意，让一条大街载入了史册，让一座公园有了灵魂。

二十四节气，立春最可人。立春，在大寒之后，珍惜春天的人，是那些在寒冷中跋涉过的人。

星空也在注视着我们

你让气节铸成青铜，在历史的记忆中崇高。故事锈迹

267

斑驳，却包裹着一颗水晶般的心。

那一年，雪冷得异常，几杆"三八大盖"，吓破了汉奸走狗的胆，也灼烧着泱泱大国的颜面。

那一年，血热得沸腾，是你，赵一曼，一个文静的南方女子，让人得识补天的娲皇。

月光如泣，世事舒卷。与墓碑对望，思念夺眶。我知道，墓冢里没有你的骨殖，黑土怎忍把忠贞掩埋。祭奠的人，汲取的是天地间绵延不绝的生命之光。

星空浩瀚，令人仰望，我们仰望星空，星空也在注视着我们。

乌斯浑河清澈的浪

我敢说，中华民族的女性是世界上最优秀的。投江的八女，在人类精神祭坛上留下了凄美的交响。夕阳下，八只破茧的蛹化作了绚丽的蝶，八只扑火的蛾照亮了黑暗的夜，八支流泪的烛吟唱着深沉的歌，八朵圣洁的花啊，化作了乌斯浑河清澈的浪。

每次走近八女雕像，我都无地自容，总觉得对不住八位姐妹。因为我是个男人，也曾是一名军人。八女投江，是女人的光荣，男人的悲哀。男人转移，让女人掩护。像历史的一块疮疤，每揭一次都会让活得有滋有味的"大丈夫"们羞愧。

当一个属于军人的节日来临，我多想将你们，我亲爱的姐妹，从冰冷的河水中唤回。

雪冷，雪也光荣

抗联 88 旅，是抗联最后一支部队。亲爱的大姐，你是抗联最后的老兵。那年你方豆蔻，期颐之年，"保尔帽"上的红星依然夺目。老兵，是一种历练，一种担当。胸前的勋章，诉说着十四年的艰辛。重整行装，是你忧虑在欲望的满足中钙质滑落，那页沉痛，渐成稀音。

虽然我早已过了抒情的年龄，可对你，对于你们，我肌肤相亲、灵肉相守的前辈，心底的热浪依然。为了轻装，我们常常会卸载记忆。可你和你们的故事，再沉重，再久远，也要背负。

雪冷，雪也光荣。大东北盛产养命的粮食，也哺育了倒下又站起来的英雄儿女。

不朽的军团，一望成雪！

23 军军史钩沉

这个题目似乎有些大，但钩沉军史，那些故事一直萦绕着我，总想把它们写出来，留以备忘。

从红军时期直至抗战，23 军的前身一直远离党中央，远离毛主席，在敌后苦战，由小到大，由弱到强。1946 年 5 月 8 日，我军前身在江苏如皋整编为新四军华中野战军第 1 师，华中野战军司令员粟裕兼师长和政治委员，陶勇任副师长，王集成任副政治委员，梅嘉生任参谋长，自此上升为军的建制，驰骋华东，堪为劲旅。

1947 年 1 月，按照中央军委命令，1 师在山东临沂大官庄整编为华东野战军第 4 纵队，司令员陶勇，政治委员王必成，参谋长梅嘉生，政治部主任刘文学。下辖第 10、11、12 师，全纵队共 27400 多人。23 军的番号则是 1949 年 1 月启用的，那时全军 3.5 万余人。

苏中战役七战七捷，毛主席亲自总结经验

1946 年 6 月底，全面内战爆发，同年 7 月 13 日至 9 月 12 日，1 师作为主力，在粟裕直接指挥下，在苏中地区七

战七捷，共歼敌5万余人。其中我军全歼敌军1个整旅、1个师部、2个旅部、3个整团、4个交警大队共18151人。这次战役，是全面爆发内战后在主要战场进行的一次较大规模的初战，带有战略试探和战略侦察性质。毛主席高度评价苏中战役意义，从中总结出"每战集中优势兵力打敌一部（例如8月26日集中10个团打敌2个团，8月27日集中15个团打敌3个团）"的作战方法，并上升为"集中优势兵力，各个歼灭敌人"为人民解放军作战的基本原则。毛主席亲自起草致各战略区首长的电报，通报苏中战役作战经验。

首创"立功运动"，命《解放日报》发社论

华中野战军1师2团政治处（即200团），在苏中李堡战斗中，为激励士气，提出"为人民立功劳"和"把功劳记在功劳簿上"的口号，其基本做法是：个人有个功劳证，连队有个功劳簿，家里发个功劳状。班、排和其他基层组织设立记功员，其他各级建立评功委员会；坚持记功、评功、奖功、庆功一条龙的工作制度，做到记功迅速真实，评功及时公正；对立功人员颁发奖章、证书。立功运动倡导后，立即受到指战员的广泛欢迎，对完成战斗任务和加强部队建设产生了重大影响，成为我军政治工作的一个创举。

延安《解放日报》于1946年11月11日先发表《广泛开展立功运动》的短评，又于1947年2月4日发表了毛主席亲自修改的社论《再论立功运动》，称赞立功运动"是

人民自卫战争的一个创举"，立功运动逐渐在全军推广，延续至今。

炮打英舰"紫石英号"，毛主席亲自起草声明

1949 年 4 月 20 日清晨，一百二十万解放军列阵长江沿岸，渡江战役即将打响。此时英舰"紫石英号"闯入我 23 军防区，我鸣炮示警，英航竟炮击我阵地，陶勇军长果断下令还击，双方展开激烈炮战，互有伤亡。4 月 30 日毛主席亲自起草《中国人民解放军总部发言人为英国军舰暴行发表的声明》，严厉地谴责英国帝国主义的侵略罪行，充分肯定 23 军自卫还击的正义行动。后来这份声明载入毛选四卷。

称赞陶勇军长"你仗打得好嘛!"

1953 年 2 月 24 日，23 军首任军长陶勇在南京第一次见到了毛主席，毛主席对陶勇说的第一句话是："你就是陶勇同志，我久仰你的大名，你仗打得好嘛!"在毛主席的一生中像这样当面夸赞一个将领并不多见。这是战将陶勇的光荣，也是 23 军的光荣。这次会见被写入中央文献编辑的《毛泽东年谱》。

毛泽全任职 23 军供给部长

毛泽全是毛泽东主席的堂弟，1939 年从中央党校毕业

后，被分配到新四军工作，从基层干起，抗战胜利后，任华中野战军 1 师供给部长，后任 23 军供给部长。毛泽全一直化名王勋，工作勤勉。为了保证部队的粮饷，他在江苏台东县（今为台东市）与当地资本家合伙开办卷烟厂，一年获利几万元，还在海安办过粮行，开办被服厂、袜厂等，有力地保障了部队的军需供应。

毛泽全 1909 年生，最后在山西省军区顾问任上离休，1989 年离世。2023 年我曾同原 23 军军史办主任张洪舜去北京看望毛泽全的儿子毛远建，共同回忆了毛泽全老首长。毛远建在中国电子科技集团副总位置上退休，与乃父同样低调谦和。

珍宝岛一战"破除了一个迷信"

1969 年 3 月爆发的珍宝岛自卫反击战，规模不大，影响巨大，23 军新一辈打出了军威，打出了国威。毛主席听取了战况汇报，当听到我 217 团（后改番号为 202 团）1 营 3 连火箭筒手华玉杰在零下 30 摄氏度的严寒下脱掉棉衣，用 40 火箭筒近战歼敌，取得毁伤苏军 4 辆装甲车、毙伤敌 10 余人的战绩时，连声赞叹说："不是 100 米，不是 80 米，而是 50 米、30 米打掉'苏修'的乌龟壳，好!"

毛主席在党的九大讲话中，再次称赞在苏联军队入侵珍宝岛时，我方基层指战员在武器装备落后于对方的情况下，发扬了勇敢战斗精神。并说"应该破除一些迷信，这回珍宝岛破除了一个迷信。这就是没有打过仗的人可以打胜仗，没指挥过打仗的人可以指挥打胜仗"。

"23军是最能打的一个军"

原23军侦察处长黄德元同志曾对我讲过这样一件事：他20世纪80年代在北京军事学院（国防大学前身）学习时，曾亲耳听时任训练部副部长，后任国防大学副校长、全国毛泽东军事思想学会会长黄玉章将军说，毛主席曾讲过，在解放战争中，23军是最能打的一个军。黄玉章将军是23军老人，解放战争时曾任67师199团指导员、教导员，是军史专家。遗憾的是黄玉章将军已作古，毛主席是在何时何地讲的，已无从考证。但可以证实的是，在解放军70个野战军中，23军在解放战争中歼敌数最多，也有史书说38军与23军并列。在解放战争中我党中央公布的国民党43名战犯，唯有一名战犯即杜聿明是被我们军在淮海战役中活捉的。华东野战军参谋处四科开具的"收到战犯杜聿明一名"的收条，一直陈列在23军军史馆。

以上所列各项难免有疏漏，敬希匡正。

军部大院

一

1958 年 3 月，作为最后一批志愿军部队，23 军从朝鲜撤回，奉命驻防黑龙江，军部大院就坐落在哈尔滨市南岗区和兴路 127 号。

其实军部大院并不大，整个院区都没有一个足球场大。主办公楼是红砖白瓦的三层楼。按时下的标准，也就是县乡政府的水准。一楼和三楼是司令部，二楼是政治部，后勤部和之后成立的装备部在后楼。军长、政委和多数首长在三楼办公。首长办公室，大的不到四十平方米，小的二十平方米左右，没有套间，白浆墙，水泥地，一个办公桌，一组沙发，一个文件柜，一个衣架，一张单人行军床。唯一引人注目的是墙上挂着的世界地图和中国地形图。

唐人刘禹锡有云："山不在高，有仙则名。水不在深，有龙则灵。"正是这座不打眼的小红楼，率领着一支有着红军血脉的战役军团。在军的建制内，有两个红军团、三个授称团（金刚钻团 199、铁锤子团 202、老虎团 205），英模

275

连队和英雄模范就更多了。

23 军从闽赣起兵，百战华东，后一路向北，激战朝鲜，扬威珍宝岛，堪称华东劲旅、北疆雄师。在和平年代的非战争行动中，整军建制出动，在大兴安岭扑火和 1998 年的抗洪中，建立了新的功勋。

第九任军长、华东二级战斗英雄黄浩在回忆录《从战场中走来》一书中，对 23 军的战绩，做了这样精确的统计：

三野 16 个军，共歼敌 1763059 人，平均每军歼敌 110000 人，23 军歼敌 191672 人，比平均歼敌数多 81672 人。同时，三野共伤亡 470959 人，平均每军伤亡 2.94 万人，23 军伤亡 48559 人，比平均数多 19158 人。三野共俘敌将官 333 人，平均每军俘 21 人，23 军俘敌将军 42 人，比平均数多一倍，其中包括敌酋杜聿明……

军部大院将星辈出，人才济济。我是 1978 年 12 月调到军政治部组织处当干事，1984 年 11 月下派 69 师政治部组织科当科长。1990 年 9 月从团政委岗位又调回组织处当处长，至 1993 年 7 月。据粗略统计，仅这一时期在大院工作过的首长和战友，就走出了五位上将、七位中将和几十位少将。

我刚调到军机关时，军首长都是抗战初期入伍的新四军老战士。处长中，老的是解放战争的，年轻的也是抗美援朝，明显带有从战火硝烟中走过来的那代军人的率真和耿介。另一方面，我们这支部队江浙皖人多，相对其他部队，文化程度要高些，一些老首长侠气中蕴有书卷气。

大院的每位首长都有特点，有故事。第八任军长袁俊

276

（后任军区副司令员），宽额头，大眼睛，一米八左右的个头儿，文武兼备，威武精神，无论在作战室、训练场，还是在大礼堂、小会议室，他一落座，气场就集中在他身上。

第十一任政委戴学江（后任国防科工委政委、上将）、第十二任政委董宜胜（后任总后政委中将），抓工作举重若轻，从容不迫，且都写得一手好文章，也雅擅书法。前不久，我去北京看望年逾八秩的董政委，老首长题赠一横幅赠予我："致知，格物，追古，思今，敬天，顺地，循律，中和。"

凌广生副军长也是老英雄，他的办公室挂着一支美式M16卡宾枪，是在朝鲜战场缴获的。这支枪平时装在自制的帆布套里，不轻易示人。有一次给首长送文件，在我的央求下，才得以打开，枪身和木托都擦得锃亮。首长还在办公室墙角上立着一块32开纸大小的靶子，空闲时，用气枪练射击。首长让我打了一次，结果不及格。他嘲笑我说："你个秀才，光会码字可不行呀。"1995年我到南京陆军指挥学院学习，专程去干休所看望凌副军长。老首长虽身患癌症，但全无病态，他高兴地对我说："小陈，坦克旅是集团军的快反部队，你们要不辱使命！"

参谋长李海波是情报专家，渡江战役时是首任军长、开国中将陶勇的作战参谋。他曾任大军区情报部长、驻苏联陆海空军总武官，后在军区参谋长任上病故。20世纪70年代末，我陪李参谋长去上海出差，外出时，他说什么也不让我叫出租车，就带着我一道挤公共汽车。他还给我布票，让我给女朋友买件漂亮衣服。

如今，大院里跟着共产党、毛主席打江山的那一代人绝大多数都已作古，往事已成追忆，但我有幸在他们身边工作过，耳提面命，犹在眼前，每每念及，都感慨万端。

他们，是这个大院的魂。

二

毛主席把人民解放军比喻为大学校，我深以为然。如果说我在连队读的是中学，到了军部大院就算是进了大学。大院，是我成长的摇篮，精神的家园。

我刚到大院时二十四岁，从连队一步跨到高层机关，开始很不适应，看着老干事忙得团团转，自己就是插不上手，甚至连接打电话、校对文稿和传送文电都经常出纰漏。一次做电话记录，把"党的十一大精神"错写成"党的十一精神"，军政治部主任问我"十一精神是什么精神"，我无地自容。很长一段时间，我只能干取报纸、打开水、倒垃圾、擦桌子扫地的活。好在处里的老同志对我都很好，他们各有所长，毫无保留地教我、带我。

文字功夫是机关干部的起家本钱、看家本领。没有阅读，就没有写作。我文化底子薄，就拼命阅读，既读书，又读文件，读范文，特别注意研究胡乔木、田家英、邓力群、胡绳、逄先知等党内大笔杆子的文法。这一期间，我还自修了大学党政干部基础科，通过了十一门考试。军部院里有个图书室，归文化处管，我常去那里借书。军政治部负责联络工作的部门订阅有国内外期刊，我也常去"借光"。还有一个地方我也总去，那就是我的良师益友张洪舜主持的军史办。在波澜壮阔的军史战史中，我仿佛看见了一座座山，一座座山川相连……脑子里装的"货"多了，对情况也逐渐熟了，自然就想倒出来。陆续开始在《军事学术》、军报、《前进报》等外刊和内部刊物上发稿，写内部材料也一点点地得心应手了。我的体会是，写材料需要技巧，但主要是思想。思想的深度决定语言的深度，思想的宽度决定语言的宽度。还有就是调查研究，掌握第一手材料，正如前辈所言，"有几分材料，说几分话"。

1990年4月，69师炮团参谋长苏宁的事迹在中央媒体宣传后，江办给军区刘精松司令员打电话说，江主席看了苏宁的事迹很感动，想调阅苏宁写的五十余篇论文。兹事体大，接到刘司令电话后，军董政委连夜把我叫到办公室。作为组织处长，是我带队调查和核实苏宁事迹的。我向首长保证事迹的真实性，并根据政委指示，与军司令部炮兵指挥部副主任赵希文同志一道，组织专班，昼夜奋战，整理打印原稿，及时上送。后苏宁被中央军委授予"献身国防现代化的模范干部"，与张思德、董存瑞、黄继光、邱少云、雷锋一道，被推为全军首批挂像英模，名垂军史。《苏宁同志军事论文荟萃》，由国防大学出版社出版发行。

三

作为肩负战区北部安危、统领着数万人的中枢机关，军部大院的工作是严谨认真的，也是很繁忙的。点灯熬油、加班加点是常态。在这里混饭吃，是混不下去的，工作搞不好是要挨板子的。记得有一年，一架邻国民航飞机被劫持，迫降在距离齐齐哈尔八十余公里的甘南县境内，作战值班室迟报情况，军首长雷霆震怒，严肃处理了当事人。而平时，上下关系又是很融洽的。打扑克，参谋干事可以同将军拍桌子。闲暇时，首长们也愿同我们这些年轻人侃大山，有时也争论，许多好点子，恰恰就出在思想的碰撞中。

我住单身宿舍时，周末，处长、副处长和家属已随军的老干事们常让我到家里吃饭。我每次去都白吃白喝，从未想过带点伴手礼，现在想来都有点难为情。有时随首长下部队回来，错过饭点，到首长家蹭饭也是常事。

政治部单身宿舍叫综合楼，一半是通信站，一层是车库。夏季是家属临时来队的旺季，每家不足二十平的小屋，成了欢乐的鹊巢。这时部里和处里领导都要来探望。令我印象最深的是政治部俞副主任，老伴是省里一家大医院的妇科大夫，经常挂着听诊器来给临时来队家属看病，尤其关心怀孕和不孕的家属。其实俞副主任老两口也没孩子。记得老首长是十二级，当时月工资两百多，每月都交五十元党费。

军部大院食堂伙食实行二类灶，不吃粗粮，菜高中低档任选。我当干事时二十二级，一个月不到七十元，伙食费十元左右，每月还要扣单身宿舍房租五毛。有时兴起，三五好友也在宿舍里切个白菜心，剥个松花蛋，起个肉罐头，喝点小酒。那时没有下馆子的风气，谁要休假回来，家乡特产是要"共产"的。

大院里有个礼堂，每周至少放两场电影，一般情况下，中间两排是留给首长和夫人们的（成年孩子不可以）。珍宝岛战斗英雄冷鹏飞被破格提为副军长后，每次看电影，从不坐首长座，而是找个边角，静静地像一尊雕像。建军九十周年，冷副军长获颁首批八一勋章。

大院里有一块篮球场，晚饭后我们常在那里打球，有时首长们也上阵。经常同我结伴打球的文化干事王天胜后来成了知名画家，曾任解放军艺术学院美术系主任、中国工笔画学会副会长。还有一位宣传处陈干事，转业后任《黑龙江日报》哈尔滨记者站站长。

在军部大院的一面墙上，用大字书写着毛主席为抗大题写的校训："团结，紧张，严肃，活泼。"我在军部大院那些年，正是沐浴着这种文化和风尚成长、成熟起来的。

如今，小红楼已扒掉了，大院早已物是人非，但那些日子令我怀念。

无声的方阵

　　我的军旅生涯主要是在23集团军度过的。那是一支由方志敏、张鼎丞等著名共产党人创建于赣东闽西，流淌着红军血脉的老部队。这支部队在战争年代，长期在陈毅、粟裕麾下征战，打过的大仗硬仗，涌现的英雄模范，歼敌总量，在七十个野战军中名列前茅，堪称华东劲旅。从朝鲜回国后，23军一直驻守在纬度最高的北疆。在20世纪60年代大庆油田开发建设，1969年珍宝岛自卫反击战，1987年大兴安岭扑火，1998年松嫩两江抗洪抢险中，又屡立新功，名扬全国。

　　古人有云："不忘故乡，仁也；不恋本土，达也。"我真的很羡慕那些有故乡、母校可恋可怀，又因四海为家，功成名就，为故乡母校所尊所敬的人。而我，严格意义上说，是一个没有故乡、母校的人。因我自幼就随父母南征北调，不到十六岁又参军去了部队。在我心中，23集团军就是我成长的摇篮、精神的家园，是我真正意义上的故乡和母校，我的根、我的魂都留在了那里。

　　我曾于1978年至1983年和1990年至1993年间，先后在集团军政治部组织处任干事和处长，部队英烈的抚恤和

282

褒扬工作，由组织处负责。处里有一只绛色的大木箱，里面存放着两万余烈士的名册。赋闲之后，那只绛色的木箱和两万牺牲者，一直沉重地存于我的心底。多少回在梦幻中，我仿佛也置身于那无声的方阵，与前辈一道，伫立在泛黄的名册中，以灵魂拱卫最后的高地。

23 军的烈士名册最早是抗日战争时期保存下来的，主要是解放战争和抗美援朝战争时期的，遗漏破损十分严重。自 20 世纪 80 年代初，在老处长孙锦元的倡导和带领下，采取专人负责，全处协同，军师团和直属部队上下结合的办法，开始挖掘整理修订烈士名录的浩繁工作。我记得这项工作集中搞了三年，再加上之后的补遗和完善，前后进行了五年余。

当时看着那一摞摞装订齐整的厚厚名册，我们的心情都很沉重。两万余牺牲者，不是一排排叫"满仓""家旺""树根"的名字，而是一个个鲜活的男儿，每个都是爹妈生养，番号为红军南方游击队、新四军 1 师、华野 4 纵、23 军、志愿军第 23 军的血肉之躯。如果把烈士们的籍贯和牺牲地标绘成一张地图，那就是 23 军自赣东闽西，一路北上的转战图。淮海大地是 23 军大显身手的雄壮舞台，也是烈士洒血最多的悲壮之地。在围歼黄百韬兵团的碾庄血战中，主攻团大多伤亡过半。我注意到，在解放战争前期伤亡人员中中炮的多，后期中枪的多。抗美援朝战争则大多牺牲在飞机轰炸中，少数死在炮火下，枪伤很少。不久前，我的老战友、原军侦察处长黄德元告诉我，他 80 年代在国防大学的前身军事学院学习时，时任教育长黄玉章将军说毛主席曾说过，23 军是最能打的一个军！消灭国民党正规军最多。

我们军的烈士绝大多数都是出身贫寒的农家子弟。是种子都渴望发芽，可用汗水浇灌了土地，果实却不属于劳动者。于是，正义打磨了锐角的子弹，仇恨让枪膛发烫，蘸着青春的血，勇士们在长江黄河鸭绿江的浪尖上书写壮歌。

方阵中不乏如雷贯耳的名字。有飞身攀登日寇碉堡的"飞将军"陈福田，有延安《解放日报》表彰的南国英雄花国友，有位列志愿军十二位一级英雄的许家朋，有人民好儿子刘英俊，有珍宝岛战斗英雄王庆容、杨林，有全军首批挂像英模苏宁。而更多的是默默无闻的普通士兵。许多烈士有姓无名，有名无姓，没有埋葬地点，尸骨不知散落何方，至今无法与亲人取得联系，军人牺牲证明书一直无法寄出。

方阵中有六位花儿一样的女兵。王芳的歌喉穿透弹幕，韶华在美帝凝固汽油弹的烈焰中涅槃。牺牲者中还有一位叫松野觉的日籍烈士，他随着侵略军来到中国，正义的召唤让他成为新四军1师3旅7团的国际战士。

整理中还出现了一个插曲，在解放战争初期的烈士名册中，竟发现了时任军长袁俊的名字。当时袁军长的女婿就在我们处，他很快告诉了岳父大人。军长闻讯后很激动，专门到处里查看原始记录，并给我们讲了当时的情况。原来，军长任副营长时，在苏中战役中身负重伤，多日昏迷，当时部队连续转战，后方医院将军长安置在老乡家养伤，后以讹传讹，以为军长牺牲了，就登记在了烈士名册上。我记得军长当时把他那页登记表收藏了。

284

烈士中共有四十六位团以上干部，其中有十余位团长、政委。职务最高的是牺牲在朝鲜的军参谋长、老红军饶惠谭。饶参谋长与另四位在朝鲜牺牲的军级干部，一同葬在沈阳抗美援朝烈士陵园左侧第一排。与老首长在同一陵园安息的还有我们军的知名英雄许家朋。

"军民一致，官兵一致，瓦解敌军"，是毛主席为我军制定的政治工作三大原则，也是我军克敌制胜的法宝。没有财产，没有勋章，也没有军衔，各级指挥员与士兵都着布衣，在散兵线上厮杀。光荣了，就相伴于方阵无声。我时时感叹，那些年轻的生命啊（年纪最大的三十八岁，最小的十五岁），如果跨过 1945 年，跨过 1949 年，跨过 1953 年，那就是开国元勋，那就是人民功臣，那就是儿孙绕膝的长辈……

我知道，历史不喜欢倒叙，记忆也会慢慢锈蚀，很可能两万牺牲者最终留在历史典籍中的就剩两个字——烈士。后人要理解这两个字，要读好多好多的注解。我不止一次地梦见那些熟悉的名字，那些熟悉的人，从无声方阵中醒来，我问他们，如果再有一次人生，你们会做怎样的选择？回答依然是那样的铿锵：

人生不能打草稿，生命也没有回车键。战士的"战"，是战斗的战！烈士的"烈"，是烈火的烈！明知会倒在干涸的路上，我们还会逐日。好男儿，都有英雄梦，无声的方阵藏着不死的军魂。

不吝一度的生命，不荒不再的青春，每个走进方阵的人，都令人肃然起敬。站着，他们是勇士；倒下，他们是烈士。用打了对折的生命，赢得的光荣归于部队，换来的幸福属于他人。

芳草萋萋，落英缤纷。眼瞅着老部队的一座座营帐成了旧址，英雄的笑容成了遗容，那只绛色的木箱也早已尘封在档案馆里（应该移交给退役军人事务部门）。现在回想起来，有一件事懊悔。90 年代初我当组织处长时曾想编撰一部《23 军烈士名典》，可因俗务缠身，就耽搁下来了。后来，我转业任职黑龙江省公安厅，仍负责这项工作，很快就组织编撰了《黑龙江省公安英烈名典》，填补了一段不该被遗忘的历史空白，就算补过于万一吧。

历史不应该被割断，为国为民献身者不应该被遗忘。2010 年我随警察代表团去美国访问考察，在艾奥瓦州的一个小镇，看到下半旗仪式，因为该镇的一名子弟在阿富汗阵亡了。我还在华盛顿参观过韩战、越战阵亡将士纪念墙，密匝匝的名字各有五万众。那天正逢退伍军人日，墙下堆满了鲜花。这些年，每当我看到无名烈士的骨殖从三八线以南回归故土时，都不禁泪流满面。在第十批二十五名烈士遗物中，发现有我原 73（68）师 218（203）团的字样。至目前，已迎回的九百三十八位志愿军烈士，只有二十名确认了身份。

在这方面，我们已经做了很多，但的确还有很多工作要做。记得有位老将军说过，为他们，我们做多少都不够。因为烈士的尊严系着我们的尊严，烈士的光荣系着我们的光荣，我们只有让崇高者崇高，把尊严奉还尊严，才会有倒下又站起来的步履。

军营逸事

检 讨 书

20世纪70年代初，我们连有一个战士叫小管，瘦瘦的，黑黑的，河北乐亭人，步兵五大技术射击、投弹、刺杀、爆破、土工作业样样精通，人送绰号"管猴子"。

那时晚上就寝前，战士们喜欢闲聊，聊至兴头就进入了互"黑"模式。小管有一个河北老乡总喜欢拿小管开涮，说小管在家是倒腾鸡蛋的，有一次在集上摆摊时，一位大嫂问："小伙子，鸡蛋多少钱一个?""一元钱。""你这鸡蛋这么小，便宜点。"大嫂讨价还价。小管说："嫌鸡蛋小，鸡屁股才多大呀。"

那些年，报纸广播天天嚷着要"割资本主义的尾巴"，摆摊做小买卖名声不大好，老底一揭，小管面上有些挂不住了，光着上身就朝老乡脸上一拳，当时就打个"满脸花"。本来这件事过去了，但那位老乡把状告到了营里，问题严重了。

第二天晚点名后，指导员让小管在全连军人大会上做

287

检讨。小管站到队前,从裤子口袋里拿出两页纸,操着乐亭腔,先抑扬顿挫地念了一段诗词,"金猴奋起千钧棒,玉宇澄清万里埃",然后说"在全国深入开展批林批孔运动的一片大好形势下,我上了林彪孔老二的贼船,犯了手欠的错误"。一听这话,队伍里就发出了笑声。指导员纠正说:"小管,你犯错误怪不着林彪孔老二,也怨不得手,是你对战友缺乏阶级感情。"小管说:"指导员,我家是贫农,他家是上中农,不是一个阶级。"说完自己也笑了。

那时候,战士之间直来直去,也不时拳脚相加,但有问题自己解决,最烦爱打"小报告"的"小特务"。

四 个 兜

在军服中我最喜欢 65 式,简约大气,适体性强,"三块红"画龙点睛,那绿色也养眼。而且 65 式最能体现官兵一致。这套军装干部战士的唯一区别在兜上,干部上衣四个兜,士兵上衣两个兜。

战士们背地管干部叫"四个兜的"。对两个兜的来说,穿上四个兜是憧憬,也是追求。

部队发装分春秋两季,春季发夏装,秋季发冬装。我们排长提干时,夏装刚发完,他要回家去完婚,就从辽宁老乡那儿借了一套"四个兜"的。没想到,临行前有人把这件事反映到连长、指导员那儿,说是"爱慕虚荣的小资产阶级思想"。连首长连夜找排长谈话,要求他"发啥穿啥,没发的先别穿,以免影响不好"。这件事搞得排长很郁闷,但还是穿着"两个兜的"回去了。

排长度完蜜月归队，我去接站，发现他竟穿着"四个兜"，脚上还蹬着一双锃亮的"三接头"（配发排以上干部）。原来，连长、指导员托门路找到军需部门，为排长提前领取了干部服，专门寄了过去。

排长让我看了他与新娘的结婚照，排长穿着那套"四个兜"的新军装，简直帅呆了！

"咸司务长"

我们连司务长姓颜，战士们背地都叫他"咸司务长"。

那时我们部队的司务长多是四川人，大概是因为这个地方的人能干，又会过日子（抠门）吧。颜司务长正是四川宣汉县人，宣汉位于四川盆地东北大巴山南麓。

我一到连队，就听到老兵编派他的故事。说他当新兵时去军人服务社买东西，不小心把找回的一分钱钢镚儿掉到了柜台中间的夹缝里，撅着屁股抠了半天也没抠出来。女服务员说："别忙乎了，我再给你一分钱。"他接过一分钱，还接着抠。女服务员不屑地说："钱都给你了，怎么还抠？"他回答："抠出来不又多出来一分吗？"

那时连队伙食很差，战士们意见很大。现在想想，司务长也是难为无米之炊。因为战士每人每天只有四角五分钱伙食费，每月只有五两油，一周最多吃两顿细粮。只要一改善伙食，比如包包子、饺子，战士们就敞开肚皮造，总不够吃。为了防止超支，司务长就叫炊事班使劲儿放盐，齁得老兵直骂娘，给他起了个绰号，叫"咸司务长"。

正是这位"咸司务长"，担心大米饭不够吃，领着炊事班吃"锅巴"。为了节省十元钱劁猪费，跟老乡学会了劁猪。连里杀年猪，副连长给营首长送去十只猪蹄，司务长追着副连长要钱，口口声声"营首长不能侵占士兵利益"。

"给我盯着，别让他犯错误"

我在连部当文书时，执行过一件特殊任务。那年，二排长未婚妻从河南老家来队，连长把自己的单人间腾出来让姑娘住。简单寒暄后，他笑呵呵地说："不耽误你们宝贵时间了，小陈，咱们走。"话音未落又转过身去，对二排长意味深长地说了句，"记住我的教训。"

当晚，连长和我、卫生员挤在两张床上。熄灯号吹过，连长突然起身对我说："不行，小陈，你去给我盯着，一闭灯就敲门，到了10点就叫二排长回去就寝，别让他犯错误。"

我那时只有十六岁，就问连长能犯什么错误。连长说："犯非法同居的错误。"说完又补了一句，"你不懂，生瓜蛋子。"

后来我提了干部，二排长当了连长，有一次我们散步，我好奇地问："连长有什么教训在那个夜晚让你吸取啊?"他呵呵大笑。

原来连长当副连长时，女朋友临时来队，俩人未婚先孕，被人举报，已下达的调司令部当正连职参谋的命令又收回了。我对二排长说："那你顺利升官，还有我的功劳呢。"

多少年了，我们很想念老连长，听说连长在原岗位转业回到乡里后，在一家邮电所当支部书记。

计划生育在军营

作为基本国策的计划生育，一切都得走在前列的解放军当然责无旁贷。那时上级计生办经常下基层检查，通常一是看计划生育领导小组是否健全；二是看连队党支部每月例会是否有计划生育内容的记录，美其名曰抓铁有痕；三是看卫生员的小药箱里是否有避孕套、避孕药；四是一有家属临时来队，就要送药送套上门。

某日，军区司令员来我连视察，看见连部墙上挂着计划生育领导小组九人名单笑了。他问连长："你们连队已婚的有几位？"连长回答有六位。"支委会成员有几位？"司令员又问。连长说有八位。"那你们连的计划生育领导小组配备得很强哟。"司令员拖长的湖北腔把大家都逗笑了。

珍宝岛战役后，部队针对北方那个强敌，广泛开展了以打飞机、打坦克、打空降和防原子、防化学、防生物武器为主的"三打三防"训练。当时缺少训练器材，副连长就给每个班发一个避孕套，吹大后用线牵引，代替气球升空，当靶子练习对空射击。

此项"发明"受到作训部门的大力表扬，计生部门却通报全团予以严厉批评，并扬言要收回副连长"准儿子"的"准生证"。当然，只是吓唬吓唬而已。

如今，副连长的儿子已在他父亲的老部队指挥一个旅了。

形影相吊

我当兵那年不满十六岁，同年兵中最大的二十三岁，叫张贵印，他是老高中。

当时连队战士除了小红书，没有其他的书读。张贵印从家里带来一本《新华字典》和一本《汉语成语小词典》。他一有空闲就翻这两本书，还时常在书上圈圈点点。退伍时他对我说："晓林，你拿《汉语成语小词典》考我，所有的成语，我都能解释。"果然，我问一个他答一个，让我好生羡慕。他把两本工具书送我，鼓励我好好学习。他问我："有个成语叫'形影相吊'，你知道是什么意思吗？"我说是不是说一个人和他的影子。他告诉我，形影相吊是形容孤单，就是说一个人形单影只，孑然一身，出自《三国志·陈思王植传》。他说："晓林啊，人只要读书，就不会孤单。"

后来，我听说张贵印退伍回到家乡，拿着自己在部队当业余报道员时，发在各类报刊上的文章剪报去县委宣传部，结果被破格留用。再以后，听说他当了乡党委书记，积劳成疾，不到五十岁就去世了。

那年风雪

一

熟悉历史的人都知道，在一定意义上，中国革命的胜利是"走"出来的。走到山上就成为崇高，走到水里就成为悲壮。艰苦卓绝的二万五千里长征，是中国军人永远的标本。"打得赢就打，打不赢就走""大踏步前进，大踏步后退"，解放军的战略战术也多是建筑在"铁脚板"之上的。

我是 1969 年 12 月入伍的，那时珍宝岛的硝烟尚未散去，部队上下乃至全国都笼罩在备战打仗的气氛中。这时毛主席虽已七十七岁了，依然壮心不已。2 月，他在总参关于新疆、沈阳、济南三个军区野营拉练情况的报告上挥笔批示："这样训练好。"11 月 24 日，又在北京卫戍区《关于部队进行千里战备野营拉练的总结报告》上批示："全军是否利用冬季实行长途野营训练一次，每个军可分两批（或不分批），每批两个月，实行官兵团结，军民团结。"同时他严肃指出："如不这样训练就会变成老爷兵。"

293

11·24批示传达到我们这一级，只剩下两句话：这样训练好，不当老爷兵。三军统帅都叫好的训练，部队当然闻风而动。

记得我所在的23军68师拉出营区是1970年12月的第一个周末。当时部队还是"骡马化"，从朝鲜战场缴获的美国道奇、苏联援助的嘎斯仍在服役，拖着为数不多的大口径火炮。步兵团的82迫击炮，82、75无后坐力炮和重机枪都由骡子驮着。望着前不见首、后不见尾的浩荡队伍，让人不禁想起了电影《南征北战》的场景。

黑龙江北部12月至1月是最冷的季节，俗话说"腊七腊八，冻掉下巴"。虽然我们部队的前身是成长壮大于江南水乡的新四军，但自1958年从朝鲜归国后就一直驻守北疆，对付严寒还是积累了一定的经验。汽车、马车轮子都装上了防滑链，战马都挂上了防滑钉。战士们都穿戴上了"三皮"（皮大头鞋、皮帽子、皮手套），背上了皮大衣。羊皮大衣别看穿着笨拙，但睡觉时既可当褥子，又可压被子，反过来羊毛向外，还可在雪地里伪装。

我那时在连部当文书，背着背包、大衣、挎包（也叫饭包）和一支五四式手枪，负重十公斤左右。一般战士负重在二十公斤左右。负重长途行军，对士兵的体力和耐力都是不小的考验，每天刚出发时不觉得什么，越走越重，最后就像背个铅砣子，每天都有掉队的。

为了检验部队在严寒条件的最大行军能力，部队多次进行了极限拉练。大致记得有一天早3时起床，早饭后即出发，中途边行军边吃干粮，至晚8时到达宿营地，共走了一百四十华里。一天里军装几次被汗水浸透，一休息又冻成冰甲，然后再在行军中焐化。体力消耗大，就一边走一边补充炒黄豆和苞米豆。当时我花十元钱，买了一个红灯牌小收音机，戴上耳机，边走边听，最爱听的是体育节目。

那次奔袭途中只有一次大休息，三十分钟，吃的是大米饭、土豆炖牛肉。我至今记得我吃了两大碗米饭、一大碗土豆炖牛肉。那时年轻啊，迅速恢复了体力。最终，全连只有不到三分之一的同志坚持到最后。那年我刚满十六岁，那是我一生中一天内走得最远的一次。同一天，我师主力，刚从珍宝岛战区撤下来的202团1营，二十四小时奔袭了二百华里，最后累得驮炮的骡子都不走了。

吃苦耐劳是中国军人的传统，那个年代，战士大多是农村出来的，营以上干部多是从战场上下来的。我们魏纯义营长和胡副营长都是解放战争入伍的，副教导员林天森是抗美援朝老兵，每天都和我们一道行军，只是连以上干部不背背包，晚上宿营后还要查铺查哨。除了行军，部队还要进行"走打吃住藏"一体化训练。我们曾在零下27摄氏度住过猫耳洞，顶着"大烟炮"在雪地里潜伏。

这次拉练还让我这个城市兵见识了农村和农民。第一次住进黑龙江老乡的对面炕，还有些不习惯。有的新兵晚上睡迷糊了，上厕所回来竟上错了炕。老乡对我们很好，晚上给我们烧开水烫脚，炕烧得也热乎乎的，有时还给我们炒葵花子、崩爆米花。有的战士脚打泡了，房东大爷大娘就用针把泡挑开，然后用马尾穿上，第二天就好了。那时农村真穷啊，住的是土坯房，几乎户户家徒四壁，少数偏远地区连电都不通。按照部队老传统，战士放下背包，就帮老乡挑水扫院子，全村往往只有一口顶多两口轱辘深水井，挑水既是体力活又是技术活。晚上打饭，也总要给房东孩子或老人盛一碗白米饭。我至今清楚记得，房东大娘告诉我，孙女都上学了，这是第一回吃大米饭。临走时，每屋每晚付给房东两角柴火钱。

有一次我们住的一老乡家墙上并排挂着"革命军人证明书"和"军人失踪通知书"。原来这家老人的儿子抗美援朝参军，是原42军的，后在一场战斗中活不见人，死不见尸，做了失踪处理，享受牺牲军人待遇，暂不享受烈士待遇。老人对此一直如鲠在喉，我们也觉得不公平。阵亡吹响了军人永久的熄灯号，但并不是所有的阵亡者都能得到永久的荣耀。这件事给战士们刺激很大。

铁脚板是练出来的，头一周一天行军超过八十华里就有掉队的，后来一天百十里也没有掉队的啦。记得1971年的春节是在泰来县过的，只休息了两天，第一次拉练共走了一千二百华里。以后，我军一步步实现摩托化、机械化、信息化，但我觉得野战条件下的"铁脚板"训练对于提高战斗力远胜于操场上的阅兵训练。

二

又是一个大雪飘飘的季节。

1979年春节刚过，我们的部队突然集结在广西、云南两个方向，剑指南方。

根据军委"南打北防"的战略方针，三北（东北、华北、西北）部队同时转入一级战备。我所在的23军紧急扩编，齐装满员后，奉命开赴黑龙江北部的黑河战区。2月6日至19日，军主力从牡丹江、齐齐哈尔、哈尔滨等地向战区机动，先铁路后摩托化行军徒步。

当时我军的作战部署我依稀记得是：一是要地防御，公路沿线辰清、小兴安等是防御要点；二是大防御纵深，依托大黑林子、二龙山、八里桥有利地形；三是控制防御间隙和翼侧，防敌对我迂回包围；四是炮兵预先占领阵地，各炮团对要点进行火力支援；五是69师、军炮团、坦克团为总预备队；六是在阵地前设置机动阻击区，这一任务由少量主力部队带民兵完成。

黑河方向是"二战"时苏军出兵东北时，远东第二方面军第二集团的主要攻击方向。在孙吴筑垒地域曾同日军展开激战，后长驱直入嫩江、齐齐哈尔。当时黑河地区气氛日趋紧张。与苏联一江之隔的黑河地委撤至几百公里后的北安，边民也开始转移。

应该说，这次作战任务部队的压力很大，主要是装备差距太大，对在冬季对付苏军装甲集群有些担忧。记得向来热闹的家属院，在亲人即将奔赴前线的那一刻，没有了往日的欢声笑语，空气似乎都凝固了。在关键时刻，军长袁俊从军事学院提前结业返回，让大家有了主心骨。他有针对性地采取对策，部队迅即展开构工和临战训练。主要是"三打三防"（打飞机、打坦克、打空降；防原子、防化学、防生物武器）。一线部队已开始筑垒和布雷了。

当时我在军组织处当干事，随军指驻格球山农场。我们处长孙锦元是1946年参军的老同志，他告诉我，打仗时师以上政治机关一般是两头忙，战前和战后。我们要提前

297

做好各种准备。当时我们每个人配备一支 54 式手枪，配发了防毒面具和急救包，还进行了实弹射击训练。警卫分队配发了 40 火箭筒，用于对付坦克。记得军政治部组织部队进行了"一不怕苦，二不怕死，敢打必胜"和"蔑视、仇视、敌视苏修"教育。

2 月 17 日南方打响后的实际进展比我们想象的要难。同时当面之敌一直没有反常的举动，但部队临战准备一刻也没放松。随着还击部队达成战略目标撤回国土，北防部队也逐步撤回营区。令我至今不解的是，待 4 月黑龙江解冻之后，我们军又调一个师赴孙吴、辰清一带，沿瑷珲至北安一线构筑反坦克壕。7 月我随军毛副政委去构筑工事的部队视察，看到 67 师部队遍布小兴安岭密林，干得很苦。

毛副政委去黑河地委走访，见到了老战友——黑河地委副书记苏醒（英雄苏宁的父亲）。令我惊诧的是，苏副书记竟背着一支手枪。当时我站在黑龙江畔望着对岸，一百七十年前的中国领土，现苏联远东第三大城市布拉戈维申斯克（海兰泡），五味杂陈。

那时对岸的繁华远超我们，没过几年，改革开放的我们就把他们甩在了后面。记得 20 世纪 80 年代初，胡耀邦总书记视察黑河时题词："南深（圳）北黑，比翼齐飞。"以后我又多次来到黑河。90 年代初，我所在的团在黑河瑷珲铺设军用光缆，挖出了对岸在我国防通信线路上布设的遥感窃听装置。现如今，一江居中，两岸互通，成了好邻居、好伙伴。但历史就是历史，江东六十四屯，海兰泡惨案，已定格在瑷珲历史陈列馆里，那年风雪，也永久定格在老兵的记忆中。

坚守南引渠首

过去二十多年了，1998 抗洪的场景依然历历在目。1998 年 8 月 8 日，中央军委再次向部队发出《关于进一步做好抗洪抢险的紧急指示》。此时长江流域抗洪正酣，嫩江、松花江流域也开始告急，南北两江抗洪牵动着全国人民的心。

8 月 10 日上午，吴旅长去前方查看沿江汛情，我陪同集团军柳军长和王参谋长去大庆抗洪救灾指挥部会商任务。

11 日，全旅奉命进入一级战备状态。我们当日晚忙到 12 点，刚要休息，集团军岳副军长给我打来电话，命令部队 12 日凌晨 3 时出动，迅即开赴杜尔伯特蒙古族自治县拉海嫩江大堤，投入抗洪抢险。受领命令后，我立刻到作战值班室向仍在前方的旅长和其他旅领导通报了情况，遂下达了出动命令。

那天，大雨下了一夜，凌厉的紧急集合号声划破了长空。事后驻地老百姓说，和部队相伴二十多年了，唯有这次号声动人心魄。

12 日凌晨 3 时许，第一台车驶出营区，三十分钟后全旅全部开出营区，奔赴抗洪一线。

为国效命，领兵打仗，一直是埋在我心底的夙愿。入伍快三十年了，虽然多次进入临战状态，毕竟没有亲临战火硝烟。这次率部抢险，心中还是很有期许的。

在给全旅官兵做动员时我说："养兵千日，用兵一时。人民有难，子弟兵责无旁贷。南方战友为我们树立了榜样，现在看我们的啦！"当时，全场群情激动，斗志昂扬。说心里话，在这支部队五年多了，我对自己的部队是了解的，也是有信心的。

8月12日拂晓，尽管有思想准备，但当我站在拉海嫩江大堤上，望着像海一样的汪洋，还是震惊了。6月至8月，嫩江平均降雨577毫米，比同期平均值增加79.2%。刚6月末，就出现了第一次洪峰，此时已形成三百年一遇的全流域特大洪水。

部队迅速展开，用沙袋加固加高岌岌可危的堤坝。这时大庆市杨市长找到我说南引渠首告急，要我立刻分兵支援。

他对我说，南引渠首是嫩江大庆段的重要水利工程，且地势险要，八百多延长米的堤防一旦溃堤，洪水将长驱直下，大庆油田采油七厂、八厂、九厂和周边城镇很快就会变成泽国，后果不堪设想。

我和旅长商议，拉海大堤他负责，我带坦克3营和高炮1连组成突击队，赶赴南引渠首。情况紧急，我们边行动，边向军指做了报告。

我们赶到南引渠首时，天已黑了。一天没吃一口热饭的部队，忍着疲惫，直接冲上大堤。此时，几处险段的洪水借着风浪，一波一波地没过大堤，迎水面堤坝已开始一

300

片片滑落。官兵们一边跳入水中，铺设无纺布护堤，同时打桩固定，一边在堤上加高沙袋，奋战至半夜方才控制住了险情。

当晚，战士们啃完干粮和榨菜，铺上编织袋，头枕救生衣，就在大堤上睡着了。

我没有一点睡意，与刘波副参谋长并肩坐在沙袋上，商议下一步的任务。此时，风停了，浪静了，皎洁的月光在江面闪烁着，颇有些诗情画意。但我们知道，艰苦的战斗刚刚开始，恶战就要到来。

第二天，嫩江水位继续上涨，渠首大坝再次告急。大堤上兵力捉襟见肘，我找到当地村干部，要求他组织村民上堤，他说找不到人，我说先找党员，他一副无可奈何的样子。

我带的这支队伍是坦克旅的主力。坦克3营是集团军的先进营，高炮1连是军委表彰的一级英模吴志国生前所在连。面对险情，官兵们毫不畏惧，3营有一个江苏籍的新战士，我记不得他的名字了，在救生衣上写了两行醒目的字："站着是根桩，倒下做沙袋。"后来这件救生衣被军事博物馆收藏，参加了全军抗洪救灾事迹展。

在最紧张的一周，官兵每天奋战近二十个小时，许多战士晕倒在堤上。一天凌晨4时许，一个大浪向大堤猛扑过来，一下子把堤上的沙袋撕开一个三米多长的口子，洪水顺势涌了上来。三十多名官兵跳进洪水，筑起一道人墙，支援队伍连忙封堵缺口，及时排除了决堤危险。

渠首大堤由于长时间在高水压下浸泡，出现了管涌。管涌很可怕，它发生时，从水下不断扩大的孔道向大堤的背水坡渗透，等你发现时，堤坝地基土壤骨架破坏，基土逐步被掏空，很容易出现大面积垮塌。万幸的是，两次管涌都被高度警惕的巡堤战士及时发现，果断采取压裂措施，化险为夷。

一天下午，集团军柳军长来到渠首，他见到我大声喝道："你们怎么搞的，三天不向集团军报告情况！"我连忙解释："走时匆忙，没带电台，渠首地处偏僻，连电话都没有。"军长让作训处长送给我一个摩托罗拉手机，让我随时同军指保持联络。这是我平生第一次用这手机。

察看水情后军长告诉我："大庆方向的嫩江拉海大堤、松花江的胖头泡大堤都先后决口，其他防线也是险情迭出，你们一定要守住南引渠首，给集团军部队增光。"望着疲惫不堪的战士和眼前的一片汪洋，军长悄悄叮嘱我："大堤附近的群众必须转移，你们也要有撤退预案，遇有紧急情况，你要保证不扔下一个兵。"

握别首长后，我们召开干部会，分析形势，调整部署，实行轮换制，以保证部队体力，同时也做了最坏的打算。

不久，旅长那边刚缓口气，即派副旅长又带两个营兵力来支援。看到援兵到了，在堤坝上的战士们高兴得欢呼起来。

上来的战士每人扛着一个沙袋，朱副旅长一米八的大个儿，一手夹一个沙袋走在最前面。看到这一场面，我的眼睛湿润了。围观的老乡们也不禁鼓起掌来。

坚守南引渠首的鏖战，让群众看到了希望。随着水位上涨，堤坝越筑越高，最后竟高出原堤坝1.5米，而且整体加宽了近50厘米。这时沙袋取土遇到困难，周边老乡自发开来手扶拖拉机和四轮车帮助从远端运土。村里老乡几乎天天给部队送水送菜送蛋送肉。

经过十天苦战，至 8 月 23 日，南引渠首的险情终于解除。刘副参谋长率 3 营继续值守，我和副旅长率部去执行新的任务。之后，全旅官兵又转战多个战场，堵决口，加固险堤，抢运粮食，协助安置受灾群众，直至 9 月 22 日方撤回营区。坦克旅是大庆地区抗洪部队第一批进入、最后一支撤离的部队。

从北京参加全国、全军抗洪抢险总结表彰大会后，我陪总部机关首长和八一厂的同志重返南引渠首。此时洪水已退至安全水位，八百米长的渠首大堤，上下左右里里外外都被包裹着，一层层白色的沙袋在秋日阳光下格外耀眼。总部机关首长说，这是战士们用肩膀扛出来的一座山啊！

我在一本公开出版发行的纪实文学上看到这样一段记叙："在某集团军坦克旅坚守大庆南引渠首的 21 昼夜中，排险 15 处，打桩 650 根，铺无纺布 1600 米，加固水泥板 25000 块，垒砌、装运沙袋 60 万个。"我不知道这样精确的数据是怎么统计出来的，但是坚守南引渠首的胜利，的确在气壮山河的 1998 抗洪史册上写下浓重一笔。

文尾写几句题外的话，也是 1998 抗洪后一直萦绕在我的脑海中的思考：

我们对洪水的认识和抗洪的方式有太多方面应该反思。比如大庆地区长期干旱少雨，且有许多地方是盐碱地，洪水泛滥区恰恰给那些干涸的草地碱滩补了一次水，次年竟成了一片绿洲，从大庆至哈尔滨的高速公路两旁的盐碱地尤为明显。从这一点上论，百年不遇的洪水仿佛是上天赐给人类的礼物。

在大庆地区近一个月的抗洪抢险中，沈阳战区共投入十二个师、七个旅、六十五个团近十万官兵和两万预备役部队。地方投入的人力物力更是不计其数。可从未有人计算过投入产出的费效比。人海战术，在现代条件下愈发得不偿失，不到迫不得已，慎用。

在整个抗洪抢险中，很难听到专家和专业人员的声音，我多次参加军地抗洪抢险会议，都是行政命令，从无专业人员的位置。在我们坚守南引渠首的十几个昼夜，没得到任何水文资料，甚至连气象预报也只能靠收听广播。为此，付出了更多的代价。

1998 抗洪结束后，出了那么多的书，写了那么多的文章，都是颂歌。伟大的抗洪精神的确值得讴歌，但教训也值得分析总结。第一次海湾战争美军大胜，战后美国国防部写出两大本分析报告，大篇幅讲的都是问题和需要尽快改进的方面。其实，这是美军的一贯做法。

写这篇文字时，只是在时间节点和重要数据上，核对了当时的日志，参考了相关书目，其他全凭记忆，而记忆是有误差的，这一点需要说明。

与癌相伴十年记

一

《世说新语》有云："生老病死，时至则行。"可又有几人能在生老病死面前真正做到顺其自然呢？

经常有朋友问我，在得知自己确诊恶性肿瘤后，首先想到的是什么。我知道人家想问什么，中国人总是忌讳说出这个字，可不说不等于不想。2011年下半年，总觉得胸闷，工作一紧张，心脏就不舒服。2012年春节后，在哈医大做了个加强CT检查，当时记得医生只是让再复查，也就没当回事。后来同事去北京公出，带着片子请301医院的专家看，结论是心脏有些问题，但可先放一放；肺出了问题，怀疑是肿瘤，应尽快做PET-CT或穿刺，进一步确诊。这下子，一向对健康状况很自信的我紧张了起来。次日去哈医大肿瘤医院做了PET-CT，诊断为肺癌，同时不排除有肾上腺转移。

我查了相关资料，癌细胞是由正常细胞转化而来，是癌症的病源。癌症细胞与正常细胞不一样，它有无限增殖、可以转化和易转移三个特点。祸从天降，一时有些不知所措。当天晚上辗转反侧睡不着，一次次喝水，一遍遍上厕所……几日后，把工作和家里的事做了些安排就去北京301医院住院了。记得离开办公室时，环视了一周，颇有一种惜别的感觉。这种感觉，在之后退休交办公室时都没出现过。

这一年，我五十八岁，在这之前除了阑尾炎手术就没住过院，药也很少吃。

二

当了一辈子兵，第一次住进部队医院，就来到全军最高水平的总医院，心中五味杂陈。

这里人山人海，多是急匆匆的脚步，惊恐的面孔。在301医院门诊，我第一次见到我的手术医生，胸外科C主任。当时他还在不惑之年，没有一句客套话，一边看着片子，一边面无表情地问我："你知道你的病情吗？"我说知道。"你有思想准备吗？"我说有。他说："尽快住院手术。"我妻子问："肺上长的东西是什么性质？"他说："割出来看。"医院陪同的同志问："那怎么填写入院单呢？"他回答："左上肺占位性病变。"

确诊了，住进了医院，手术医生也落实了，我的心反而一下子踏实了。接下来，一系列的术前检查、评估。那年，已是奔六之人，尽管身体各部机能大不如前，但还无大碍。对肾转移的怀疑，经肾科专家会诊排除了。

在这期间，根据朋友的建议，老伴和同事拿着我的肺片，还先后请北医三院、友谊医院专家会诊，结论大致相同。

手术是入院四天后，进行了约一上午，很顺利。记得从呼吸机上一进麻药，就进入了梦乡。微创切掉了左上叶肺，还对纵膈和淋巴进行了清理。手术很精细，看病历只出了150毫升的血。当时和一周后的大病理分析结果同诊断，肺腺性恶性肿瘤A期。

301医院的手术室一个挨一个，就像一排排屠宰场，据说每天要做百十台手术。

令我没想到的是，肺叶切除手术很伤元气。术后，尽管打了胸带，上了止疼泵，每天服止痛片，但有时疼起来真是难以忍受，尤其是咳痰，不用气力咳不出来，用气力震得胸部疼痛难忍。事后，妻子告诉我："那一段你老爆粗口。"

出院后乘火车回到哈尔滨，同事们推着轮椅来接我，过天桥，我不好意思让人家抬，坚持要自己爬楼梯，可刚迈两个台阶，就气喘吁吁，走不动了。当时我咯噔一下，心想这不成废人了吗！这种状态持续了两个月后开始恢复，半年后基本正常了。看来，人的自我修复能力是不可低估的。以后，我又进入了边治疗恢复边工作的状态。医生告诉我，能干就干些，别闲着，但要量力而行。

术后要不要放化疗，不同医院、不同医生有不同看法。C主任坚持无须化疗，但可进行靶向治疗，后来用靶向药后反应太大，尤其是转氨酶升高，就停掉了。再就是中药调理了一个阶段，还用了增强免疫力的药。在头五年，定期复查很重要。头一年三个月一次，五年内半年一次，后来一年一次。开始每年至少做一次 PET-CT，记得前后做了七次。听说做这种检查放射性对人体伤害很大。我问体检医生，医生认为两害相权取其轻，对我来说非常必要。我不懂医，在治疗上，我相信医生，听医生的。

每次复查，都像犯人出庭，等待判决结果，对医院我是爱恨交加，想远离可却离不了。直至今日，我还是一去医院就打怵。

记得在一次复查做癌症筛查时，发现 CA724 指标高了许多，C 主任听说我从未做过胃肠镜检查，叮嘱我要定期做胃肠镜检查。结果，这两年，每次查都发现问题，先后做了十二指肠早癌切除、胃肠腺瘤切除。肺手术十年来，还先后做了心脏支架手术，左眼底出血，黄斑水肿手术，胆囊切除手术，切得我是丢盔弃甲，但有了肺切除这碗酒垫底，什么样的酒也都不在乎了。话虽这么说，可自打肺切除后，每个脏器出问题，首先都让医生也让自己与恶性肿瘤联系起来。

据国家癌症中心 2020 年统计，全球新发 1930 万癌症病例，死亡人数高达 1000 万。我国新发癌症 392.9 万，死亡 233.8 万。近十年，发病年增 3.9%，死亡年增 2.5%，平均每分钟确诊 7 人，每天 1 万人，世界第一。我相信任何一个人看到这组数字，都会震惊。我曾同 C 主任探讨这个问题，他认为体检的普及，检查手段的进步，也是一个重要原因。的确，从另一面看，中国的人均预期寿命也在提高。

从肺腺癌确诊那一刻起直至今天，我一直问自己，也问专家，我为什么会得癌？从自身找原因，我有家族病史，父亲、大哥和大弟弟都患过恶性肿瘤；也有不良生活习惯，吸烟史近二十年，最多一天两包，起居没规律，工作多，压力也不小；还有性子偏急等客观原因，不说也罢。不得不承认，人类在癌症的预防和治疗上还没进入自由王国的境地，人们还是谈癌色变。

三

为什么得癌，怎样避免，你说了不算。但得了癌如何对待，取什么心态，主动权则很大程度掌握在自己手里。癌症患者的心态对恶性肿瘤的治疗与康复至关重要。有人说癌症患者大多是吓死的和过度治疗给治死的。这话有点损，有些过，但也不是没有一点道理。我记得有位专家讲过对待癌症的四句话：不马虎，不在乎，不怕死，争取活。我理解，不马虎是积极的态度，定期体检，定期筛查，发现问题，及时治疗。医生告诉我，你那个肺结节一年长了19mm，再拖半年就麻烦了。当然结节也不是都癌变，我的右肺还有多个结节，多年没变化，一直在监控中。所谓不在乎，就是不要紧张，不要怕。作为过来人，经常有人咨询我，大多纠结于肺结节。我有一个朋友，深更半夜给我来电话，泣不成声，说我得了和你一样的病，孩子还小，我不想死，你帮我联系301医院手术。我说你不能体检发现一个小结节就疑神疑鬼，得专科诊断。结果后来诊断是炎症。十年间，我先后向301医院胸外科专家介绍了十几位疑似病患去会诊，真正确诊的只有两位。

不怕死，争取活，我觉得是针对中晚期病患的。生死问题是每个癌症患者都必须面对、时时面对的问题。我上手术台前，把该交代的也做了交代，还对妻子说，要相信医生，万一手术本身出了问题，也要理解。

依我之体会和观察，癌症患者易患"恐癌症"，陷进去就走不出来了，就像鲁迅先生笔下的祥林嫂，见人就唠叨，总想跟人家比惨。我的想法，既要记得自己是个癌症患者，想方设法去治疗，又要别总把病记在心里，挂在嘴上，该忘记时忘记，该放下时放下。治得了的是病，治不了的是命。

与癌共舞很重要的一条是，别让肿瘤牵着你的鼻子走，成了你生活中的主宰。著名作家苏叔阳1993年被查出患癌，先因胃癌切除了一部分胃，又因肺癌切除了左肺，后又因肾癌切除了一侧肾。他一方面不放松治疗，一方面不放弃写作，写了三百多万字的文章。抗癌十几年，佳作频出。苏叔阳一头银发，满面红光，不知疲倦，我几次同他交谈，他谈天谈地，就是不谈病，直至八十一岁离世。

抗癌勇士还有很多，他们对待癌症的态度，值得我们学习。

作家史铁生曾写道："生病的经验是一步步懂得满足。"人这一生，不可能都顺风顺水。五十岁前我体壮如牛，五十岁后如一部老车，原装部件一个个弃我而去。有人说墓地是人生课堂，其实医院也是。不得不说，近些年来，在我熟悉的人中，患恶性肿瘤的越来越多，有些人很快就不治而亡，还有更多的人在顽强地活着。癌症的病死率很高，但早已不再是不治之症。

事非经过不知难。到2022年5月，我确诊肺癌就整整十年了，这十年，个中的苦辣酸甜也一言难尽。有人说，应有尽有，不如应无尽无。其实，有与无，都是人生，我们做到尽心尽力就好。

我赞同诗人艾青的生死观，趁死亡还没来临，把能量发挥干净。

附记：李白有诗云："生者为过客，死者为归人。天地一逆旅，同悲万古尘。"患难见真情，在我的治疗过程中，得到了组织上和许多旧友新朋的倾心帮助，每每想起，感激之情都难以言表。

扬子江畔求学记

一

坐落在南京浦口扬子江北岸的陆军指挥学院是我的母校，也是我从军三十四年间唯一就读过的军校。

1995年入学时我已是副师级干部，因此一入学就封了我一个学员队区队长的"官"。我们那个区队三十多名学员，几乎涵盖各大军区和总部直属单位，甚至还有中央警卫团的。学员中有许多是参过战的功臣模范，也有伤残军人。

入校的第一课是"三普通"教育，即普通党员、普通学员、普通一兵。学员中至少也是少校军官，可到了这里，大校上校中校少校统统无效，学员们戏称这是"杀威棒"教育。

学员区队长是个有职无权的角色，唯一的特权就是得带头。我回归"三普通"的第一件举措就是坚持每天清扫宿舍楼前卫生，一干就是一年。此外我们还有一块菜地，我经常领着学员侍弄地。

还有一件事你也得带头：维护学员权益。有一段时间学员食堂伙食很差，上顿藕，下顿藕，量少质差。我带着学员向食堂管理人员反映，人家置之不理。为了引起校里关注，个别学员采取了敲盆敲碗的不当做法。系里要处分学员，我多次找领导说明原委并诚恳检讨，总算平息了事态，伙食也有所改善。

部队有句老话，"战士怕分散，干部怕集中"。意思是说战士一放单，就容易失控；而干部一集中，就打回了原形，同样不好管。

个性归个性，脾气归脾气，但学员们良好的军政素质和求学求知的愿望给我留下深刻印象。来自塔山英雄团的副政委老熊，是1979年的一等功臣，院里开运动会，他器械可以完成一至八练习，投弹65米，射击几乎满环，各门功课也是全优。平时得空就泡图书馆，古今中外的军事名著读了很多。

二

在中国近代历史上，有四所军校闻名遐迩：一是李鸿章创建的天津武备学堂，培养了段祺瑞、曹锟、吴佩孚等多位大军阀；二是袁世凯创建的保定军校，培养了蒋介石、白崇禧、何应钦等；三是黄埔军校，培养了众多的国共高级将领（头六期）；四是抗日军政大学。毛泽东曾言，抗大抗大，越抗越大。我军的开国将帅都重视办学。刘伯承元帅就曾言，治军先治校。陆军指挥学院的前身是华中地区的抗大——华中（彭）雪峰大学。粟裕、彭雪峰等名将曾

313

担任过校领导，张万年、迟浩田、傅全有等高级将领都曾在这里学习深造。学院的外训系学员中走出了六位总统、八位国防部长。纳米比亚民族解放运动的领导人、开国总统努乔马曾在这里学习六个月二十一天。他在回忆录中写道，在这里，我记住了三句话，枪杆子里面出政权、农村包围城市和游击战术。

记得那一期我们的主课有毛泽东、邓小平军事思想，合成军队指挥学，合同战术学，师团政治工作学，外军研究，军事高科技知识，等等。学院的合成战术是全军的精品课，也是我投入最大的课程。

合成战术教研室主任的名字我记不住了，只记得有很高的学术素养，曾担任非洲一个国家军事教官团团长。他有一次给我们出的作业是，以抗美援朝战争三次战役中保卫马良山战斗为背景，充当我志愿军 19 兵团 64 军 191 师长，以美 1 师 5 团、英 11 师 29 旅为蓝军，以多兵种联合作战方式，进行攻防对抗图上作业。马良山攻防战是抗美援朝我军首次进行的多兵种联合作战，以毙、伤、俘英美军 4400 余人，击落敌机 14 架，击毁敌坦克 6 辆，而我伤亡 1600 余人的战绩完胜。

想定作业是通过设想的作战情况演练战役、战斗组织指挥的一种训练方法。而利用战例进行想定作业，参照系则更为逼真。类似想定作业还模拟过一胜一败的海南岛战役和金门战役。这样的作业既提高了学员们的指挥素养，又让学员们从重温战史战例中汲取了经验教训，很受欢迎。

在校期间，我在图书馆读了大量战史和战例，还利用假期专程去盐城参观了新四军纪念馆，去徐州参观了淮海战役纪念馆，还去淮阴现地考察了刘老庄阻击战战场，研究这些经典战例。也实地考察了日军进攻南京战役，到南京大屠杀纪念博物馆去祭奠死难同胞。

战史告诉我们，战争非儿戏，是极其残酷的，好战者必亡。但是要想和平，就得准备战争，忘战者必危。早在两千七百年前，大军事家孙子就告诫我们："兵者，国之大事，存亡之道，死生之地，不可不察也。"

三

有人说南方人受不了南京的热，北方人受不了南京的冷，我倒是很喜欢南京。入学的第一个周末是三月初，我们结伴去了梅花山。相传南京植梅始于六朝时期，历经一千五百多年不衰。如今梅花山植梅面积一千五百余亩，有近四百个品种的梅树四万余株，与上海淀山湖梅园、无锡梅园和武汉东湖梅园并称中国四大梅园。秋天的南京，你一定能感受到"停车坐爱枫林晚，霜叶红于二月花"的韵味。南京的伏天的确热，那时没空调，我们期中考试那几天，教室都要运冰块降温，学员要靠绿豆汤解暑。冬天学院教室、宿舍都没有暖气。晚上进被窝，衣服得一件一件脱，被窝焐热了就不冷了。那时我刚过四十，身体自带"空调"，这点困难，于我不在话下。

我更喜欢南京的人文景观。走在秦淮河畔，想到多少骚人墨客流连于此，既留下诸多或不朽或速朽的诗词歌赋，也留下不少或感人或烦人的风流韵事。也许是军人的缘故吧，真正在我心中留下位置的是杜牧"商女不知亡国恨"

315

的警醒和那位有气节的女子李香君。

当年洪秀全和蒋介石在这座石头城里留下的故事也犹在耳畔。虽然陆军指挥学院没开这方面的课程，但我相信每个学员都会有所省悟的。金陵南京本身就是一部历史大书，川流不息的扬子江每朵浪花都有故事。

进了军校我就剃去分头，留起了板寸；脱去了"三接头"皮鞋，穿上了解放鞋。每天坚持早出操，晚跑三千米，一年下来竟减重十公斤，颇有神清气爽之感。

毕业时，我获得全优学员。在毕业典礼上是总参吴铨叙副总长和张进宝院长给我发的奖。离开母校快三十年了，转业离开部队也快二十年了，我很想念母校，想念部队，想念那激情燃烧的岁月。

在中央党校读书

  2005 年冬，接到省委组织部要我到中央党校学习的通知后，还真是有些小激动。拜时代所赐，我没上过全日制大学，留下一生的遗憾。先天营养不良，促使我抓紧自学，也格外珍惜每一次住校学习的机会，何况又是中央党校。这所学校在我们的党乃至我们国家的影响力是不言而喻的。在我住校学习期间，时任美国国防部长拉姆斯菲尔德来华，提出要访问高校，我方提出清华、北大、国防大学、中央党校供他选，他选择了中央党校。在演讲中他谈了选择的理由："这所学校的学员影响着中国的未来。"

  中央党校与颐和园毗邻，环境幽静，人文荟萃，是个读书的好地方。学校门口置放的一块巨石，镌刻着"实事求是"四个大字。我知道，这是毛主席为中央党校题写的校训，也是我们党的思想路线。在这块巨石前的留影，我至今置于案头。

  中央党校给我印象最深的，是高水准的授课。"理论武装，世界眼光，战略思维，党性修养"是中央党校的办学宗旨。中央党校的课给我的感觉是严肃而不死板，有序而又尊重探索，听了过瘾。两个月的时间，我整整记了厚厚的四大本笔记，保留至今。

不管多大的"腕儿"，到了中央党校，都得放下身段。一天在小教室上课，入场时我看到金一南左手提电脑包，右手拿水杯，急匆匆地沿台阶走来，既没陪同，又没引导。那天他以刚刚发生的松花江水污染事件为例，从领导科学角度讲危机处理。那时金一南名气没有今天大，但他讲课很会抓人心，给我印象深刻。

中央党校教员的授课，按我们班同学的评价，"没有最好，只有更好"。我更喜欢吴忠民老师的课。那时吴老师四十多岁，学问扎实，已是省部班和地厅班的主讲教授。他讲的社会公正论、社会矛盾论、社会发展论，紧扣社会热点和难点问题，引人入胜，发人深省。课后，我时常向吴老师讨教，慢慢地我们结下友谊，遇有问题就向他请教，我也曾邀请他到我供职的单位授课。现如今吴老师已是一级教授，十四届全国政协委员。最近我在网上看到他讲"中国式现代化内涵和实现方式"的授课视频，很受启发。

业余时光，我常去图书馆阅览室，那里有国内上千种报纸杂志和一些国外报刊，还有内参资料和中央及各省市、部委的文件。在这里，你总觉得时间不够用。党校院里还有三处其貌不扬，但书很多且品位不俗的小书店。最令我兴奋的是，通过书店，我搜集到以往党校的授课记录，其中老的有胡乔木讲毛泽东、邓力群讲陈云、周扬讲文艺、宋振庭讲红楼、钱学森讲科技，等等；新的几乎涵盖当代所有人文学科名师。不过中央党校选课是有严格政治要求和政治倾向的。拉姆斯菲尔德曾带着助手，在这几家书店选了两大包书。学习结业，我乘机返回哈尔滨，两个大行李箱也装满了书，超重百分之百。

在中央党校学习还有个意外收获，就是交了许多朋友，去了京城许多想去而没去过的地方。我们班有中央政策研究室的经济局局长，他白天在党校学习，晚上在宿舍带研究生，还应邀去美驻华使馆交流。他满腹经纶，满脑子都是高品质的信息。

一个时期大名鼎鼎的阎世铎也在我们班。他任足协主席时，男足世界杯出线，入校时任国家体育总局训练局长。当时我问他马俊仁的马家军到底服没服药，他说你问金东翔。当时金也是我们班的，射击世界冠军，时任辽宁体育局党组书记。班里的工程院院士、哈医大校长还给我们上了一堂保健课，事过快二十年了，有一句话我还记得，"喜欢吃啥就说明你的身体缺啥，也适应了啥，人这一生不容易，想吃点啥就吃点啥吧"。

在这里学习还有一点让我有些意外。这里高官随处可见，在课堂听课，在院里散步，在食堂打饭，随时能看到在电视新闻里经常露面的人物，经书香沐浴，那些平时一言九鼎的人物一下都返璞归真了。

很留恋在那儿读书的日子，几次想回去看看，一直未能如愿，但党校的学员证我一直珍藏，视那里为母校。

丰收曲与葬花词

——《心远斋诗摭》自序

　　转眼间，踌躇满志的蓬勃少年已是满头白发，累积了感慨万千的经历与阅历，也有了闲暇。于是，接续了中断多年的写作。在出版了散文随笔集《纸上声》（三联书店2013 年版）后，又尝试写分行的文字。这应该是诗，又不敢称诗，更不奢望忝列诗人的队伍。

　　黑龙江人民出版社既敬业又专业的编辑吴英杰女士嘱我请名人作序。我理解她的善意，在学诗的过程中也的确得到许多旧友新朋的帮助。但作为初学者，我这些大白话，顺口溜出来的习作，实在不好意思请尊者序。还是自己诌几句，向读者做个"坦白交代"吧。

　　写诗不是为了把文字分行，而是为了把远去的人和时光一个个拉近。这个集子涉及题材宽泛。我的父辈是抗战老兵，他们的命运与国家、与民族紧密相连，他们的基因不能不得以延续。我从十六岁至五十岁在军队服役，大部分时间是在一支有着红军血脉的野战军团。部队是我精神的家园，成长的摇篮。持枪的方阵留给我太多的记忆，挥之不去。

2004年，我转业到省公安厅，换上藏蓝色的警服。这是一支由人民解放军派生出来的队伍。这支队伍的忠诚与坚韧、牺牲与奉献，令我肃然起敬。工作使然，我与许多一线警察结下友谊，关注着他们的喜怒哀乐，与他们同甘苦、共进退。他们中有些已倒在冲锋的一线，在我心中留下长久的痛，为他们鼓与呼，是我的责任。

令我意想不到的是，在这支充满生机与活力的队伍里，还有一些业余时间舞文弄墨的同道，被称为"龙江警官作家群"。君子之交，使我如沐春风。可以说，是他们拖着我走上了创作的道路。

我的祖籍河南，生于辽宁，在黑龙江工作了大半辈子。黑土地是我挚爱的第二故乡，我走遍了这里的山山水水，熟悉这里的风土人情，感恩这片外冷内热的苍茫大地。

古老中国悄然无声地进入了老年社会。老年社会的一个重要标志，就是老人正从社会边缘成为潮流或三分天下。他们的情感和意愿需要抒发和表达。可以预言，随着这支队伍的不断壮大，他们的呼声将一浪高过一浪，适应他们和他们所适应的新的生活方式将不断被创造出来。

步入花甲之年，我希望我的写作能够与社会保持一种关系，能够与自己的生命体验保持一种关系。

2015年，我将书房名字由"问学庐"改为"心远斋"，取五柳先生"心远地自偏"之意。可家国情怀是每个读书人刻骨铭心的印痕，即使你躲到天涯海角也抹不去。更何况人类已生活在互联互通的网络时代，你只要打开手机，海量的信息扑面而来。难免有"偶尔望窗外"的不平则鸣，歌与吼，都凝结着对祖国山河与父老乡亲深沉的爱。中国可以没有我，我不能没有中国。

古人与伟人都主张"诗言志"。时下一些诗家和诗评家又主张诗应远离这、远离那……读当下的诗，会看到哪种类型都有精彩，哪种喧嚣都有点赞。作者认同这样的诗观，诗不必太玄奥，那样会减弱诗的力量。诗亦非语言的游戏，思想才是语言的要义。复杂的表达方式和诗歌的情感撞击往往成反比，故而这本集子中多是"明月直入"。这本集子收入的诗作大多是近作，写作动机大多源于有感而发的倾诉，也有无所事事时，从记忆的 U 盘中寻章摘句。诗中有思想，思想中有诗意，是作者的追求。

2017 年，曾当面请教北岛，诗何以沉寂了一个时期后又开始复兴。先生从文化与精神层面，从大众传播手段的现代化，谈了灼见。

孔子曰，不学诗，无以言。中国古典诗词是中华文化的亮丽名片，从《诗经》到唐诗、宋词、元曲，层浪相逐，高潮迭起。新诗百年，为民主科学放歌，为振兴中华鸣号。

这些年，虽曾大病一场，几个重要的脏器都曾拉响刺耳的警报，但诗养心怡情，读诗、学诗、写诗，使我的生活多了乐趣，有了更多的寄托，得以在诗意的栖居中款款品酌人生。

我感谢诗，感谢生活，感谢我曾经战斗过的两支队伍，也感谢我的良师益友们，感谢陪伴了我大半生的妻子。书中大多作品她都是第一读者，并吸收了她许多意见和建议。

年近九秩的学者、诗人、书法家沈鹏老先生拨冗题签并题名惠赠大作，在此深表谢忱。

算下来，这是我独立出版的第五本书了。在书稿付梓之际，丝毫没有完成一件大事的舒缓，也没有收获的喜悦，有的只是丑媳妇见公婆的忐忑，静待读者不吝赐教的渴望。

2018 年春记于心远斋

《心远斋诗撷（二）》 后记

这是我的第二本诗稿，主要作于 2018 年后，多用指尖写于手机屏上。

诗歌的魅力在于她的古老性和前卫性，她带着你向前，也能让历史再现。

写诗，让我在耳顺之年，体验了一种充满韵致的生活方式，也拉近了许多旧雨和新朋。我感谢诗，感谢不吝赐教的师友。我的同事张放对拙作出版辛劳付出，并受邀作序，尤致谢忱。书稿此前在有的出版社审查一拖再拖，感谢河北出版集团花山文艺出版社的接纳以及理性的修改意见。

"诗的本质就是发现，诗人永远像婴儿一样，睁大好奇的眼睛，去看周围的世界，去发现世界的美。"我赞同林庚先生的诗说。同时认为，在美的追求中，思想的表达，胜于形式的表演。

期待听到回音。

2020 年初冬于心远斋

后　记

在职时，工作为重，余力学文。赋闲后，没有了工作岗位，自己创造一个工作岗位，读书写作。这个岗位于我来说，没有压力，没有功利，也与权力、市场无关，我不著时文，不追热点。

"书卷多情似故人，晨昏忧乐每相亲。眼前直下三千字，胸次全无一点尘。"这是明人于谦的诗句，很符合我时下的心境。读书写作使我找到了一种新的生活方式，很好地打发了多余而又不多余的时间，愉悦而又充实。2018 年结集出版了第一本诗集，2021 年又出版了第二本诗集。还有一部文化散文正在结集。这部散文随笔集是我退休后的第三部作品，也是我的第二部散文随笔集。收入文中的一些篇章多在报刊、网络上发表过。文字是一种表达，也是一种释放，我写，是因为我有话要说，所说的都是心之所想、心之所感。

爱因斯坦七十岁的时候，有人问他得到了什么，他答道："不过在人生的海滩上拾到了一些蚌与螺。"我也步入七十的行列了，这部散文随笔集就算是送给自己，也是送给至爱亲朋的一件薄礼吧。尽管这件礼物很轻，轻得如一粒沙尘。

甲辰龙年春于心远斋

图书在版编目（CIP）数据

一望成雪／陈晓林著. -- 北京：中国文史出版社，
2025. 1. -- ISBN 978-7-5205-4765-9

Ⅰ. I267

中国国家版本馆 CIP 数据核字第 2024ZD0425 号

责任编辑：牟国煜

书名题字：何昌贵

出版发行：**中国文史出版社**

社　　址：北京市海淀区西八里庄路 69 号院　　邮编：100142

电　　话：010-81136606　81136602　81136603（发行部）

传　　真：010-81136655

印　　装：廊坊市海涛印刷有限公司

经　　销：全国新华书店

开　　本：880×1230　1/32

印　　张：10.5　　　字数：207 千字

版　　次：2025 年 1 月第 1 版

印　　次：2025 年 1 月第 1 次印刷

定　　价：65.00 元